Heibonsha Library

クィア短編小説集

ブラリー

Heibonsha Library

クィア短編小説集

名づけえぬ欲望の物語

A.C.ドイル、H.メルヴィルほか著
大橋洋一監訳
利根川真紀・磯部哲也
山田久美子 訳

平凡社

本著作は平凡社ライブラリー・オリジナル版です。

目次

わしとわが煙突

I and My Chimney

ハーマン・メルヴィル／利根川真紀 訳

わしとわが煙突、この二人の灰色頭の年老いた喫煙家は田舎に住んでおる。言わせてもらえば、ここらではわしらは昔からの住人だ。特にわが年老いた煙突のほうは、日増しにどっしりと居座ってきておる。

いつも「わしとわが煙突」と言っておるのは、ウルジー枢機卿がよく「われとわが国王」と口にしていた[*1]のと同様であるわけだが、わしのほうがわが煙突よりも先にくるこの自己中心的な言い回しには、事実による裏付けがほとんどない。というのも、この言い回し以外のすべてにおいて、わが煙突はわしよりも優位に立っておるからだ。

芝生に面した道から三十フィートもいかないところに、わが煙突――老ヘンリー八世のような巨大で肥満した煙突――は、わしとわしのあらゆる所有物の前にでんと聳《そび》えておる。丘の中腹にしっかりと聳え立つわが煙突は、ロス伯爵の巨大望遠鏡[*2]を中天の月めがけて垂直にさっと固定したかのようでもあり、近づいてくる旅人の目に最初に入る物体であり、太陽が朝の光を投げかけるのが最後になることもないのである。わが煙突はまた、季節の最初の便りを受け取るのもわしより先だ。雪はわしの帽子より先にやつの頭に積もるし、春になれば最初のツバメが、ブナの木の洞《ほら》のように、やつの中に巣を作りおる。

だが、わが煙突の抜群の存在感が最も明らかになるのは、屋内においてだ。来客用に設けられた奥の部屋で客を出迎えるとき（ところで、来客はわしというよりわが煙突に会いに来るのではないかと思われるのだが）、そんなときわしはわが煙突の前というより、厳密に言えば後ろに立つことになり、煙突こそが本当の主人役なのである。わしは異議を唱えておるわけではない。目上の前では、わしは自分の分をわきまえていたいと願っておる。

わが煙突がこうして、つねにわしに優先するので、悲しくもわしが何かにつけ殿《しんがり》を務めるようになったと思う者さえおる。手短に言うと、始終わが古風な煙突の後ろに立つことから、すっかり時代にも遅れをとり、その他もろもろの進歩においても遅れたというのだ。だが実を言うと、わしはさほど前向きの老人だったことはないし、農家の隣人たちが将来の備えがあると呼ぶ者であったためしもない。確かに、わしが後手に回りがちだというそれらの噂はある程度まで正しい。手を後ろに回してあたりを歩くという妙な散歩の癖が、わしには時折あるからだ。わしが全体として守旧派に属しておることについても、確かにそのとおりで、わしはわが煙突の殿《しんがり》を務めておるし――それは今この瞬間もわしの目の前にある――しかもそれは頭の中においても現実においてもである。要するに、わが煙突はわしの上官であり、頭や肩いくつぶん格上なのかはわからないが、上官なのであり、わしがシャベルとトングを手に謙虚に身をかがめて世話に明け暮れるのにひきかえ、やつのほうがわしの世話をしたり、わしのほうに体をかがめたりすることは決してなく、するとしたら、その場からむしろ別の方向に傾くしまつだ。

わが煙突は、ここでは威厳のある封建領主であり――周辺一帯というより屋敷を圧倒する巨大な物体である。屋敷の残りすべては、様々な建築上の配置において、まもなくわかるように、誰の目からも明らかにわしではなくわが煙突の欲望に応じておおり、煙突はとりわけ屋敷の中央部を独占して、わしには半端な窪みや隅だけが与えられておるにすぎない。

だが、わしとわが煙突は弁明せねばならぬ。どちらもかなり太っておるので、わしらは歩き回るようにして長々と述べねばならない。

文字どおりの二軒長屋《ダブル・ハウス》である屋敷では——つまり、玄関広間が真ん中にあるということだが——暖炉は通常両端に据えられる。家族の誰かが北側の壁の窪みで燃えている火で温まっておると、別の誰か、たとえばその弟は、南側の壁の炉床の前で火に足を翳《かざ》しておるかもしれず——二人はこうして完全に背と背を向けて座っていることになるわけだ。これは良いことだろうか？まっとうな兄弟感情を持っている人に聞いてみよう。それはある種陰鬱な光景ではないか？だがおそらく、こうした両端に煙突がついた様式は、喧嘩の絶えない家庭で育った建築家が考えだしたに違いない。

また、近頃の現代的な暖炉にはたいていそれぞれ煙道があるもので——暖炉の床の部分から煙突の頂部に至るまで徹底的に別になっておる。少なくとも、そのような配置が望ましいと看做《みな》されておるのだ。これは自己中心的に、利己的に見えないだろうか？さらに、こうした独立した煙道は、それ自体の独立した煉瓦《れんが》建造物がある代わりに、あるいは連邦制をとって家の中央でひとつにまとめられる代わりに——その代わりになんと、それぞれの煙道は壁の中にこっそりと埋め込まれ、だから壁はあちこちで、というより実はほとんどすべての箇所で、見かけによらず空洞になっており、結果として多少とも強度が弱くなっておるわけだ。もちろん、このような様式の煙突を作る主たる理由は、空間を節約することである。町中《まちなか》では、区画はインチを単位として売られており、寛大な原理に基づいて作られた煙突のために取っておけるスペースなどほとんどないので、痩せた男が概して背が高いのと同様に、屋敷についても、幅で欠けているところは高さで補うことになる。このことは、とびきり洒落た紳士が建てた多くの大変洒落た住居についてさえ当てはまる。しかしながら、まさにその洒落た紳士であるフランスのルイ十四世が愛しいマントノン夫人のために宮殿を作ったとき、彼はそれを平屋建てにした――もっと言えばコッテージ様式だった。とはいえ、途方もない四辺形をなし、広々として――垂直にではなく水平方向に何エーカーも――広大なものだった。ラングドック産の大理石でできた荘厳な一階建てで、ヴェルサイユ宮庭園に現存しておる宮殿というのがそれである。誰でも一平方フィートの土地を買い、自由の柱を立てることはできるが、大トリアノン宮殿のために何エーカーもの土地を取り置くことができるのは国王だけというものだ。*3

だが、今日では様子が異なっておる。しかも、必要から生まれたものが自慢の種へと変貌してきておる。町々では、背の高い屋敷を建てようという激しい競争が存在する。ある紳士が四階建ての屋敷を建てると、隣に引っ越してきた別の紳士が五階建てをこしらえる、すると最初の男がそんなふうに見下ろされるのは我慢ならんと、ただちに建築家を呼びにやり、以前の四階建ての上に五階、六階を急いでこしらえる。そしてその紳士が野望を実現し、夕暮れどきにそっと向こう側に足を運んで、自分の六階建てが隣の五階建ての上に聳え立つ様子を観察して初めて――そのときになってようやく彼は満足して床に就くことになるのだ。

わしに言わせれば、そんな連中は、際限のないこの負けず嫌いの欲望と縁を切るために、山を隣人とすべきというものだ。

わしの屋敷が幅こそあるものの決して聳え立ったぐいのものではないことを考えるとき、もし今述べた意見が利害の絡んだ訴えのように見え、あたかもわしが一般的な問題という衣に自らを包んで、その衣の下で個人的な虚栄心を巧妙にくすぐっているように見えるとしたら、そんな誤解は雲散霧消すべきである。そのためにもわしは率直に認めておくが、榛《はん》の木が生えるわしの沼に隣接する土地が、先月一エーカー十ドルで売り出され、それでも高い買い物だと考えられたのだ。それほどこのあたりの広い屋敷には十分な空間的余裕があり、しかも安価なのである。実際、土地が安く――二束三文なので――わしらの楡《にれ》の木立ちが地中に根を伸ばし、巨大な枝を地面の上に垂れる様子ときたら、まったく惜しげもなく無頓着なありさまだ。わしらの穀物も豆やカブに至るまで、ほとんどすべてばら蒔き耕法だ。農夫仲間で自分の二十エーカーの牧草地を歩き回って、指をあちこちに突っ込んでカラシナの種を蒔くやつなどいたら、ひどくけちで料簡《りょうけん》が狭いと看做されるだろう。川沿いの野原のタンポポや山道沿いの忘れな草を見れば、空間の節約とは無縁の結果であることがすぐにわかるだろう。また、季節がくると、わしのライ麦が顔を出すが、若芽は教会の尖塔のようにあちこちにぽつりぽつりと間隔が開いたままだ。空間的余裕があることを知っておるので、密集しようとはせんのだ。ライ麦どもは、世界は広く、ぼくらの目前に広がっていると言っておる。雑草も驚くほど広がっておる。その成長を抑えるものなどありはしない――わしらの草地はところによって、犯罪者たちの無法地帯だったアルセイシアの雑草版のようなものなのだ。牧草について言えば、春になるといつもハンガリーのコシュート[*4]が言うところの人民蜂起の様相を呈する。山々も、牧草が集う本格的な野外伝道集会のようである。同じ理由、空間がたっぷりあるという同じ理由から、わしらの影は前進しては、回れ右前進をする。様々な訓練や見事な機動演習に繰りだすその様子は、パリのシャン・ド・マルス練兵場でかつてナポレオン親衛隊が行なったもののようだ。丘に関して言えば、特に道が丘にさしかかるところでは、周辺の町の行政執行官たちが関係者一同に通告を行なっておる。すなわち、ブラックベリーを摘む特権と同様に、やって来て丘を掘り返し、運び去っても、一セントも支払う必要なし、という通告である。見知らぬ者がここには埋葬されておるが、わしらのような寛大な土地所有者の誰が、その死者が占有している石ころだらけの六フィートの草地のことで恨みをいだいたりするだろうか？

わしらの土地は結局のところ安価であるものの、また多くの人が歩き回ったところであるものの、それにもかかわらず少なくともわしは、ここに備わったもののために、この土地を自慢に思っておる。主な名物三点揃いと言えるのは、樫《かし》の巨木と、オッグ山と、わが煙突である。

このあたりのほとんどの屋敷は中二階建てで、二階建て以上の屋敷はほとんどない。わしとわが煙突が住んでおる屋敷は、幅が、土台から庇《ひさし》までの高さの二倍近くあり――ここからその居住空間の大きさがわかろうが――それだけでなく、この屋敷においては、この地方全体においてと同様、わしら両方のためのスペースが十分にあるということがわかるだろう。

この古い屋敷の骨組は木造で――それが煙突のどっしりした感じを一層際立たせているのは、

煙突が煉瓦《れんが》造りだからである。羽目板を留める大釘と同様で、煙突の壁に使われた巨大煉瓦も、この萎縮した時代にはもはや馴染《なじ》みがないものだ。煙突の設計者はクフ王のピラミッドを念頭に置いていたに違いない。というのも、あの有名な構造物を模倣しているように見えるからで、異なるのは頂点に向けての傾斜がかなり緩やかなことと、先端が平面に切られていることだけだ。邸宅のちょうど中央に煙突は聳え立ち、地下室から始まり、各階を通り抜け、屋根の棟木《むなぎ》部分を水面として四フィート四方の頭を突き出したところは、大波の波頭から飛び上がった鉄床頭《かなとこ》のクジラのようだ。とはいえほとんどの人は、その突き出した部分を見て、上部を切り詰めた煉瓦造りの気象台に似ていると言っておる。

屋根に突き出した部分が風変わりな外見を呈しておる理由には、かなり微妙な問題が含まれておる。どうお伝えすればよいか迷うところだが、その昔、この古い屋敷に元々あった切妻風の屋根の雨漏りが激しくなったので、当時の所有者が、横引き大鋸《のこぎり》を使うきこりの一団を雇って、古い切妻屋根を完全に取り除いてしまったわけだ。鳥の巣も屋根窓も、こうしてすべてがなくなった。代わりに新式の屋根が取り付けられたのだが、それは年老いた田舎紳士の住居より鉄道脇の材木貯蔵所にふさわしい代物だった。この処置——十五フィートほど建造物の上部を切り取ること——は煙突にとって、まるで大潮が引いたかのような結果をもたらした。煙突の周りの水位が異様に低くなってしまったので——見かけを改善するために、その同じ家主は今度は煙突そのものを十五フィート削り、つまりわが王たる年老いた煙突の首をはねることになった——まるで国王殺しだ。酌量しうる事情として、その家主は家禽商だったので、首をはねることに対して無感覚になっていたという事実があるが、この所業によってこの家主は、国王を処刑したクロムウェル[*5]と同類の輩《やから》として後代に伝えるべきというものである。

　ピラミッド型ゆえに、煙突の切り詰め後、その平たく切り取られた頂部は過度に広くなった。今、過度にと言ったが、ピクチャレスクについての審美眼のない連中の評価においてのことである。この自由な国の自由な市民としてのわが煙突が、自らの独立した土台の上に立っていることに気づかないまま、そこを通り過ぎる輩が、こんな煉瓦焼き窯《がま》——と彼らは言うのだが——が、小梁《こばり》や垂木《たるき》だけでどうやって支えられているのか不思議がったとしても、誰が構うものか？　こちらの知ったことではないではないか。もし旅人が望めば、わしはラムやショウガで作った飲み物を一杯与えはするだろうが、甘みまでつけてやる必要があるだろうか？　教養のある人びとなら、わしの古い屋敷と煙突を見て、昔からある見事な図像、ゾウの背中の城《エレファント・アンド・キャッスル》を思い浮かべるだろう。

　思いやりのある方がたは、これから付け加えようとしている事柄に関して、わしに同情してくれることだろう。先ほど述べた外科手術は必然的に、煙突のそれまで覆われていた、そしてこれからも覆われるはずだった、それゆえいわゆる風雨に耐える煉瓦で作られていなかった部分を、外気に晒《さら》すことになった。結果として、煙突は頑丈な作りをしていたものの、この無防備な露出によって大いに傷つき、新たな環境に順応できずに、やがて崩れ始め——はしかに似た出来物が兆候として現れてきおった。すると旅人たちは、通りすがりに笑いながら頭を振って、「見ろよ、あの蠟《ろう》みたいな鼻を——溶けてるじゃないか！」と言う。だが、知ったことか。同じ旅人たちが、海をはるばる渡ってケニルワース城[*6]を見に行けば、やはり朽ちかけたままになっておるが、それにはきちんとした理由があってのことなのである。というのも、ピクチャレスクを求める芸術家が様々いる中で、すべてを朽ちさせる腐食の力こそが、勝利の王冠を戴くに値するのだ——もっとも棕櫚《しゅろ》というより蔦《つた》の王冠と言うべきだろうが。実のところ、わしはつねづね、年老いたわが煙突にとってふさわしい場所は、蔦に覆われた昔のイングランドだと思っておる。

　妻が——その胸に秘めた意図はやがて明らかになるが——わしに厳かに警告したのは、何かが、しかも迅速になされなければ、煙突と屋根の接触面にできている、前述の出来物からいくつもの穴が穿たれることによって、わたしたちの屋敷は全焼することになるでしょう、ということだったが、わしは聞き入れなかった。「奥方よ」とわしは言った。「わしの屋敷が焼け落ちたほうがよっぽどましというものだ。わが煙突が、数フィートであろうと取り壊されるよりはな。連中は蠟製の鼻と言っておる。それもよかろう。わしには、上司の鼻をちょいとつまむことなどできやしない」と。だがついに、この家を抵当に取っている男がわしに手紙を寄こして、もしわが煙突をそのような壊れかかった状態で放置しておくなら、保険契約が無効になるだろうと言ってきた。これは無視することができない指示だった。世界中どこでも、絵になる光景《ピクチャレスク》が金銭優先の光景《ポケッテスク》に取って代わられる。抵当債務者は気にかけなかったが、債権者には気になることなのだった。

　そこでまた別の手術が施された。蠟の鼻が取り除かれ、新しい鼻が据え付けられた。煙突の表情にとって不運なことに——取り付けた斜視の煉瓦職人がちょうどそのとき、脇腹の同じ側に差し込みを感じていたために——新しい鼻はそちらの方向に少しばかり曲がった形になった。

しかしながら、ひとつだけわしが自慢に思うことがある。新しい部位の水平方向の寸法に変わりはなかったということだ。

屋根の上に煙突は大きく見えているが、下部の広大さはそれ以上のものである。地下の土台の部分では、それは正確に十二フィート四方あり、したがって正確に百四十四平方フィートを占めている。煙突にしてはなんという大地の占拠であり、この地球にとってはなんと巨大な荷であることか！　実のところ、たくましい担ぎ手であるギリシャ神話のアトラスが、肩の荷の下であれほど果敢に立ち続けることができたのは、わしとわが煙突がその古《いにしえ》の重荷の一部をなしていなかったからに他ならない。お伝えした規模はおそらく途方もなく思われるだろう。だが、ヨシュアがヨルダン川を渡りきった記念にギルガルの地に建てたあの石の列のように、*7 わが煙突は今日まで建ちつづけておるではないか？

しばしばわしは地下に赴き、煉瓦構造のその巨大な基礎を注意深く調べる。わしは長いこと立ったまま考えを巡らせ、驚嘆する。それは暗がりの地下部分では、ドルイド教めいた外見を呈し、アーチ型の覆いのある無数の通路と遠くに広がる薄暗い谷間は、原始の暗く湿った森の奥に似ておる。この連想があまりにもしつこく思い浮かび、あまりにも深く煙突の謎に取りつかれたので、ある日――今になってみると、少しばかり頭がいかれておったのだが――わしは庭から鋤《すき》を持ってくると早速仕事に取りかかり、土台の周囲、特にその角の部分を掘り返した。かつてこの薄暗がりにも満遍なく天空の光が差し込み、煉瓦職人が八月の太陽の下汗だくになったり、三月の嵐に吹かれたりしながら、ここに礎石を積んだ、そんな過ぎし日を偲《しの》ばせるような、土にまみれた古の記念碑を掘り当てるという夢に、それとなく突き動かされていたのだった。鈍くなった鋤で精を出しておったので、隣人の無礼な妨害になんといらいらさせられたことか。この隣人は、何か用があってわしに会いに来たのだが、わしが下におると聞くと、上がってきてもらうには及びません、こちらから下に会いに降りていきますからと伝え、そして挨拶も予告もなしに、突然わしが地下を掘っているところに姿を現したのだった。

「金の掘り出しですかい？」

「いやいや」と、わしは驚いて答えた。「わしはたんに――エヘン！――たんに――たんに掘っていたのさ――わが煙突の周りを」

「ああ、土をほぐして、育つようにしているんですな。おたくの煙突が小さすぎると思っていなさるんですな。特に天辺《てっぺん》にもっと成長が必要だというふうにでも？」

「そのー！」とわしは鋤を放り出しながら言った。「個人的な攻撃はやめてくれ。わしとわが煙突は――」

「個人的とは？」

「そのー、わしはこの煙突を煉瓦の積み重ねとしてではなく、ひとつの人格として看做しておるのだ。こいつはこの屋敷の王でしてな。わしは耐えしのぶ臣下にすぎんのだ」

実のところ、わしとわが煙突のどちらに対しての愚弄も、わしは許すつもりがなかったし、訪問客がその後、わしに聞こえるところで、褒め言葉なしにそれを話題にすることもなかった。煙突は敬意を払って考慮されるに十分値するのだ。それはそこに孤高にひとりで立ち――ヴェネチア共和国にあった「十人委員会」のような煙道の集団ではなく、ロシア皇帝陛下のような、一個の独裁君主なのである。

わしにとってさえ、その規模は時に信じがたいものに思われる。見かけはそれほど大きくない——地下においてさえ大きくは見えないのだ。目で見ただけでは、その大きさは不完全にしか理解できないが、それというのも一度にひとつの側面しか知覚できないからであり、その側面というのは、十二フィートの長さを示しているにすぎないからだ。しかしながら、他の側面もそれぞれ十二フィートの長さがあるわけで、当然ながら全体としては正方形をなしておって、十二かける十二は百四十四となるわけだ。したがって、この煙突の規模を的確に理解するためには、高等数学の手続きが、恒星間の驚くべき距離を計算する方法に似たようなやり方が不可欠となる。

言うまでもないことだが、わしの屋敷では、四方の壁には暖炉がまったくない。暖炉はすべて中央のひとつの巨大煙突に集まっており、煙突の四つの側面には上下二層の炉床が作られておるので、寒い冬の夜にわしの家族や来客が就寝前にそれぞれの個室で暖を取っているときには、自分では意識していないかもしれないが、そう、みな互いに顔を見合わせ、みな足を中央に向けておることになる。そしてベッドで休むときになると、森の中でイロコイ族のインディアンたちがひとつの残り火を囲むように、みなひとつの暖かい煙突を囲んで寝ていることになるわけだ。そしてインディアンの焚火《たきび》が心地よさを与えてくれるだけでなく、狼や他の獣を寄せ付けないでいてくれるように、わが煙突も天辺からこれ見よがしに煙を立ち上らせることによって、町から忍び寄ろうとする強盗を寄せ付けないようにしてくれておる——というのも、どんな強盗も人殺しも、煙突から絶え間なく煙が出ているような住居に押し入ったりはしないものだからだ――もし住人が身動きしていないとしても、少なくとも暖炉の火が燃えており、緊急事態になれば、すぐにも蠟燭《ろうそく》の火が灯《とも》され、マスケット銃も発射されることを告げておるからだ。

　だが、煙突は堂々としていた――そう、ローマ教皇とすべての枢機卿が居並ぶ大ミサの儀式にふさわしい本格的な主祭壇のようだった――とはいえ、いったいこの世に完全なものなどあるだろうか？　カイアス・ジュリアス・シーザーがあれほど飛び抜けて偉大でなかったならば、ブルータスやキャシアスやアントニーといった連中がもっと偉大になれただろう、と人びとは口にする。*8　わが煙突が、規模においてこれほど巨大でないならば、わしの屋敷の各部屋はもっと大きくなっておるだろう。妻がしばしばわしに悲しげに言うことには、わが煙突はイギリスの貴族階級のように、周囲を委縮させる影を投げかけておるそうだ。彼女いわく、家庭内に際限のない不便さが、とりわけ、煙突が中央に陣取っていることから、もたらされているそうだ。彼女の不平の最たるものは、見事な玄関広間となるべきところを遮るように煙突が立っておるということである。実を言うと、この屋敷には広間というものが存在しない――広い正面玄関を入ってくると、四角い踊り場のようなものしかないのだ。確かに踊り場としては広々としているが、広間の威厳を帯びてはいない。さて、正面玄関は屋敷の正面部分のちょうど中央に配置されておるので、中に入れば、それは煙突に面しておるわけだ。実際、踊り場の向かい側の壁には、煙突があるだけであり、そして――煙突の傾斜が緩やかなために――幅は十二フィート弱を占めておる。この部分で煙突に沿って昇っているのは、主要階段であり――三つの急な折り返しと、三つの小さな踊り場を過ぎると、二階へと辿《たど》りつき、そこから正面玄関の上部に、十二フィート弱の狭い回廊のようなものが続いていて、その向こうに両側とも部屋が並んでおる。この回廊にはもちろん欄干がついておって、そこから階段を見下ろすと、いくつもの小規模の踊り場や、一番下にある主要な踊り場が目に入り、それはエリザベス女王時代の心地よい古い屋敷にあった演奏家用のバルコニーに似ていなくもない。わしの特別な好みを聞かせようか？　わしはそこにかかっておる蜘蛛《くも》の巣に目がなく、何度となく女中のビディが箒《ほうき》でそれを払うのをやめさせ、そのことで妻や娘たちと何度となく口論する羽目にもなっておる。

さて、屋敷に入ったところの天井と言うべき部分、その天井は実は一階ではなく、二階の天井である。ここでは二階分がひとつになっておって、折り返し階段を上っていくと、聳《そび》える塔にでも、灯台にでも昇っていくように感じるだろう。二つ目の踊り場、これで煙突を半分ほど昇ったことになるわけだが、そこには謎めいた扉があって、謎めいたクローゼットに通じておる。そこにわしは謎めいたリキュールを保存しておるのだが、これは選りすぐりの謎めいた味のする酒で、その煉瓦の暖かな壁を通して発散される煙突の穏やかな熱によって不断にはぐくまれてほのかに熟成し、できあがるものなのだ。ワインにとっては、西インド諸島への船旅よりも煙突のほうが望ましく、わしの煙突自体が熱帯なのである。十一月に一日でもわが煙突の脇の椅子に座れば、キューバで一季節をまるまる過ごすのと同じくらい病人にとって効果がある。わが煙突のところに持ってくれれば、葡萄はどんなによく熟すだろうとわしはよく考える。妻のゼラニウムもそこだと多くの蕾をつけるのだ！　十二月に蕾だ。妻の卵も――煙突の近くに置いておくことが禁物なのは、雛《ひな》が孵《かえ》ってしまうからだ。ああ、わが煙突の心の温かなこと。

妻はしばしば、自分で計画した堂々たる玄関広間のことでわしをうるさがらせるが、その計画とは煙突をすっかりぶち抜いて、屋敷の端から端までを玄関広間が占めるというもので、そのゆったりした広さで来客すべての度肝を抜くことになるはずのものだった。「だが、奥方よ」とわしは言った。「煙突を——煙突のことを考えてくれ。もし土台を取り壊したら、上部構造はどうやって支えるのだ?」「もちろん、二階部分に支えられることになるのよ」と奥方。まったくのところ、女ときたら建築の実際については何も知らぬに等しいのだ。しかしながら、妻は依然として、入口や仕切りの取り付けについて話していた。彼女はいく晩も長い夜を費やして計画を練り、想像の中で煙突を貫通する自慢の玄関広間を作り上げ、あたかも煙突閣下がギシギシ草〔タデ科の多年草〕の天辺の新芽にすぎないかのように考えておった。しまいにわしがそっと彼女に思い起こさせてやったことは、煙突は事実であり、ありのままの疑いようのない事実なのだから、彼女はちっとも考えていないらしいが、どんな計画であっても煙突のことを十分に考慮に入れる必要があるということだ。だが、そんな話もまったくの馬耳東風だった。

そしてここで、恐れ多くも彼女の許しを請うて、この計画好きな妻について少し説明しておかなければならない。年齢の上では、わしとほぼ同じだけ老いておるのだが、気持ちの上では、去年の秋にわしを振り落とした愛しい栗毛の雌馬トリガーと同じくらい若い。驚くべきことに、リューマチ持ちの家系の出身にもかかわらず、松の木のようにすっくと伸び、痛みとはまったく無縁で、一方のわしはというと、坐骨神経痛に悩まされ、時にはひねこびた林檎の木のように足が曲がるしまつだ。だが彼女は歯痛さえもない。彼女の聴力に関して言えば、わしが土のついたブーツで家に入ったとしよう、すると彼女は屋根裏部屋に逃げるしまつだ。彼女の視力については、女中のビディがよその女中にした話では、隠すために立てかけた錫《すず》の大皿をこの女主人は透視して、調理台の上の染みを見つけてしまうほどだという。彼女の頭の回転は、手足や五感同様に活発だ。わしの連れ合いに限って、無気力で死ぬ心配などありえない。一年で一番長い夜も横になったまま一睡もせず、翌日の作戦をあれこれ考えていたのを知っておる。生まれながらの計画好きなのだ。「定着した習慣には逆らうな」という諺《ことわざ》は、彼女には通用しない。彼女の諺は、定着した習慣には逆らえ、というか、定着した習慣は変更、しかも即座に変更すべきというものである。わしのように年老いてうとうと夢を見る者の妻の諺としては恐ろしい限りだ。というのもわしは、安息日としての七日目が何よりも好きで、平日にも、安息日気分のまま勤勉さを毛嫌いして、働いている人の姿を避けるために、わざわざ四分の一マイルも遠回りをするほどだからだ。

合縁奇縁という言葉があるが、わしの妻はロシアのピョートル大帝か童謡で有名なピーター・パイパーの妻だったほうが良かっただろう。彼女だったら、一方では混乱した巨大な帝国に規律を敷いたり、他方では根気よく労を惜しまずに、あの早口言葉どおり酢漬けの唐辛子をバケツ《ピックト・ザ・ペック・オヴ・》一杯摘み取っ《ピクルド・ペッパーズ》たりしたことだろう。[*9]

だが、極めつきに素晴らしいことは、妻が自分の最期について考えもしないということである。明白な老化の理論や一層明白な死の事実に関して、彼女がもつ若者特有の不信感は、キリスト教徒のものとは到底思えない。年をとっていることに気づいておるはずなのだが、それでも妻は自分がまだ妊娠も可能で、永遠にその力は失われないと考えておるようなのだ。彼女は高齢化ということを受け入れてはおらんのだ。マムレ平原でのあの不思議な出産の約束に対しても、聖書のアブラハムの年老いた妻[*10]とは違って、わしの年老いた妻は心の中で嘲笑したりはしなかっただろう。

わが煙突の陰に心地よく腰を下ろし、心地よくパイプから煙をくゆらせては、嫌がられることもない灰を足元にこぼし、口に入る以外には灰を嫌がることもなく、確かにかなり灰色ではあるが、嫌がられることのない心地よいやり方で寛《くつろ》いで、火のように燃え盛る人生でさえもついには消滅することを、わしは思い起こしておる。そんなわしに対して、この是認しがたい妻の生命力が、なるほど時に教訓と穏やかさを伴いはするが、しばしば波風と混乱を伴っていかに襲いかかるか、その事情をわかって欲しい。

婚姻においては正反対のものが惹《ひ》かれあうという原理が真実であるならば、まさにそのとおりの運命によってわしは妻に惹きつけられたに違いない！　彼女は現在と過去に対して辛辣で我慢がきかず、グラスに注いだジンジャービールのように計画をふつふつと溢れさせてくる。断固たる勢いで砂糖煮と酢漬けを蓄え、つねに未来に備えて生きておる。いつも今ここでないものへの期待に満ち、いつも新聞を求めて落ち着かず、手紙を心待ちにしておる。わしのほうは、過ぎ去った年月に満足し、明日を気にかけることもなく、どんな人からでもどんな地域からでもなんら目新しいものを求めることもなく、この世に何ひとつとして計画や期待もなく、あるのは、度を越した彼女の侵略ぶりにわずかに抵抗することだけだ。

寄る年波のせいで、わしは古いものが好きになり、その結果主として愛好するのは、老モンテーニュと熟成チーズと年代物のワインになり、若い連中や熱いロールパンや新しい本や初物のジャガイモを避けるようになり、昔馴染みの鉤爪足《かぎつめ》の椅子と、年老いた内反足の隣人である教会執事のホワイト氏と、一層近くの隣人である、曲がりくねったわしの葡萄の老木を大層気に入るようになった。この葡萄の老木は、夏の夜に心地よい仲間を求めて、わしの窓枠に肘をかけて寄りかかり、一方でわしはというと、家の中から窓枠に肘をかけて身を乗り出してそれに応えるわけだ。そしてとりわけ殊更《ことさら》に、高いマントルピースのついた年老いた煙突が気に入っておる。だが妻は、子どもじみたのぼせあがりから、新しいものだけを好み、その結果として、秋にはできたての林檎酒を、春にはあたかも聖書のネブカドネツァル[*11]自身の娘であるかのように、あらゆる種類のサラダ用の野菜やホウレンソウを、特にみずみずしいキュウリを所望するし（だが自然は、老人のそんな不相応な若々しい渇望をなじるのを常とし、そうした食べ物は彼女の体には合わないのだ）、最近取り沙汰されるようになった美的眺望というものを渇望し（だから背後に墓地などあってはならない）、そしてスウェーデンボルグ[*12]の教義と交霊術哲学に夢中になり、その他自然、超自然にかかわらず新しい考えに夢中なのだ。そして限りない希望に満ちて、屋敷の北側にさえ始終新しい花壇を作っておるが、そこには山から吹き下ろす風のためにハードハックと呼ばれる針金状の雑草さえもさっぱり根づくことがないありさまだ。そして道に面した側には、まだパイプ軸のように細い楡の若木を間隔をあけて植えておるが、それらが木蔭を作りだすのは遥か先で、彼女の曾孫娘の墓石が朽ち果てる時分までは無理というものだろう。そして帽子を被《かぶ》ろうとせずに白髪まじりの髪をお下げに結い、流行を知るために婦人雑誌を読んで、新年のひと月前にはかならず新しい暦を買い、夜明けとともに起き出し、どんなに心温まる日没にも冷淡な態度を取り、時間を見つけては歴史やフランス語や音楽の勉強を新たに始めもする。若い連中と交わるのが好きで、若い馬に乗ると言いだしたり、果樹園では若い余分な枝を移植してみたりする一方で、肘を載せておるわしの葡萄の老木と、内反足をした年老いたわしの隣人と、鉤爪足のわしの昔馴染みの椅子に恨みをいだいておる。そしてとりわけ殊更に、高いマントルピースのついたわが年老いた煙突を虐げ、死に至らしめようとするのである。何度となく考えるのだが、どんなひねくれた魔法によって、人生の秋を迎えたこんなに年老いた婦人が、春を思わせるこんなに若い魂を持っておるのだろうか？　時々わしが異議を申し立てると、彼女はさっと振り返ってわしのほうを見て、「ああ、ぶつぶつ言うのはやめてくださいな、お爺さん（彼女はいつもわしをお爺さんと呼ぶのだ）、あなたが活気を失わないのは、わたし、この若いわたしがいるからなのよ」とのたまう。まあ、それはそうなのだろう。そう、結局のところ、すべてのものがうまくできておる。彼女の貧しい親戚である善き人に言わせれば、わしの妻は聖書に言う地の塩〔世に役立つもの〕であるのだが、わしの海にとっての塩でもあり、もしそれがなかったならばわしの海は不完全なものになっておることだろう。彼女は海のモンスーンでもあって、身が締まるような強風をわが煙突に対して絶え間なく吹きつけておる。

　自分の並はずれた精力に気づかないわけではなく、妻はわしの身辺に関わるあらゆる責任を自らに引き受けたいと、これまで何度もわしに提案してきておる。家庭内のことに関してわしが退位し、これ以上の支配権を放棄して、あの立派な神聖ローマ帝国皇帝カール五世[*13]のように修道院かどこかに引退することを望んでおるわけだ。だが実のところ、煙突の件を除くと、捨て去るべき権威などわしにはほとんどありもしない。ある種の事柄は女性の管轄下に属するのが正しいという原則を妻が巧妙に適用するので、何かと言いなりになるわしは、気づいてみるとひとつまたひとつと、徐々に男性的な特権を剝《は》ぎ取られておるしまつだ。夢うつつでわしは畑をうろつくが、その様子はものぐさで呑気《のんき》で、なんの役にも立たない放浪する老いたリア王[*14]だ。突然の啓示によってのみ、誰に支配されておるかをわしは思い知らされるのであり、たとえば一昨年のある日、敷地の片隅に置かれたばかりの謎めいた板や材木を見て、その出来事の奇妙さにようやく真剣な目を向けることになった。「奥方よ」とわしは言った。「あそこの果樹園の近くに見えておる板や材木は誰のものだい？　奥方よ、それについて何か知っておるのか？　誰があそこに置いたのだ？　近所の人たちにそんなふうにわしの土地を使われるのをわしが嫌がることは知っておるだろう。やつらはまず許可を取るべきだよ」

彼女は憐れむような笑顔を浮かべてわしを見よった。

「あら、お爺さん、わたしが新しい納屋を建てているのを知らなかったの？　お爺さん、そのことを知らなかったの？」

これが、自分のことを虐げていると言い張ってはわしを非難しおる哀れな年老いたご婦人の正体なのだ。

とはいえ、煙突の話に戻ろう。この障害物がある限り玄関広間計画がうまくいきそうにないと確信するやいなや、妻はしばしば修正案に取りかかっていた。とはいえ、わしにはその全貌を理解することはできなかった。わしに見抜けた限りでは、不規則なアーチ型の廊下というかL字型のトンネルのようなものが、階段下のちょうどよい場所で煙突を通過するようになっておって、慎重に暖炉との危険な接触を避け、とりわけ内部にある大きな煙道を完全によけながら、好奇心に富む旅人を正面玄関から屋敷の裏側にある食堂までずっと導くことになるようだった。疑いなく、彼女のこの計画には大胆で天才的なひらめきがあり、コリントス地峡に巨大運河を計画したときのローマ皇帝ネロ[*15]のひらめきと互角といえた。彼女の着想が実行されていたなら、トンネルの中に適切な間隔で吊るされた明かりの助けを借りて、遺跡発掘で有名だったベルツォーニ[*16]のような輩が時を超えて、この煉瓦細工を通り抜けて食堂に実際に姿を現すことに成功しなかっただろうとは、誓って言うことなどできないし、またその暁には、その旅人に元気回復の食事を与えないとしたら、失礼だということになっていたことだろう。

だが、わしのせわしない妻の不満はとどまるところを知らず、最終的には、改修計画も一階部分だけに限定しようとはしなかった。彼女の野望はしだいに高まるたぐいのものだった。計画を胸に彼女は二階に上がっていき、果ては屋根裏部屋にまで上がっていった。おそらく現状に対する彼女の不満には、少しは根拠があっただろう。実をいえば、先に話したオーケストラ用のバルコニーを再度除外して考えれば、階段を昇ったり降りたりするのに常時使える通路はなかったのだ。そしてこれもひとえに煙突のせいであり、口の達者な妻はこの煙突を、軽蔑も露わにこの屋敷のごろつきと看做しているようだった。ほぼどの部屋も、暖を求めてこの煙突に四方からすり寄っていた。煙突が部屋に赴くのではなく、部屋のほうが煙突にどうしても赴かなければならないのだった。結果として、ほぼどの部屋も哲学体系のように、それ自体が別の部屋への入口、というか通路となり、部屋体系——実のところ、入口の連続体——になっていたわけだ。屋敷の中を歩いていくと、つねにどこかに向かっていて、それでいてどこにも辿りつかないように思える。それは森の中で方角を見失うが如くであり、煙突の周囲をぐるぐると巡り、辿りついたと思うことがあったとしても、出発地点に戻ったにすぎず、そこでまた新たに取りかかるのだが、今度もどこにも辿りつくことがないのだ。確かに——あら捜しのつもりで言うのではないのだが——これほど迷路めいた住居はついぞなかった。わしのところに訪問客が数週間滞在すると、予想外の部屋を何度も新たに見つけては驚くことになるほどだ。

煙突に起因する屋敷の不可思議な性質は、特に食堂部分において目立っていて、そこには少なくとも九つの扉があり、あらゆる方向のあらゆる場所に通じておる。初めてこの食堂に入った訪問客は、当然ながらどの扉から入ってきたかに注意を払ったりしないために、暇《いとま》を告げようと立ち上がると、見るも奇妙な失態を演じることとなる。たとえば、一番手近な扉を開けて、裏手の通路を通って裏階段をそっと昇ろうか、という羽目になる。その扉を閉めて、別の扉のところに行き、今度は地下室が足元にぽっかりと口を開けているのを発見して仰天する。次には三つ目の扉を開けて、仕事中の女中を驚かせることになる。最終的に、自分ひとりの努力に頼るのをあきらめて、通りすがりの家の者から信頼できる道案内を得て、ようやく戸外に出ることに成功するというわけだ。おそらく最も奇妙な失態は、洒落者のある若い紳士によるもので、その思慮分別のある眼鏡にわしの娘アナがかなうことになった、とびきりの気取り屋によるものだった。ある夕方、彼はこの娘を訪ねてきたが、彼女は食堂でひとり針仕事をしていた。彼はかなり遅くまで、帽子と杖を持ったまま極めて洗練された話を長々と披露したあとで、女王のもとを辞す廷臣そっくりに、むやみやたらと別れの挨拶を口にし、優雅なお辞儀を繰り返しながら出て行こうとして、片手を後ろに回して、そこにたまたまあった扉を開けて大変行儀よく後ずさりしたが、そこは暗いパントリーで、彼は慎重に扉を閉めてしまってから、なぜ入口なのに照明がないのだろうと訝《いぶか》った。瀬戸物のあいだに入り込んだ猫が立てるような奇妙な音を何度か立てたあとで、彼はまたその同じ扉から出てくると、いつになく意気消沈して、深く当惑した表情を浮かべ、九つの扉のうちのどこから屋外に出られるかを教えて欲しいとわしの娘に頼んだ。悪戯《いたずら》好きのアナがわしに話してくれたところによると、この若い紳士が再び姿を現したとき、彼が少しも気取りがなく率直だったことに驚いたということだ。確かに彼はこれまでになく白く飾り気がなかったが、それというのも彼が、開いていたハヴァナ砂糖の引き出しに白い革手袋の手をうっかり突っ込んでしまっていたからだった。おそらく、いわゆる「魅力的《スイート》な人」なので、自分の進むべき道はこちらの方角だと思い込んだのだろう。

　煙突が原因で生じたもうひとつの不都合は、訪問客が滞在する部屋に辿りつくまでの当惑であり、客と部屋とのあいだをいくつもの不可解な扉が隔てておるという事態だった。道しるべによって客を案内するのはかなりおかしく《クィア》見えるだろうし、ロンドンのシティを訪問する国王がテンプル・ゲイトで許可を取るように[17]、訪問客が道すがらすべての扉をノックしてまわるのも、またおかしく《クィア》見えるだろう。

さて、こうしたことすべてやその他もろもろについて、わしの家族は絶えず文句を言っておった。そしてついに、妻が抜本的な計画を持ちだした――煙突をそっくり撤去してしまうというものだった。

「なんだって！」とわしは言った。「煙突を取り去るだと？　奥方よ、どんな場合でも、背骨を取り除くのは危険なことだ。背中から脊椎を取り除くこと、屋敷から煙突を取り除くことは、錆《さ》びた鉛管を地中から取り除くのと同じだと思ってはいけない。そのうえ」とわしは付け加えた。「煙突はこの屋敷でただひとつの大いなる永続的なものだ。改革屋たちに煩わされることがなければ、のちのち屋敷全体が煙突から剝がれ落ちるときが来ても、煙突は依然として立ち続け――その様子はバンカーヒル記念碑[*18]のようだろう。いやいや、奥方よ、わしの背骨を取り去ることはできんよ」

わしはそのときそう言った。だが、妻と娘たちが始終肘や耳元でうるさくしているとき、誰が、特に年老いた老人の誰が、自分の決断に自信を持つことなどできようか？　やがて、わしは説得されて彼女の計画を少し見直すようになり、要するにその計画をためしに検討してみることになった。ついに、石工の親方――一種の建築家もどきだ――のスクライブ氏とかいう人物が相談に呼ばれることになった。わしは彼を煙突に正式に紹介した。わしは以前に妻からこの人物を紹介されておった。排水設備に大々的な処置を施す計画や見積もりのために、彼はこのご婦人に何度も仕事を依頼されてきたからだ。調査はすべてわしらに任せるという確約を、連れ合いから苦心の末に取り付けると、わしはスクライブ氏をまず初めに問題の根元である地下室に案内した。ランプを片手にわしは降りていったが、それというのも階段の上は真昼でも、階段の下は夜だったからである。

わしらはピラミッドの中にいるかのようで、わしが一方の手でランプを頭上に翳《かざ》し、もう一方の手で暗がりの中の煙突のいかめしい塊を指す様子は、偉大な神アピス〔古代エジプトの聖牛〕の蜘蛛の巣に覆われた霊廟を案内するアラブ人のガイドのようだった。

「これは途轍もなく驚くべき建造物だよ、大将」と石工の親方がしばらく無言でそれを見つめたあとで言った。「途轍もなく驚くべき建造物ですな、大将」

「そうだとも」とわしは満足して言った。「みんなそう言うよ」

「屋根の上の部分は確かに大きく見えるが、基礎の部分のこの巨大さは推測してみたこともなかったですよ、大将」とそれをしげしげと見やった。

それから物差しを取り出すと、彼はその寸法を測った。

「十二フィート四方、百四十四平方フィートある！　大将、この屋敷はこの煙突を収容するためだけに建てられているように見えますな」

「そうだ、わが煙突とわしをな。さあ、ざっくばらんに言ってくれ」とわしは付け足した。「こんな結構な煙突をきみは取り去ろうとするかね？」

「大将、あっしの家には欲しくはないですな、もらったとしてもね」というのが答えだった。

「大将、まったく損な計算ですよ。この煙突を手放さないことによって、立派な土地を百四十四平方フィートも失っているだけでなく、かなりの元金につくかなりの利子も失っていることはご存じですかい、大将?」

「どんなふうにかね?」

「大将、こういうことなんでさ」と彼は言い、ポケットから赤いチョークのかけらを取り出すと、白漆喰《しっくい》の壁で計算し、「二十かける八はこれこれで、四十二かける三十九はこれこれと――ですよね、大将? さて、これを全部足して、これを引いて、そうするとこれこれになりますね」と、チョークで書き続けた。

簡潔に言えば、かなりの計算をしたあとで、スクライブ氏がわしに告げたことには、わが煙突には、事細かく言うことは憚《はばか》られるが千個余りの貴重な煉瓦が使われているということだった。

「もういい」とわしはそわそわしながら言った。「さあ、今度は上の階を見てみよう」

上にあがると、わしらは一階部分と二階部分をもう二周巡回してみた。それが終わると、正面玄関脇の階段の根元のところに二人して立ち、わしは扉の取っ手を握り、スクライブ氏は手に帽子を持っていた。

「さて、大将」と言ってから彼は言葉を探し、助けを求めて帽子をいじりまわした。「さて、大将、あっしはやって大丈夫だと思いますな」

「何をだい、スクライブさん。一体何が大丈夫だと言うんだい?」

「あの煙突でさ、大将、あれは取り去っても、無茶ってことはないと、あっしは思いますな」

「スクライブさん、それはわしのほうでも考えてみるよ」とわしは言い、扉の取っ手を回し、お辞儀をして彼を屋外に導いた。「よく考えてみることにするよ。熟慮が必要だからね。とにかくありがとう。ごきげんよう、スクライブさん」

「それじゃ、手配が済んだのね」と妻が喜び勇んで叫び、すぐ近くの部屋から飛び出してきた。

「いつ始まるの?」と娘のジュリアが尋ねた。

「明日から?」とアナが聞いた。

「まあ、待て待て、娘たちよ」とわしは言った。「あんなに大きな煙突は、即座に取り去ることはできんのだ」

翌日も同じことが繰り返された。

「煙突のこと、覚えていますよね」と妻が言った。

「奥方よ」とわしは言った。「煙突が屋敷から消えることはないし、わしの頭から消えることもないよ」

「でも、スクライブさんはあれをいつ取り壊し始めるって言ってるの?」とアナが尋ねた。

「今日ではないよ、アナ」とわしは言った。

「それじゃ、一体いつなの?」と驚いたジュリアが知りたがった。

さて、わが煙突が大きさからして鐘楼のようなものだとすると、それについてガラーンガラーンとわしに文句を言う妻と娘たちは、鐘のようなもので、つねに一緒になって鳴り響き、音がやむかと思うと互いの旋律を引き継ぎあい、中でも妻が一番大きな鐘の舌のようだった。大変甘美な音であり、轟《とどろ》きであり、響きだったことは認めよう。だが、最も澄んだ鐘の音というものは、陽気に響きもするが、時には陰鬱に鳴り渡りもする。そして当面の主題に関して言えば、今や陰鬱に鳴り渡っておる。わしが奇妙にも反対意見に逆戻りしたのを感じ取って、妻と娘たちは煙突に向けて静かに葬送歌の憂鬱な調べを奏で始めた。

やがて、妻がひどく興奮して、指差しながらわしに断言したのは、あそこの煙突が立っている限り、それをあなたの約束不履行の記念碑と看做しますからね、ということだった。だが、翌日になってもこれに対して応答がないのに気づくと、彼女か煙突かのどちらかがこの屋敷を出ていくことになると、彼女はわしに言い渡したのだった。

事態がこのように切迫したことに気づくと、わしとわしのパイプはしばらく哲学的思索に耽《ふけ》り、わしら二人で結論に至った。すなわち、わしらの気持ちは妻の計画には少しも乗り気ではないが、平和のために煙突の死刑執行令状を書いたほうがよいということになり、そしてわしの立場が認められているうちに、スクライブ氏に短い手紙をしたためた。

わしとわが煙突とわしのパイプは、かなり長いこと一緒に過ごしてきた三人の旧友同士であるので、この三人組の中で最も立派なものに対するそれほど致命的な計画にわしのパイプが同意した容易さ、わしとわしのパイプがいわば密かに共謀して、何も気づかぬ年老いた仲間の暗殺を企てたやり方——これは、わしら二人の哀れな不名誉のしるしとはならないまでも、かなり異常なことに思えるかもしれない。だがもちろん、土から作られた息子たちであるわしら、つまりわしのパイプとわしが、他の同類より優れているということはありえない。それに、旧友を裏切ることを率先して思いついたというのは、真実から程遠い。しかもわしらは平和を好む性分である。

だが、わしらの共通の友を助けるために精力的な擁護が必要になるやいなや、この友を裏切るように仕向けたのも、平和を愛するわしらの心なのだった。だが喜んで付け加えるが、より優れたより大胆な考えがまもなく思い浮かんだのであり、これから簡単にそれについて述べることにしよう。

わしの短い手紙を受け取って、スクライブ氏は自らやって来た。

再びわしらは調査を行なった。今回は主に金銭面での見積もりが目的だった。

「五百ドルでやりますよ」とスクライブ氏はしまいに言い、またも手には帽子が握られていた。

「なるほど、スクライブさん、考えてみることにするよ」とわしは答え、またもやお辞儀をしながら彼を扉に導いた。

再度この予期せぬ反応に直面し、面喰らって彼は再び退散し、妻と娘たちからはまたお馴染みの叫び声が上がったのだった。

実を言えば、どんな決心をしたところで、最後の土壇場において、わしとわが煙突を分かつことなどできないのだ。

「それでこのホロフェルネスさんは自分の思いどおりにするわけよ、それで誰の心が張り裂けようがお構いもなくね」と翌日の朝食の席で妻は、教育半分、非難半分の得意の言い方をしたが、これはどんなすさまじい攻撃よりも一層身に堪《こた》えるものである。聖書外典の猛将ホロフェルネス[*19]というのも、家庭内の残忍な暴君に対して彼女が使う愛称なのだ。そこで彼女の大胆な新企画、わしを鋸で横引きするような新企画に反対して、今回の場合のように、わしがわずかなりとも頑なに反対の立場に回ると、彼女はいつもわしのことをホロフェルネス呼ばわりするわけだ。そして十中八九、夜分最初の機会を捉えては、それとなく強調しながら新聞の最初の段落を声に出して読み上げることになるのだが――とある非道な日雇い労働者が、長年家族の中で暴君カリグラとして猛威をふるった挙句、しまいに屋根裏部屋の留金から引きちぎった扉で、長年苦しみに耐えた彼の連れ合いを殴り殺し、次には無邪気な子どもたちを窓から外に投げ捨て、肉屋やパン屋の借金が書き込まれた壊れた壁に自虐的に向き直ると、まっしぐらに恐ろしい死を遂げる、といった内容だったりするのだ。

それにもかかわらず、二、三日というもの、少なからず驚いたことに、わしは新たな非難の声を聞かなかった。張り詰めた静けさが妻を包んでいたが、その裏で、いわば海面下で、どのような不吉な動きが進行中であるかについては、知りようがなかった。彼女は頻繁に、しかも怪しげな方角、つまりニューペトラの方角に向けて外出した。木造と化粧漆喰《しっくい》造りからなる怪物グリフィン[20]のようなその屋敷は、流行の先端をいく装飾芸術様式を誇り、直立したドラゴンを模した四本の煙突が立ち並んで、その鼻孔からは煙が吹き出していた。スクライブ氏のこの優雅でモダンな住居は、宣伝広告になるようにと建てたものだったが、それは建築家としての彼の趣味よりも、石工の親方としての彼の確かな地位を物語る広告になっておった。

ついに、ある朝パイプをやっておると、扉を叩く音がして、いつになく静かな様子で妻がわしのところに手紙を持ってきた。わしは聖書のソロモン[21]以外とはやりとりを通じる習慣がなく、しかも少なくとも気持ちの点では、ソロモンとわしは完全に通じ合っておったので、この手紙は小さな驚きをもたらし、読んでみてもその驚きが薄れることはなかった。

ニューペトラにて、四月一日

大将――あの煙突を前回調べていたときに、おそらく気づかれたかもしれんが、あっしは不必要とも見えるほど何度も物差しを煙突に当ててみました。同時に、あっしが多少とも戸惑っている様子も目にされたかもしれんが、あっしはそれを口に出すことは控えとりました。あっしが今、伝える義務があると考えていることは、そのときにはぼんやりした疑いにすぎなかったので、そうである以上口にするのは賢明ではなかっただろうものですが、その後の様々な計算によって可能性が高いことがわかってきたので、これ以上黙っているべきではないと思いました。

大将、あっしの厳かな務めとして警告するわけですが、あの煙突のどこかに、取り置きの空間が隠されていると推測するに足る建築上の根拠がありまして、それは密閉された空間で、つまり秘密の小部屋、というかむしろクローゼットのようなものです。どのくらい長期間それがあったかは、あっしにはわからないことです。その中に何があるのかも、それとともに暗闇に隠されているわけですが、何か並はずれたものでなかったならば、おそらく秘密のクローゼットが考案されることはなかったでしょう。それが宝物を隠すためなのか、それ以外の目的のためなのかという推理は、この屋敷の来歴をよく知る方がたに任せるべきなのでしょうな。

だがこれで十分です。大将、これを打ち明けることで、あっしの良心は安らかになりました。大将がそれに対してどのような処置を取るかは、もちろんあっしには関係のないことですが、白状すると、そのクローゼットの性質に関しては、当然ながら好奇心を共有せざるをえません。

秘密のクローゼットが隠されていることを知りながらその屋敷に住むことが、キリスト教徒らしいかどうか決めるにあたっては、正しいお導きがあるよう願っとります。

つねに

大いなる敬意をこめて

しもべたる

ハイラム・スクライブ

この手紙を読んでわしが初めに考えたことは、冒頭で仄《ほの》めかされている謎めいたふるまいではなく——というのも、調査の際に石工の親方にそのようなふるまいは少しも見られなかったから——むしろわしの親戚だった故ジュリアン・デイカーズ船長のことだった。この人はインド貿易で長く船長兼商人として活躍し、三十年ほど前に九十歳という高齢で独身のまま、自分で建てたこの屋敷で亡くなったのだった。彼は莫大な財産を得て、田舎に引き籠もったとされておった。だが周囲の人が驚いたことに、多大な費用をかけて自分のためにこの屋敷を建ててしまうと、穏やかで控えめで贅沢をしない老境に至り、隣人たちはこれが、彼の相続人にとって喜ばしいことだと言っていたのだが、なんと、遺言を開けてみると、彼の財産としてはこの屋敷と土地と約一万ドルの株券があるだけで、屋敷も土地も何重にも抵当に入っておることがわかり、結局売却されたのだった。やがてゴシップも過去のものとなり、船長の墓の上には草が静かに生い茂っていき、その様子は内陸の草の波というより、インド洋の大波が打ち寄せているかの如くであり、彼は近寄る者もないプライバシーに守られて、今でもそこで眠りについておる。それでもわしはだいぶ前に、彼の遺書、ひいては彼自身をめぐる謎に対して、地元の人たちによって囁《ささや》かれていた不可思議な話を耳にしたことを覚えておるし、しかもそれは金銭にとどまらず良心に関わるものだった。だが、ジュリアン・デイカーズ船長が生前ボルネオの海賊だったという噂を流すことができた(そして実際に流した)連中が、この補足的な情報に関して信用に値しなかったことは確かだ。一風変わったよそ者が田舎の人びとの中に混じって沈黙を決め込んでいると、周囲に途轍もない噂が毒キノコのように生え広がることになるのは不思議《クィア》なものだ。ある種の人びとにとっては、当たり障《さわ》りのないことが気に障る最たる原因となるようだ。だが、こうした噂話、特に隠された財宝をめぐる噂話をわしが鼻であしらってきた主たる理由は、このわしの親戚の男の死に際してこの屋敷の所有者となった見ず知らずの男(屋根と煙突の上部を削り取ったあの張本人)が、ああいう性格だったので、もし噂話に少しでも根拠があると考えたなら、すぐさまそれを確認しようと、壁を取り壊してくまなく探し回っていただろうという事情があったからだ。

それにもかかわらず、スクライブ氏の手紙は、極めて不思議なことにわしの親戚の男の思い出を甦《よみがえ》らせ、その男についてこれまで謎とされてきたことや少なくとも説明がつかないとされてきたことと、極めてすんなり一致するものだった。金塊がぼんやりと輝く様子が、わしの脳裏で、頭蓋骨がぼんやりと白光りする様子と結びついた。だが、冷静になってみると、すぐにそんなありそうもない幻は姿を消して、わしは穏やかに微笑みながら妻のほうを向き、一方の妻はというと、一体どんな人がわしに手紙を書くようなことを思いついたのかを知りたくてたまらなかったのだと思われるが、すぐそばに座っていた。

「さて、お爺さん」と彼女は言った。「それは誰からで、どんなことが書かれてましたの?」

「奥方よ、読んでみたらいい」とわしは言って、それを渡した。

彼女はそれに目を通し、それから——ものすごい興奮ぶりだった! 彼女の感情を描写したりその表情を再現することなど、とてもできそうにない。興奮を分かち合うために、娘たちが急遽呼び入れられたと言えば十分だろう。彼女たちは、スクライブ氏の手紙にあるような驚くべき新事実など予想だにしたことがなかったのだが、にもかかわらず一度口に出されてみると、直感的にそれも十分にありそうな話だと感じたのだった。裏付けとして、彼女たちはまず初めにわしの親戚の男を、そして次にわが煙突を引き合いに出し、前者をめぐる途轍もない謎と後者をめぐる同様に途轍もない煉瓦構造とは、それぞれ事実として認識されてきたとはいえ、秘密のクローゼットを仮定しなければ、いずれもばかげていて説明がつかないと主張したのだった。

だがこの間、わしはひとりで静かに考えておった。わしの騙《だま》されやすい性質がこの場合、彼女たちの計画に大変好都合に働くということに、わしは気づかずにおられようか? すでに予定されていた破壊を不必要にしてしまうほどの煙突に対する致命的な作業なしに、秘密のクローゼットにどうやって辿りついたり、そもそもその存在をどうやって確認したりすればよいというのだ？　妻は煙突を取り除きたいと願っておって、そのことについてはあらためて考えるまでもなく、またスクライブ氏は無関心を装っておっても、その作業をすることによって五百ドルを手に入れることに反対してはいないということもまた明らかだった。妻が密かにスクライブ氏と額を寄せて相談していたとまでは、わしは今のところ断言するのを控えておこう。だが、煙突に対する彼女の敵意や、自分の計画を最後には実行することを常としておる根気、特に一度挫折を味わったあとでは是が非でも進めていく彼女の根気を思うとき、わしは彼女が取るどんな手段にも驚くべきでないことを理解しておった。

ひとつだけわしが決心しておったのは、わしとわが煙突が断固譲歩すべきではないということだった。

どの抵抗も無駄だった。翌朝わしが道まで出てみると、そこに悪魔的形相の老いた雄のガチョウがおった。こいつは以前、禁じられた囲いの中へ足搔《あが》いて入り込むという果敢な偉業を遂げたため、飼い主から勲章の代わりに、十字の棘《とげ》のついたものものしい木製の飾りを首の回りに巻かれておった。このガチョウを隅に追い詰め、一番堅い風切羽《かざきりばね》を探して抜くと、屋敷に持ち帰って堅いペンを作り、次のような堅苦しいメモをしたためた。

煙突の脇にて　四月二日

スクライブ殿

拝復――貴殿のご想像に関して、わしらは共同でお礼とお返しを申し上げ、以下について
宣言させていただくしだいであります――

わしらは居続けるでありましょう、ずっと
強い信念をもって
変わりなく
わしとわが煙突

もちろん、この書簡のために、わしらはかなり手厳しい叱責に耐えねばならなかった。だが、スクライブ氏の手紙によってもわしの決断が一寸たりとも変化しなかったことをはっきりと思い知らされた妻は、わしの気持ちを変えようとして、いろいろと訴える中でこんなことも言った。自分の記憶が確かならば、個人の邸宅に秘密のクローゼットを所有することについて、火薬を所有することと同様非合法とするという法律があるはずだと。だが効果はなかった。

二、三日経つと、わしの連れ合いは調子を変えてきた。時刻は真夜中に近く、わしら以外はみな床に就いておって、わしらは煙突の両端に座り、彼女は編み針を手に、疲れも見せず靴下を編んでおり、わしは口にパイプをくわえて怠惰に煙をくゆらせておった。

肌寒さを初めて感じさせる秋の夜だった。炉床には火が低く燃えていた。外の空気はどんよりと重く、不注意から薪は湿気を含んだ状態になっていた。

「煙突をよく見てごらんなさい」と彼女が言い始めた。「あの中に何かあるに違いないことがわからないの?」

「そうさね、奥方よ。煙突の中には確かに煙があるよ、スクライブ氏の手紙に何やら煙めいたものがあるようにね」

「煙ですって? 本当だわ、目にしみるわ。あなたたち不埒《ふらち》な年老いた罪人たちは、なんて勢いで煙を吐くのかしら!――この不埒な古煙突とあなたのことよ」

「奥方よ」とわしは言った。「わしとわが煙突は、確かに一緒に静かに煙を吐くのが好きだが、わしらは罵られるのは好かんなあ」

「それはそうと、ねえ、お爺さん」と彼女は調子を和らげて言い、少し話題を変えた。「あなたのあの昔の親戚のことだけど、あの人のことを考えると、この煙突の中に秘密のクローゼットがあるに違いないとあなたも思うんでしょう?」

「奥方よ、秘密の灰落とし穴《アッシュ・ホール》だね、ないはずがないだろう? そうさ、たぶんこの煙突には秘密の灰落とし穴があるんだろう。そうでなければ、あの奇妙《クィア》な穴から落とす灰はすべて、一体どこに行くというのかね」

「わたしはどこに行くかわかっているわ。わたしはあそこには猫と同じくらい頻繁に足を運んでいるんですもの」

「奥方よ、一体どんな悪魔に唆されてあの灰落とし穴に這い込んだりしたんだ! 聖ダンスタンの悪魔[*22]が灰落とし穴から現れたってことを知らんのか? おまえみたいに詮索しまわっておると、そのうち命を落とすことになるぞ。だが、もし秘密のクローゼットがあるとして、そうしたらどうするのだ？」

「そうしたら、どうするですって？　だって、秘密のクローゼットの中にあるものと言えば、決まってるじゃ——」

「白骨だね、奥方よ」とわしが割り込んで、煙をふっと吐き、付き合いのいい年老いた煙突もふっと煙を吐いて割り込んだ。

「ほら、まただわ！　ああ、このあさましい古煙突はなんでこんなに煙が出るのかしら」と、ハンカチを目に当てる。「こんなに煙が出るのは、間違いなく秘密のクローゼットが煙道を塞いでいるからだわ。見てちょうだい、この暖炉の脇柱がますます沈んできているでしょう。だから扉のところから炉床までずっと下に傾いてきているのよ。この忌々しい古煙突は今にわたしたちの頭の上に落ちてくるわ、お爺さん、絶対よ」

「そうさね、奥方よ。わしは絶対に当てにしとる。そう、本当に、わしは完全に煙突を当てにしておるのだ。それが居座って沈んできておることに関しては、なかなかいいじゃないか。おまえも知っとるように、わしも足取りが沈むようになってきておるしな。わしとわが煙突は一緒に居座って沈みつつあるのだし、これからも居座って沈み続けるつもりで、最後には大きな羽根布団ベッドの中にでもおるように、二人ですっぽりと沈んで身を隠してしまうだろうよ。だが、この秘密のオーヴン、というかおまえの言う秘密のクローゼットだがね、奥方よ、そもそもどこにその秘密のクローゼットがあると思っておるのか？」

「それはスクライブさんに聞かないとわからないわ」

「だが、彼が正確に言い当てることができないとしたら、そのときはどうするんだい?」

「あら、あの人だったら絶対に、あの忌々しい古煙突の中のどこかにあると証明することができるわ」

「もし証明できなかったら、そのときはどうするんだい?」

「あら、お爺さん」と堂々たる様子で言った。「そのときはもう何も言わないことにするわ」

「奥方よ、わしも同感だ」とわしは返し、パイプの火皿を暖炉の脇柱に打ちつけた。「それじゃ、明日になったら、三度目になるがスクライブ氏を呼ぶとしよう。奥方よ、坐骨神経痛が悪くなってきおった。このパイプをマントルピースの上に置いてくれんかね」

「わたしのために脚立を取ってくれたら、置きますよ。この驚くべき古煙突、この憎らしい旧式の古煙突のマントルピースは随分高いから、わたしには届かないのよ」

どんな些細な機会も、この大建築物をわずかでもけなすために見過ごされることはないのだった。

ここであらかじめ説明しておくと、煙突の周囲には、暖炉が刳り貫かれていただけでなく、さらにどの階でも、極めてでたらめなやり方で、奇抜で風変わりな食器棚やクローゼット戸棚が、種類や大きさも様々に刳り貫かれておって、それらがあちこちで煙突にしがみついている様子は、樫の老木の股に作られた鳥の巣のようだった。二階では、こうしたクローゼット戸棚はとりわけ不規則で無数にあった。だが、そうせねばならぬ理由はほとんど見当たらないのであり、それというのもこの煙突は原理的に、ピラミッドのように上に行くにつれて小さくなるからだった。屋根の上でその四角形が縮小しているのは一目瞭然であり、下部から上部にかけて整然と徐々に減少しているはずなのだった。

「スクライブさん」と、翌日やる気に満ちた顔つきでこの人物がまたやって来たときに、わしは言った。「今朝、きみを呼びにやった目的は、わが煙突の撤去の手はずのためでもなく、それについてのなんらかの相談をするためでもなくてね。きみの手紙の中に書かれていた推測の正しさを、可能であれば証明してもらえたらと思って、理にかなう範囲であらゆる便宜をきみに与えるために来てもらったんだよ」

痰が絡んだようなわしの申し出が、彼が期待していたものとまったく違っていたことから、内心少なからず意気消沈していたかもしれないが、外目には大変きびきびと彼は調査を開始した。一階にある食器棚をさっと開け、二階ではクローゼット戸棚に首を突っ込み、内部寸法を測り、それを外部寸法と比較した。いくつもの炉蓋をはずして、煙道を見上げもした。だが、隠れた細工を示す兆候は依然としてなかった。

さて、二階では、各部屋は考えうる限り不規則に配列されていた。あたかも互いにジグザグに継ぎ合わせたかのように入り組んでおった。部屋の形状は様々で、どこにも正確に正方形といえる部屋はなく――これは石工の親方も気づかずにはいなかった不可思議な点だった。不吉とはいかないまでも、意味深長な表情を浮かべて、彼は煙突を一周してまわり、その周囲の各部屋の面積を測り、それから階段を降りて外に出ると、敷地面積全体を測った。それから二階の全部屋の面積をすべて足したものを、敷地面積と較べ、それからかなり興奮しながらわしのところに戻ってきて報告するには、二百平方フィート余りもの差異があるとのことで――どう見ても、秘密のクローゼットに十分な余地だということだった。

「だが、スクライブさん」とわしは顎《あご》をなでながら言った。「構造上の主たるものも、間仕切りのものも含めて、壁の厚さは考慮したのかね？　壁もスペースを取るものだからね」

「ああ、それを忘れちまってた」と彼は額を叩き、「でも」と、紙の上で計算しながら言った。

「それでも不足分は埋まらないですな」

「だが、スクライブさん、各階にあれほどある暖炉の窪みや、防火壁や、煙道も考慮に入れたのかね。要するに、スクライブさん、この堂々たる煙突そのものを考慮に入れたのかね――百四十四平方フィートほどもあるのだよ、スクライブさん」

「なんとも不可解だ。そのことも忘れちまってた」

「いやはや、スクライブさん」

彼はややたじろぎ、それから突然叫んだ。「だが、百四十四平方フィートをこの堂々たる煙突だけで説明しきることはできんのです。あっしの見解では、この過度な広がりの中に、秘密のクローゼットが隠されているわけでして」

わしは一瞬黙ったまま彼を見つめ、それから言った。

「きみの測量は終わったんだね、スクライブさん。煙突の壁の正確にどの部分に秘密のクローゼットがあるときみが考えておるのか、ぜひとも指さしてもらいたいね。それとも、マンサクのした。

「いいや、大将、鉄梃《かなてこ》のほうが役に立ちましょうな」と気短に彼は言い返した。

おやおや、秘密の本音が猫のように飛び出してきたぞ、とわしは密かに考えた。平然と彼を見やると、彼はそれに気づいていくぶんそわそわしておるようだった。これまでになく、わしは陰謀を感じ取った。スクライブ氏の決定に従うことにしましょうと妻が言っていたことを思い出した。ここは人当たりよく出て、スクライブ氏の決定を買収しようとわしは決めた。

「さて」とわしは言った。「本当に、この調査について心から感謝しとるよ。わしの心もこれで完全に休まった。スクライブさん、きみもきっと随分と安心したことだろうね。さて」とわしは付け加えた。「この煙突には三度も足を運んでもらった。仕事人にとっては、時は金なりだ。スクライブさん、ここに五十ドルある。いやいや、受け取ってくれ。それだけのことをしてくれたわけだから。きみの意見は参考になったよ。ところで」――彼がおずおずと金を受け取ったのを見て――「ひとつわしに書いてもらうことはできんかね――ちょっとした証明書を――そのー、蒸気船点検証明書のようなものさ。きみが、有能な測量士であるきみがわが煙突を調査して、いかなる不審なものも、要するに、そのー、――秘密のクローゼットがそこにはあるはずなどないと判断したことを証明するものだよ。願いを聞いてもらえるかね、スクライブさん?」

「いや、しかし、大将」と彼は明らかに躊躇しながら口ごもった。

「ほら、ここにペンと紙がある」とわしは落ち着きはらって言った。

これで十分だ。

その夜その証明書を額に入れて食堂の暖炉の上に飾り、それがつねに見えるところにあれば、家族の者たちの夢や策略も永久に封じ込めることができるだろうと、わしは期待した。

ところがそうはいかなかった。高貴な年老いた煙突を亡きものにしようと、妻は頑として譲らずに今日に至るまで腐心しており、娘アナの地質学用のハンマーを手に、壁一面を叩いては耳を寄せ、それはちょうど生命保険会社の医者が人の胸を叩いては、身をかがめて胸の中で響く様子を聞き取ろうとするのと似ておる。夜も時々、この幽霊狩りの目的のために徘徊してまわっては、人を怯《おび》えさせる。煙突から低くくぐもった墓穴のような反響が返ってくるのを依然として追いながらぐるぐる歩き回り、そうしていればいずれは秘密のクローゼットの入口まで辿りつけると思っているかのようである。

「なんてうつろな音なのかしら」と彼女はうつろに叫び、「ほら、確かだわ」と強く打って言った。「ここに秘密のクローゼットがあるわ。ほら、まさにこの部分よ。聞いて！　なんてうつろなのかしら」

「ああ！　奥方よ、もちろんうつろだとも。煙突の中身が詰まっておるなどという話は、聞いたこともないからね」

だが、何を言っても無駄だ。そして娘たちはわしではなく母親の真似をしおる。時には、三人の女たちは秘密のクローゼットという仮説をうっちゃって、本来の攻撃理由に立ち戻ってしまい――大層邪魔な大建築物が見苦しいと騒ぎ、それを壊せば部屋が大いに広さを増すとか、大広間という素晴らしい間取りが実現するとか、それぞれの方向に間仕切りが平行に並ぶことになればどんなに使い勝手がよいかとか、まくしたてるのだった。妻と娘たちが嬉々としてわが煙突を分割しようとする様子のほうが、三大強国が哀れなポーランドを分割したやり方よりも、無慈悲だといえよう。

だが、わしとわが煙突がものともせずにパイプをふかし続けているのを見ると、妻は再び秘密のクローゼット仮説を持ち出し、どんな秘宝がそこにはありうるか、それを求めて探し回らないなんてもったいないとくどくど言うしまつだ。

「奥方よ」とこのような機会のひとつを捉えてわしは言った。「目の前に、その意見に従おうと自分で選んだ石工の親方が書いた証明書がかかっており、その反対の事実を告げておるというのに、なぜまた秘密のクローゼットの話を蒸し返すのだい？　それに、たとえ秘密のクローゼットがあるとしても、それは秘密にしておくべきだし、わしはぜひともそうするつもりだよ。そうさ、奥方よ、今度ばかりはわしは言いたいことを言わせてもらうよ。そもそも、神を恐れぬ者たちが秘密の隠し場所をこじ開けたことから、無限の悲しみがもたらされてきておるわけだ。煙突はこの屋敷の中央に立っておって、これまでわしらは中に何かが隠れているとは疑いもせずに、みなでそれに寄り添ってきたわけだが、この煙突には秘密のクローゼットがあるのかもしれないし、ないかもしれない。だがもしあるとして、それはわしの親類の男のものであるわけだ。その壁の中に押し入ることは、その男の胸の中に押し入ることになる。あら捜しの神モーモスのものである壁破りの欲望は、教会を荒らす噂好きのならず者の欲望だとわしは看做しておる。そうさ、奥方よ、盗み聞きをする下劣な悪党がモーモスなのさ」

「モーセですって？――マンプスおたふくですって？　あなたのマンプスもあなたのモーセも知るもんですか！*24」

　実のところ、世間の人たち同様、妻はわしの哲学的なお喋りにちっとも関心を持っとらんのだ。他に哲学的な話をする仲間もいないので、わしとわが煙突は二人で煙を吐いて哲学的思索に耽るのである。そしてわしらのように遅くまで寝ずに思索しておると、わしら二人の煙好きの年老いた哲学者がくゆらせる煙は相当な量になる。

　だがわしの連れ合いは、煙草の煙も煤の煙もどちらも嫌いだから、その両方に対して戦いを挑んでくる。聖書の金の皿《ゴールデン・ボウル》*25のように、わしとわが煙突のパイプが今に砕けるのではないかとわしは始終びくびくしておる。妻のあのばかげた計画を阻止しようとも、反応してくれるものは何もない。というかむしろ、彼女自身が絶え間なく反応し、改善を際限なく求めては、際限なくわしを悩ますのであり、この場合の改善とは、破壊を体よく言い換えたものにすぎないのだった。彼女が巻尺を手に、大広間計画のために寸法を測るのを目撃しない日はほとんどなく、アナがヤード尺の一方を持ち、ジュリアがもう一方から頷《うなず》きながら見守っておるというありさまだ。最寄りの町の新聞に、「クロード」と署名のある謎めいた投書が掲載されて、ある丘の上にある建造物が、それさえなければ魅力的な風景を悲しくも台無しにしていると主張しておる。匿名の手紙も届きだし、わしを脅迫するのだが、わが煙突を取り除かなければ、はたしてどうなるのかまでは書いていない。この同じ話題についてわしを悩ますように隣人たちを焚きつけて、わが煙突が楡《にれ》の巨木のように庭の水分をすっかり吸収してしまっておるとわしに仄めかしたりするのも、妻の仕業か、でなければ一体誰だろう？　夜になっても、妻はベッドから急に起き上がっては、秘密のクローゼットから幽霊じみた物音がするとのたまう。四方八方からありとあらゆるやり方で攻撃に晒《さら》されて、わしとわが煙突には少しの平和もない。

移動が可能でさえあれば、わしらはさっさと荷造りをして一緒にこの田舎を出て行きたいところだった。

わしらはなんと間一髪で難を逃れたことか！　一度など、引き出しの中に、計画書や見積もり書の書類挟みを見つけた。また別のときには、一日留守にして戻ってくると、妻が煙突の前で熱心に話し込んでおったが、相手はおせっかいな建築改修業者、何かを建てる才能がないので、取り壊すことだけにご執心の輩だとすぐにわかった。このあたり一帯で、古風な屋敷を、特に煙突を取り壊すように、まぬけな老人どもをまんまと説得して回っておる輩である。

だが最悪だったのは、町を訪問して思いがけず早朝に戻ってきたときのことで、屋敷に近づいたところで、高所から落ちてきた煉瓦の三つの破片を、間一髪で避けることができたのだった。上を見上げると、恐れ慄《おのの》いたことに、青デニムの作業着姿の三人の無礼者たちが、前々から予告されてきた攻撃を今まさに始めようとしておるところだった。そう、確かにあの煉瓦の三つの欠片《かけら》を思うにつけても、わしとわが煙突は間一髪で危機をまぬがれたわけだ。

今では、わしが屋敷から出歩かなくなってから七年ほどが経つ。町に住む友人たちはみな、なぜわしが昔のように会いに来なくなったのかと不思議がっておる。彼らはわしが気難しくなり、人を避けるようになったのではないかと考えておる。わしが苔《こけ》むして年老いた人間嫌いになりつつあると言う連中もおるが、実はわしはたんにこの間ずっと、苔むして年老いたわが煙突の番兵に立っておるわけだ。というのも、わしとわが煙突とのあいだの堅い約束は、わしとわが煙突は決して降伏しまいということだからだ。

訳注

＊1――トマス・ウルジー枢機卿はイギリスの政治家（一四七五？―一五三〇）で、ヘンリー八世の腹心として活躍した。「われとわが国王」については、ウィリアム・シェイクスピア（一五六四―一六一六）『ヘンリー八世』三幕二場を参照。

＊2――アイルランド系イギリス人の天文学者（一八〇〇―六七）が作った十九世紀最大の反射望遠鏡。一八四五年に完成し、直径約一・八メートル、長さ約十六・五メートルの望遠鏡は「パーソンズタウンのリヴァイアサン」と呼ばれた。

＊3――大トリアノンは一六八七年にルイ十四世によりヴェルサイユ宮庭園に作られた離宮。マントノン夫人（一六三五―一七一九）はルイ十四世の愛人、のちに二度目の妻。

＊4――コシュートはハンガリーの政治家（一八〇二―九四）で、独立運動の指導者。

＊5――オリバー・クロムウェル（一五九九―一六五八）は清教徒革命の指導者。チャールズ一世を処刑した。

＊6――イングランドのウォリックシャー州にある十二世紀に建造された城の廃墟。

＊7――旧約聖書「ヨシュア記」第四章十九―二十二節を参照。

＊8――ジュリアス・シーザー（前一〇〇―前四四）はローマの将軍・政治家で、アントニー（前八三―前三

〇）はシーザーの部将で、その友人。シーザーはブルータス（前八五―前四二）とキャシアス（？―前四二）らにより暗殺された。

＊9――ピョートル大帝（一六七二―一七二五）は英語ではピーターなので、音のつながりもある。ピーター・パイパーはイギリスの伝承童話の主人公で、Pの頭韻を踏む早口言葉で有名。

＊10――アブラハムの年老いた妻サラに子が生まれるとの神のお告げに対し、サラが訝しんで笑ったことを指す。旧約聖書「創世記」第十八章一―十五節を参照。

＊11――バビロニアのネブカドネツァル王が、夢の予言どおり、一時期人間の社会から追放され、牛のように草を食べて暮らしたことを指す。旧約聖書「ダニエル書」第四章一―三十三節を参照。

＊12――スウェーデンボルグはスウェーデンの神秘主義者（一六八八―一七七二）。

＊13――カール五世として神聖ローマ帝国皇帝（一五一九―五六）、カルロス一世としてスペイン王（一五一六―五六）、退位後は修道院で過ごし、一五五八年に死去。

＊14――リア王は、シェイクスピアの四大悲劇のひとつ『リア王』（一六〇六）の主人公。

＊15――ネロ（三七―六八）は六七年にコリントス運河の開削に着手するが、翌年反乱を受けて自殺した。コリントス運河が開通したのは一八九三年。

＊16――ベルツォーニはイタリアの探検家（一七七八―一八二三）で、一八一五―一九年に、ギザの第二ピラミッドをはじめとするエジプトの古代遺跡を発掘した。

＊17――テンプル・ゲイトはロンドンのシティの西端にあった門で、ロンドンへ行く際には国王もここでロンドン市長から訪問許可を得る必要があった。一八七八年には現在の場所に移転した。

＊18――バンカーヒル記念碑は、マサチューセッツ州ボストンにあるアメリカ独立戦争の激戦を記念するオベリスク状の碑。一八四二年に完成。

＊19――軍総司令官ホロフェルネスは王の命を受け、敵対した地域を制圧して周囲を震撼させた。ところが最後にはイスラエルの美しい寡婦ユディトに誘惑されて酔いつぶれ、彼女に首を切り取られた。旧約聖書続編「ユディト記」を参照。

＊20――グリフィンは伝説上の怪獣で、ワシの頭と翼と前足、ライオンの胴体と後足を持つ。

＊21――ソロモンは古代イスラエルの王で、思慮深い知恵で知られ、従来旧約聖書の「伝道の書」（新共同訳では「コヘレトの言葉」）、「箴言」、「雅歌」は彼の言葉とされてきた。

＊22――聖ダンスタン（九〇九？―九八八）はカンタベリー大司教も務めたイギリスの聖職者。鍛冶屋の守護聖人として知られ、火箸で悪魔の鼻をつかんで懲らしめるエピソードや馬蹄を悪魔のひづめに打ち付けるエピソードが有名。

＊23――マンサクは、地下水脈を探す水占い師の道具として知られる。

＊24――モーモスはギリシャ神話から。妻はこの神話に通じていないらしく、音の類似から英語でモーゼズと発音されるモーセ、マンプスと発音されるおたふくかぜを連想している。

＊25――金の皿は、旧約聖書「伝道の書」（新共同訳では「コヘレトの言葉」）第十二章六節を参照。「金の皿は砕け」は死をあらわす表現。

モッキングバード
The Mocking-Bird

アンブローズ・ビアス／利根川真紀 訳

時は、一八六一年初秋の爽やかな日曜の午後。場所は、ヴァージニア州南西部の山岳地帯にある林の奥地。北軍のグレイロック一等兵は、松の巨木に具合よくもたれて座っており、両脚は地面にまっすぐに投げ出され、ライフル銃は腿の上に横たえられ、両手は（脇にずり落ちることがないように握りしめた形で）銃身の上に置かれている。後頭部が幹に触れて帽子が押し下げられたために、目はほぼ隠れている。見る者には、彼が眠っていると思えただろう。

グレイロック一等兵は眠っていなかった、もしそうしていたら、合衆国側を危険に晒《さら》すことを意味していただろう。というのも、彼は戦線から遠く離れたところにいたので、敵の手によって捕虜にされたり殺される可能性があったからだ。さらに、休息するような心理状態でもなかった。彼の心の動揺の原因は――前夜、前哨部隊から見張りに出され、まさにこの林に歩哨として配置されたことにあった。月のない夜空は晴れ渡っていたが、森の暗がりでは闇は濃かった。グレイロックの持ち場は左右の歩哨からかなり離れていた。見張りは野営地から不必要に離れたところで展開されていたので、結果として、その任務に駆り出された兵士たちには、遠すぎて見張ることができない距離になっていたのだ。戦争が始まってまだ日が浅く、軍隊野営地はまちがった考えから、眠りに就くときには見張りを近くに密集しておくよりも、密度を低くしても遠くまで敵の陣地に張り出しておくほうが、より安全だと錯覚していた。そして確かに、彼らは敵の接近をなるべく早く知る必要があったのだが、それというのもその頃は、彼らは寝るときには服を脱ぐという、もっとも軍人らしくない習慣を続けていたからだった。やがてあの四月六日の朝、シャイローで、グラント将軍の多くの兵士たちが南軍の銃剣に突き刺されたとき、[*1]民間人のように丸裸だったのだが、それは見張り兵の配置に欠陥があったからではないことは認めなければならない。彼らのあやまちは別種のものだった。彼らは見張りを立てていなかったのだ。とはいえ、これはたぶん脱線というべきだろう。わたしは読者諸君の関心を一軍隊の運命にむけようとしているわけではない。ここで考えるべきは、グレイロック一等兵の運命だ。

その土曜の夜、孤独な見張り場にひとり残されてから二時間というもの、彼は巨木にもたれてじっと立ちつづけ、前に広がる暗闇に目を凝らし、見知った形を見分けようとしていた。というのも、昼間の時間帯にも、彼はその同じ場所に割り当てられていたからだった。だが、今では様相は一変し、細部を欠いたいくつもの物陰が見えるだけであり、他にもっと見るべきものがあるときに見えていなかったそれらの物陰は、今、見慣れないものとして彼に迫ってきた。前には、それらはそこになかったような気がした。さらに、木々と下草しかない地形は、鮮明さを欠き、見分けがつかず、注意に足がかりを与えてくれるくっきりした点がなかった。ましてや月のない夜の暗がりである。そんな中で方向感覚を維持するためには、生まれつきの優れた知性と都市での教育以上の何かが必要となる。そしてそれゆえに、グレイロック一等兵は自分の前に広がる空間を油断なく凝視し、それからおぼろげにしか視界が利かない一帯を軽率にも観察してまわり（それをするために、木の周囲を音を立てずに歩きまわることによって）、方角がわからなくなり、見張り番としての彼の有用性は著しく損なわれることになったのだった。持ち場で方向感覚をなくし――敵側の進撃に備えてどの方角を警戒すべきか、そしてまた就寝中である味方の陣営の安全のためにどの方角を命をかけて守るべきか、がわからなくなり――同時に、この状況を取り巻く他の数多くの困難と、自らの身の安全を左右しかねない事態についても意識しながら、グレイロック一等兵は深く動揺していた。彼には心の平静を取り戻す時間も与えられていなかった。というのも、ぶざまな窮地に追い込まれたことに気づくやいなや、葉がかさこそと掻《か》き分けられ、小枝が踏みしだかれる音が聞こえ、一瞬心臓が止まり、その音のする方角をむくと、薄暗がりの中に、ぼんやりと人の輪郭らしきものが識別できたからだ。

「止まれ!」と、グレイロック一等兵は決められたとおりに大声を発し、命令であることを告げるべくカチリとライフルの撃鉄を起こした。「そこを行くのは誰だ?」

返答はなかった。少なくとも、躊躇に続いて返答があったとしても、グレイロックのライフル銃の発射音にまぎれて聞こえなかった。夜と林のしじまを裂いて、その音は耳をつんざき、その音が消える間もなく、左右の歩哨部隊のライフルから応援の一斉射撃の銃声が轟《とどろ》いた。この二時間というもの、まだ戦闘経験のなかった兵士たちはそれぞれ、想像の中で敵を仕立て上げては目の前の林を敵で一杯にしていたのだが、グレイロックのこの発砲によって、近づいてくる軍勢全体が目に見える存在へと変貌したのだった。発砲すると、みな息せき切って後方の部隊へと退却した――グレイロックだけは別で、それというのも彼はどちらの方角に退却すべきかわからなかったからだった。敵軍が姿を現さなかったので、二マイル離れた陣地では、みないったんは起き上がったものの、服を脱いでふたたび眠りに就くことにし、前哨線がふたたび用心しながら部署に配されることになったのだが、このとき、グレイロックは勇敢にも自分の部署を一歩も動かずにいたところを発見され、部隊の上司に、その忠実な軍団の中でも筆頭の兵士として賞賛された。あの並はずれて優れた部隊を、士気の点で代表する兵士、「地獄を告げる鬨《とき》の声」だと評価されたのだ。

しかしながら、その間グレイロックはというと、侵入者を自分が銃で撃ち、射撃手の直感から命中したと確信していたので、その人間の死体を隈《くま》なく捜索したのだが、不首尾に終わった。彼は生まれながらのいわゆる特級射手のひとりで、直感的な方向感覚により狙いもせずに的を射抜くことができ、昼夜を問わず獲物にとっては危険な存在だった。これまで二十四年間の人生の後半のあいだつねに、彼は三つの市にある射撃練習場のすべてにおいて標的をはずしたことがない者として恐れられてきたのだった。今、死体を見つけ出すことができないので、彼は慎重に口をつぐみ、彼が逃げ帰らなかったのは、敵軍を目撃しなかったからだろうと、上司や仲間たちが単純に推測しているのを知って喜んでいた。彼の「努力賞」は、ともかく逃げ出さなかったということによって獲得されたものだった。

それにもかかわらず、グレイロック一等兵はこの一夜の冒険に満足するどころではなく、翌日、前哨線の外側に出る許可を申請するもっともらしい口実を作り、司令官が彼の前夜の勇敢な行動を評価して即座に許可を与えると、彼はその勇敢な行動の場所へと出かけていった。そのとき部署についていた見張り番に、自分はなくしたものがある——それは本当のことだったわけだが

——と言うと、彼は捜索を再開した。自分はその人物を射止めたはずであり、もし負傷しているとしたら血痕をたどって追っていきたいと彼は考えていた。前夜の捜索同様、昼間の捜索も虚しく、大胆にも「南軍」陣地にかなり踏み込み、広範囲をしらみつぶしに探索した後で、彼は捜索を打ち切り、くたびれ果てて、松の巨木の根元に腰を下ろし——我々が冒頭で見たのが彼のこの姿だったわけだが——失望の思いに耽《ふけ》っていた。

グレイロックの失望が、残虐行為をしくじったことを嘆く残酷な性質のものだったと推測すべきではない。この若い青年の澄みきった大きな目、形のよい唇、広い額の中に、人はまったく別の事情を読み取ることができたし、事実、彼の性格は大胆さと繊細さ、勇気と良心とが不思議と絶妙に混じり合ったものだった。

「がっかりしたなあ」と、黄金の靄《もや》が繊細な海のように林を浸していくその底に座りながら、彼は独り言を呟いた。「僕の手で死んだ人間を見つけ出すことができなくて、本当にがっかりだ！　そもそも命を奪わずとも遂行できた任務において命を奪ったということを、自分は本気で証明したいと願っているのだろうか？　それ以上の何を望むというのだ？　危険が迫っていたなら、僕の射撃は危険を阻止したのであり、そのために自分はあそこにいたわけだ。いいや、もし自分が人間の命を不必要に消し去らなかったとしたら、僕は確かに嬉しい。だが、僕は不本意な扱いをされている。上司たちから黙って賞賛を浴び、同僚たちから羨ましがられるがままになっている。野営地は僕の勇気をほめたたえて盛り上がっている。これは公平なことではない。自分には勇気があることは知っているけど、だがこれは自分がしなかった——というか、違う形で行なった――ある特定の行為に対する賞賛だ。僕は発砲することなく勇敢に持ち場に留まったと信じられているが、実際のところ、一斉射撃を始めたのは、まさにこの自分であり、みなが慌てて退却したときに僕が退却しなかったのは、混乱してしまったからなのだ。それでは、僕はこれから何をすべきか？　敵を見かけて発砲した、と説明するか？　彼らはみな自分たちがそうしたと説明していたが、誰もそれを信じてはいない。真実を言おうか？　それは僕の勇気の評判を落とし、嘘を言ったように聞こえることだろう。ああ！　まったく忌まわしい出来事だ。神かけて、僕が殺した男《マイ・マン》を見つけられたら！」

こう願いながら、グレイロック一等兵は、しまいに午後のけだるさに負け、芳香を放つ低木の中をブンブンと単調に飛ぶ虫の静かな音に眠気を誘われ、捕虜になる危険も顧みずに、合衆国の利害を忘れて眠りに落ちた。そして眠りながら、彼は夢を見た。

夢の中で彼はひとりの少年で、広い河が境界を流れる遠くの美しい土地に住み、河には大きな蒸気船が優雅に行ったり来たりし、その煙突からは黒い煙が高く聳《そび》えるように吐き出され、煙は蒸気船が湾曲部を曲がってくる前からその存在を示し、視界から消え去って何マイルも先まで蒸気船の動きを告げていた。いつものように蒸気船を眺めている彼の脇にいるのは、彼が全身全霊の愛を捧げた人――双子の弟だった。一緒に河岸に沿ってぶらつき、一緒にそこから広々と続いている野原を探検し、すべてが見下ろせる丘陵地帯を巡って鼻をつんと刺すミントや芳香を放つサッサフラスの枝を集めた。その土地の向こう側には〈推測の領域〉が広がっていて、大きな河を越えて南側を見やると、彼らは〈魔法の土地〉を垣間見ることができた。未亡人の母を持つふたりの兄弟は、手に手をとり、心と心を寄せ、平和の谷間を縫う光の小道を歩き、新しい太陽のもと新しい事物を眺めた。こうした黄金の日々の中に、途切れることのない音が——豊かな、心をときめかせるメロディーが、小屋の扉の脇の鳥籠の中のモッキングバードによって奏でられていた。それは音楽による祝福のように、夢のあらゆる心のしじまに染みいり、支配した。この喜びに溢れた鳥はつねに歌っていて、無限の変化に富む調べはその喉から湧き出る泉の水のように、心臓の鼓動のたびごとに泡やせせらぎとなって、滔々《とうとう》と流れ出るように思えた。その爽快で澄んだメロディーは、確かに、その景色の精髄であり、生命と愛が織りなす神秘の感覚に対して意味や解釈を告げるように思えた。

だが、夢の日々が悲しみで曇り、涙の雨が降る日がやってきた。善良な母が死に、大きな河沿いの野原に面した家庭は崩壊し、兄弟はふたりの親戚のあいだに引き裂かれた。ウィリアム（夢を見ている本人）は〈推測の領域〉にあるごみごみした都会に行って住むことになり、ジョンは河を渡って〈魔法の土地〉へ、人びとの生活や行ないが風変わりでよこしまだと噂される遠い地方へと連れていかれた。弟には、亡くなった母の財産の分配にあたり、ふたりが唯一価値があるとみなしていたもの——あのモッキングバード——が与えられた。ふたりを親戚のあいだで分けて引き取ることができても、モッキングバードを分けることはできず、そこでそれは風変わりな土地へと運び去られることとなり、ウィリアムの世界はそれと永遠の別れを告げたのだった。それでも、孤独なその後を通して、その歌はすべての夢を満たし、彼の耳と心の中でつねに鳴り響いているような気がするのだった。

少年たちをそれぞれ養子にした親類はたがいに敵対していて、連絡も取り合わなかった。一時期、少年らしい空威張りや目新しく豊かな経験を自慢する話を満載した手紙が交わされ、どちらの手紙にもそれぞれ、広がっていく生活と征服した新しい世界についての大袈裟な描写が溢れていた。だが、徐々に手紙の頻度も減り、ウィリアムが別のより大きな都市に引っ越したのを契機に、完全に途絶えてしまった。それでも、そのすべてを貫いて、モッキングバードの歌が流れ、今、夢見る者が目を開け、松林の木立ちを遠くまで眺めやったとき、その音楽がやんだために、自分の目が覚めたのだということを彼は初めて知ったのだった。

太陽は西に傾き、低く赤かった。水平の光線が、松の巨木一本一本の幹に当たって作り出した影の壁が、黄金の靄を横切って東へ伸び、光と影はしまいには青色に分かちがたく溶け合っていた。

グレイロック一等兵は立ち上がると、あたりを注意深く見回し、ライフル銃を肩にかけ、野営地にむかって出発した。半マイルほど進んだところで、月桂樹の茂みを通りかかったとき、その中から一羽の鳥が舞い上がり、遥か頭上の木の枝にとまると、その喜びに満ちた胸から無尽蔵の歌の洪水を迸《ほとばし》らせた。それは神の創造物のうちのただ一羽の鳥のみが奏でることのできる神の賞賛だった。そこにはなんの苦もなく、鳥はただ嘴《くちばし》を開き、呼吸をすればいいだけだったが、この男は不意打ちをくらったかのように立ち止まった——立ち止まって、ライフル銃を落とし、鳥を見上げ、両手で目を覆うと、子どものように泣き出したのだった！　その瞬間、気持ちの上でも記憶の中でも彼は確かに子どもとなり、ふたたび〈魔法の土地〉を前にした大きな河のほとりに住んでいたのだった！　それから意志の力によって気を引き締め、武器を拾い上げ、自分はなんたる愚か者なのだと声に出して罵りながら歩いていった。先ほどの小さな茂みの周囲に広がっている空き地を通りぎわに覗き込んでみると、そこに、地面に仰向けになり、両腕を投げ出し、胸部に一点の血痕がついた南軍の灰色の軍服を着て、白い顔をのけ反るように上に鋭く向けた状態で、彼自身の姿が横たわっていた！——それはジョン・グレイロックの遺体であり、銃弾によって命を落とし、まだ温かい状態だった！　彼は探し求めていた男を見つけたのだった。

南北戦争《シヴィル・ウォー》*2という身内の争いによって産み出されたこの象徴的作品の脇に、その不運な兵士が跪いていると、頭上の大枝にとまった甲高い声の鳥が歌をやめ、夕焼けの深紅の光に染まりながら、森の厳かな空間を音もなくすっと飛び去っていった。北軍野営地では、その晩の点呼のとき、ウィリアム・グレイロックの名前に返事はなく、その後もずっと返事が戻ってくることはなかった。

訳注

*1——シャイローはテネシー州にある南北戦争の激戦地。一八六二年四月六日、北軍は南軍の攻撃を受けるが、翌日には撃退に成功した。ユリシーズ・S・グラントは北軍の総司令官。

*2——南北戦争（一八六一—六五）は、南部十一州がアメリカ合衆国から脱退して南部連合を形成し、北軍と戦って敗れた、国を二分した戦い。境界州などでは、家族が南北に分かれて戦うといった悲劇も生まれたといわれる。

赤毛連盟
The Red-Headed League

アーサー・コナン・ドイル／大橋洋一 訳

友人のシャーロック・ホームズ氏を訪れたのは、昨年の秋のある日のこと、来てみると彼は話しこんでいて、その相手というのは、とても恰幅のよい赤ら顔の年輩の紳士で、燃えるような赤毛の持ち主だった。邪魔をしたことの詫びを入れて引き下がろうとする私を、ホームズはいきなり部屋に引きずりこんで、私の背後でドアを閉めた。

「これ以上、どんぴしゃりな時間に来るなんてことは、そうめったにあることではないよ、親愛なるワトソン君」と彼は親しみをこめて口にした。

「取りこみ中かと思ってね」

「まあ、それはそうだ。とってもね」

「それじゃ、隣の部屋で待たせてもらうよ」

「それには及ぶまい。さてウィルソンさん、こちらの紳士には、これまでもっとも目覚ましい解決をみた難事件の多くに、パートナーとして尽力してもらっていて、これからも彼は、ぼくだけでなく、あなたにとっても、この上ない力添えとなってくれるにちがいありません」

恰幅のよい紳士は、椅子から腰を浮かせて、軽く会釈をしたが、その脂肪で囲まれた小さな目からは、すばしっこい物問いたげな眼差しが送られてきた。

「長椅子にかけたまえ」とホームズは言って、自分は肘掛椅子に座りなおすと、両手で山型をつくり、それぞれの指先を触れるようにしたのだが、これは判断を下さねばならないとき彼がよくするポーズである。「思うに、わが親愛なるワトソン、君もぼくと同じように、奇怪なものが、つまり日常生活のしきたりや月並みでありふれた事象を超えたものが、なんであれ好きだよね。そうしたものが好きじゃなかったら、あれほどの情熱をもって、ぼく自身のささやかな冒険の数々について記録しよう、そしてこういう言い方を許してもらえるなら、粉飾しようとはしなかっただろうに」

「君の扱った事件は、どれも、格別興味深いものばかりだった」と私は見解を述べた。

「君は覚えているだろうが、先日、メアリー・サザーランド嬢によって提示されたきわめて単純な問題[*1]に足を突っ込む直前に、ぼくは、こう述べたはずだ。奇妙な結果や奇想天外な可能性を求めて、現実そのものに向きあうというのがぼくたちの役回りだが、調べてみるとその現実は、いつものことだが、どれほど想像力を働かせようが、想像をはるかにうわまわる冒険に満ちている、と」

「その命題については疑う自由を行使させてもらった」

「まあねドクター。でも、にもかかわらず君は、ぼくの意見に同意するはずだ。同意しなかったら、ぼくとしても、君のまえに事実の山を積み重ねて、その重みで君の理性に音をあげさせ、ぼくの言いぶんの正しさを認めさせるまでさ。さて、こちらのジェイブズ・ウィルソン氏だが、今朝、わざわざ訪ねてこられて、ここ最近、聞いたなかでは、まちがいなくとびきり奇妙な事件のひとつを話されたというわけだ。ぼくがよく口にするのは、もっとも珍妙で、もっとも奇想天外なものというのは、しばしば、大きな犯罪ではなく、ささいな犯罪とむすびついているということだ。それも実際のところ、まがりなりにも犯罪が成立したかどうかも疑問の余地のあることがけっこうある。うかがった範囲では、この一件が犯罪かどうか判断できないのだが、そのくせ、事の成り行きは、たしかにこれまで聞いたなかではもっともうさん臭いもののひとつだ。ウィルソンさん、さしつかえなければ、お話をもう一度最初から繰り返していただけませんか。わが友人のワトソン医師が最初のほうを聞いていないからというだけでなく、物語の奇妙な性格を、ご自身の口から逐一聞いてみたくなったからです。総じて、事の成り行きのなかに、ささいなヒントめいたものがあれば、記憶に残っている何千もの類例を指針にすることができます。あいにく今回の事例に関しては、知る限りでは比類なしと認めずにはいられません」

その太った顧客は、やや誇らしげに胸をふくらませ、厚地のコートの内ポケットからしわくちゃになった汚い新聞紙を取り出した。彼が、顔を突き出し、新聞を膝の上に広げて、広告欄に目を通しているあいだに私は、この男性を観察し、わが相棒の流儀にならって、彼の服装とか風采からその人となりを探ってみることにした。

とはいえ、私の観察したかぎりでは、たいした情報を得られなかった。わが訪問者は、どこにでもいそうな平均的な英国人実業家の特徴を漏れなくそなえていた。肥満体で、恰幅がよく、動作が鈍い。かなりゆったりとしたシェパード・チェックのズボンをはき、やや着込んだ黒いフロックコートをはおり、ボタンはかけず、地味なベストからは懐中時計の鎖がのぞき、そこに四角い穴のあいた金属片が装飾としてぶら下がっている。縁が擦りきれているシルクハットとしわのよったビロードの襟の褐色の外套が椅子の上に置かれている。総じて、私のみる限り、この男性に際立ったなにかがあるわけではないが、ただ、その燃えるような赤毛と、顔にあらわれた無念でしかたないといった不満げな表情となると話はべつになる。

シャーロック・ホームズは、私が関心ありそうに眺めているのを素早く見て取って、笑みを浮かべながら首をふった。そのとき彼は、私の物問いたげな眼差しに気づいていた。「この人が、しばらく肉体労働をしていたこと、嗅ぎタバコを吸うこと、フリーメイソンの会員であること、中国に行ったことがあること、最近、かなりの量の書きものをしたこと、こうした明白な事実以外に、私が推測できることは、ほかにないよ」

ジェイブズ・ウィルソン氏は啞然とした顔をした。椅子に座り、人差し指を新聞のうえに置いたまま、眼だけは、わが相棒にむけていた。

「いったいぜんたい、どうして、ご存知なんです、ホームズさん」と彼は尋ねた。「私が肉体労働に従事したことまで、どうしてご存知なんです？　たしかにご明察のとおりで、私の最初の職業は船大工でした」

「両手を拝見して、わかったのです。右手のほうが左手よりも大きい。右手を使って仕事をすることが多かった。右腕に筋肉がついていますね」

「まあ嗅ぎタバコはいいとして、フリーメイソンであるとは？」

「単純すぎるお話なので、馬鹿にしているのではと腹を立てないでいただきたいのですが、そうだとわかったのは、ご自身の団体の厳密な規則に違反して、定規とコンパスを象《かたど》ったブローチを身につけているからです」

「ああ、なるほど。うっかりしていました。で、執筆のほうは?」

「右の袖口が五インチほど汚れて光っていて、左袖は肘あたりが変色している。机に肘をつく仕事をしているからです、と、まあ、そういう方をみて、ほかにどんな推測ができるというのでしょう」

「なるほど、中国は?」

「右手首のすぐ上にある魚の入れ墨は、中国でしかできないものです。入れ墨の図柄についてはちょっと研究したことがあって、専門書に寄稿したこともあるくらいです。魚の鱗《うろこ》に繊細なピンクの色を刺す技は中国ならではのものです。また、懐中時計用鎖から中国の貨幣がぶら下がっているのをみたので、事態はいわずもがなのこととなりました」

ジェイブズ・ウィルソン氏は豪快に笑った。「いやはや、なんとも」と彼。「最初のうちは、あなたがなにかいんちきをしたのではと疑っていましたが、そんなことはなかったと納得しました」

「まずいことをしたかなと思いはじめているんだ、ワトソン」とホームズ、「説明することは失敗じゃないかって。《未知なるものは、つねに、偉大なものとみなされる》[*2]というじゃないか。私のささやかな名声も、この程度のものであっても、こうまで手の内をさらけ出したらなくなってしまうのではないかってね。ところでウィルソンさん、その広告はみつけられませんか」

「いえ、みつけました」と彼は答え、太くて血色のよい指を広告欄の中ほどに置いた。「ほら、ここです。これがすべてのはじまりです。ご自身で読んでいただきたい」

私は彼からその新聞を受け取り、つぎのような文面を読んだ――

赤毛連盟――
故エゼカイア・ホプキンズ（合衆国ペンシルヴェニア州レバノン）の遺贈によって設立された連盟に、メンバーの空きが生じたため、再募集を行なう。連盟への加入資格を得ることによって、週四ポンドの給与が保証される。仕事は純粋に形式的なもの。対象は、心身ともに健康な赤毛の男性で二十歳以上。応募者（代理人不可）は月曜日午前十一時に、連盟事務所のダンカン・ロスのところに御足労願う。住所、フリート・ストリート、ポープズ・コート七〔ポープズ・コートは架空の地名。七は住所の一部で住居番号〕。

「一体全体、これはなんだい」と私は声を上げた。この尋常ではない広告を読み直したあとでおもむろに。

ホームズは、くすくす笑って、髪の毛をかき上げた。興奮しているときにする彼の癖だ。「たしかにちょっと型破りだね」と彼は言う。「ではウィルソンさん、ことの発端からお願いします。ご自身について、ご住居について、また、この広告が、運命にどのような変化をもたらしたかをお話しください。ワトソン、君は、この新聞と日付をメモしてくれたまえ」

「『モーニング・クロニクル』一八九〇年四月二十七日付。ちょうど二か月前だ」

「けっこう。ではウィルソンさん」

「ええ、ホームズさんには、今まさにお話ししているところだったのですが」とジェイブズ・ウィルソンは額の汗をぬぐいながらはじめた。「私はシティの近くのコーバーグ・スクェア〔作中ではサクス・コーバーグ・スクェアとも表記される架空の地名〕で、ちょっとした質屋を営んでいます。たいしたものではありません。生活していけるのにやっとというよりは、それよりは少しましかという程度の稼ぎしかありません。以前、従業員は二人でしたが、いまは一人しかいません。彼に、まともな給料を払ってやればいいのですが、彼は、給料は通常の半額でいいというのです。残りは、この仕事を覚えるための授業料として受け取って欲しいと」

「その殊勝な若者の名前は？」とホームズは質問した。

「名前はヴィンセント・スポールディングといいます。また彼は若者じゃありません。年齢不詳というところです。ホームズさん、彼ほど頭の切れる助手というのは、そうざらにはいません。彼は、もっと良い職につくこともできるでしょう、いまの給料の倍は稼ぐことができると信じています。でも、結局彼はいまの給料で満足してくれているというのに、なぜ、よけいな考えをふきこまねばならないのですか」

「まあ、そうですね。通常よりも安い給料で働いてくれる従業員を雇っているのだから、ずいぶんと運がよい方とお見受けします。この時代、雇い主にとって、めったに訪れることのない幸運ですよ。ただ、あなたが宣伝しているほど、あなたの助手は、優れているのではないかもしれないのですが」

「まあ、彼にも欠点はありますよ」とウィルソン氏はいう。「写真に眼がないのですよ、彼は。仕事について学ばねばならないというときに、カメラを持ち出してスナップ写真をとりまくり、帰ってきたら、兎が兎の穴に入るように地下室に飛びこみ、写真を現像するのです。これがいってみれば彼の主要な欠点です。しかし総じて彼は良く働きます。悪いところなどありません」

「彼は、いまもあなたと同居しているのですね」

「ええ、そうです。あと簡単な食事をつくってもらい、家の掃除もしてもらっている十四歳の女の子——以上が私の同居者です。なにしろ妻に先立たれましてね、以後、再婚はしてないのです。私たち三人はひっそりと暮らしています。住む家があればそれでよく、多少なりとも余裕ができたら借金を返すと、まあこんな暮らしぶりなのです。

「最初に私たちを惑わしたのは、その広告でした。スポールディングが、そう、二か月前のちょうど今日、まさにこの新聞を手に事務所に入ってくるや、こういうのです——

『ウィルソンさん、俺を赤毛にしてくれって神様にお願いしたいよ』

『なぜ、そんな』と私。

『なぜって』と彼はつづけた、『ここに〈赤毛連盟〉にひとつ空きが出てるんです。その会員権を手に入れたら、ちょっとした一財産でしょう。会員権が余っているんですよ。財団もお金の処理に困りはてている。俺の髪の毛の色を変えることができるなら、これはもう、やって損はない身過ぎ世過ぎってもんだな』

『へえ、それはどんな仕事なんだ』と私は尋ねました。ホームズさんもおわかりのように、私は引きこもりがちな人間なのです。仕事柄、仕事は、むこうからやって来るのがふつうで、わざわざ、こちらから出向くことはないので、何週間もドア・マットを踏まずじまいということはよくあります。そのため外の世界の事情ってのにうとくなるんでね。だからちょっとしたニュースでも大歓迎なのです。

『〈赤毛連盟〉ってのを聞いたことがないですか』と彼は眼を輝かせて質問してくるのです。

『いや、全然』と私。

『おやおや、こいつぁ驚きだ。なぜっておやじさん、あんた、応募条件にどんぴしゃなんだから』

『それで、どのくらいもうかるんだ』と私。

『まあ、一年に二百ポンドしかないけれど、仕事が楽なので、いまの仕事の邪魔にならないときてる』

「とまあ、こんなことで、お察しのとおり、この話に、ころっと参ってしまったわけです。なにせ、ここ数年、仕事がかんばしくないため、二百ポンドでも余計に収入が増えれば御の字だったので。

『それについて詳しく話してくれ』と私は言いました。

『ええ』と彼は、そう言うなり、広告をみせてくれ、『自分で確かめてくださいよ。〈連盟〉に欠員が出てるでしょう。応募する際の住所も書いてある。俺が調べたかぎりでは、〈連盟〉を設立したのはエゼカイア・ホプキンズという億万長者で、それなりに変人だったらしい。本人も赤毛であり、赤毛の男には誰であれ強い親近感を抱いていたので、死んでわかったのですが、莫大な遺産を残し、その利子を、その簡単な仕事をする赤毛の男に報酬として支払うように管財人に指示していたのです。俺が聞いたところでは、報酬はたっぷり、仕事はちょっぴりだと』

『けれども』と私は口をはさんだ、『応募してくる赤毛の男たちはごまんといるぞ』

『考えているほど、たくさんはいませんよ』と彼は答えたのです。『いいですか、実際のところ、応募する連中はロンドン市民にかぎられ、おまけに成人にかぎられる。このアメリカ人は、若い頃、ロンドンで起業したということで、なつかしいロンドンに恩返ししたいようで。また聞いたところでは、赤みがかった程度の赤毛や、また黒ずんだ赤毛なら応募してもむだで、とにかく正真正銘の、輝く、燃えるような、火のような赤毛でないとだめなんだって。その点、ウィルソンさん、応募したら楽勝ですよ。ただ、数百ポンドのために、わざわざ骨を折るまでもないとは思いますけどね』

「さて、紳士方、これが事実です。ご覧になったとおりで、私の髪の毛は、どこまでも赤一色。ですから、この件で競いあったら、誰よりも優れているという自信はあります。ヴィンセント・スポールディングは、この件について熟知しているようでしたから、なにかの役に立つだろうとふみました。そこで、その日は店を閉め、私に同行するよう命じました。休みをとりたそうだったので店を早々と閉め、広告に書いてあった住所に急ぎました。

「あんな光景はみようたってみれないですね、ホームズさん。東西南北から、髪の毛が少しでも赤みを帯びている男たちが、広告の呼びかけに応じ、すでにシティに殺到していました。フリート・ストリートは、赤毛の連中でひしめいていて息がつまりそうでしたし、ポープズ・コートは、オレンジが山盛りに積まれた行商人の手押し車のようにみえました。私の考えが甘かったのですが、まさか、あの広告ひとつで、国中からこんなにたくさんの人間が集まってくるとは予想だにしませんでした。あらゆる色合いの赤毛がそろっていました──藁《わら》色、レモン色、オレンジ色、レンガ色、アイリッシュ・セッター犬の色、レバー色、粘土色と、まあさまざまです。たしかにスポールディングが話していたように、色鮮やかな、炎のような赤毛の男は、そんなに多くはいませんでした。どのくらい人間が待っているのかたしかめた私は、あきらめてもう帰ろうといいました。しかしスポールディングは聞こうとしません。あれよというちに彼は、私を押したり引いたり、こずいたりしたあげく、とうとう群衆を押しのけ、事務所に通ずる階段の前まで私をひきずってきたのです。階段には二つの流れができていました。希望を胸に階段を登って行く流れと、却下されて降りてくる流れ。私たちは、可能なかぎり、前に割り込むようにしました。そうして気づくと事務所にいたというわけです。

「あなたの経験は、さぞかし、わくわくするものだったことでしょうね」とホームズが口をさしはさんだ。時あたかも、彼の顧客がいったん休憩して、嗅ぎタバコの大きな一つまみで記憶を新たにしていたときだった。「実に興味深い。どうかお話をつづけてください」

「事務所には、木製の椅子が二脚と樅材のテーブルがひとつあるきりで、ほかにはなにもありません。テーブルのむこうには小柄で、私よりも鮮やかな赤毛の男性が座っているのです。彼は応募者それぞれに近づいてひと言ふた言声をかけ、彼らを不採用とする理由になりそうな欠陥がないかとつねに探っているようでした。結局、空いた職を手に入れるのは、それほどたやすいこととは思えなくなりました。けれども私たちの番になったら、その小柄な男は、私にだけは愛想がよくて、私たちが部屋に入るなり、ドアを閉めて、内密の話をはじめようとするのです。

「『こちらはジェイブズ・ウィルソンさんです』と私の助手が口火を切りました、『連盟に生じた欠員を埋めるために応募しに参りました』

「『いやはや、こちらは、欠員をみごとに補充してくれますよ』と、その男は答えるのです。『こちらは、条件をことごとく満たしています。私の記憶が正しければ、これほど素晴らしいものを、これまでみたことはございませんよ』そういうなり一歩下がって、頭を一方にかたむけ、私の髪の毛を、こっちが恥ずかしくて赤面するくらい、しげしげと眺めるのです。と、突然、前のめりになり、私の手を握り締めると、採用を告げて心から祝福してくれたのです。

「『ここでためらって検査しないなら、えこひいきになってしまうので』と彼はつづけるのです、『どうか、ここで、念には念を入れることを許していただきたいのです』と、そういうなり両手で私の髪の毛をつかみ、ぐいと引っ張るので、私は痛くて声をあげました。『涙が出ましたね』と、私から手を放しながら、いうのです、『すべて、問題なしと、わかってはいました。ただ、これまで二度、鬘《かつら》でだまされ、一度は染めていてだまされたので、私どもとしても万全の措置を取る必要があったので。靴直しが使う染料で染めた例もあって、ほんとうに、そのあさましさにあきれはてますよ』こういって、その男は窓から身をのりだして、あらんかぎりの大声で、欠員は補充されたと叫んだのです。落胆の声が路上からわき上がってきました。そして最後には、赤毛の男というと、私自身と、その支配人しかいなくなったという次第です。

『私の名前は』と彼はいう、『ダンカン・ロス。わが高貴な寄贈者が残された基金の受給者の一人です。ウィルソンさん、あなたは結婚されていますか。ご家族は、おありですか』

「私は、家族はいないと答えました。

「すると彼の顔がにわかに曇りました。

『いやはや』と彼は苦々しげにいうのです。『これは重大なことですぞ。あなたの口からそれを聞くとは残念です。この基金は、申し上げるまでもなく、赤毛の男性をふやし、ひろめることを目的としています。もちろん赤毛の男性の種の保存も目的ですが。あなたが独身だというのは、この上なく不運なことです』

「これを聞いて私も浮かぬ顔となりました、ホームズさん。そうでしょう、私には、その仕事はまわってきそうにないと思えたからです。ただ、それでも彼は、数分考えたのちに、大丈夫でしょうというのです。

『べつの場合だったら』と彼、『この点は、致命的かもしれませんが、ただ、あなたのような、それはみごとな頭髪の男性に対しては、特別な配慮をすべきでしょう。では、いつから新しい仕事にとりかかれますか？』

『いやあ、これはちょっと困りましたね。私は、すでに職をもっているので』と私。

『いえ、ウィルソンさん、気にしないでください』とヴィンセント・スポールディングが口をはさんだ、『店のほうは、俺が仕事を肩代わりできますから』と。

『勤務時間は何時間ですか』と私が尋ねたところ、

『十時から午後二時まで』というじゃありませんか。

「ホームズさん、質屋の仕事ってのは、だいたいが夕方に集中するのです。それも木曜日と金曜日の夕方です。給料日の前日だからです。したがって午前中に、少しばかりもうけ仕事をするのは、私にとっては好都合なのです。また、そのうえ、助手が、これまた有能ときている。あの男なら、なにが起こっても、きちんと処理することでしょう。

『それは、おあつらえむきだ』と私は口にして『給与はいくらで』と聞いた。

『週に四ポンド』

『仕事の内容は』

『純粋に形式的なものです』

『なにをもってして純粋に形式的なものと言えるのかね』と私。

『それはつまり、一定時間、事務所にいなければいけない、あるいは少なくとも、この建物から外に出てはいけないということです。もし出たら、それで、あなたはこのポジションをふいにすることになります。この点は遺書にも明記されています。その時間に事務所から外に出たら契約違反ということになります』

『一日、たったの四時間だし、そこから出ようなんて気はおこらない』と私。

『どんな言い訳も通用しませんぞ』とダンカン・ロス氏はいうのです、『病気だろうが、仕事だろうが、その他、なんであろうが。とにかく、そこに留まっていなければいけません、さもないと職を失います』

「『で、その仕事とは？』

『〈ブリタニカ大百科事典〉を書き写すことです。その棚に百科事典の第一巻があります。ペンとインク、それに吸い取り紙は、ご自身で用意していただきたいのですが、あとは、このテーブルと椅子は自由にお使いください。明日から、とりかかれますか？』

『いいですとも』と私は答えた。

『それでは、これで終わりです、ジェイブズ・ウィルソンさん。あなたがまれにみる強運の持ち主で、この貴重なポジションを手に入れられたことに対して、あらためて、おめでとうといわせていただきたい』そういうと彼は深々と頭を下げました。私は助手と帰宅しました。どういってよいか、なにをすべきか、とんと見当もつかないまま、ただ、自分の運の良さを喜んだのです。

「ところが、この件を一日中ああでもない、こうでもないと考えたあげく、夜になると、また気が滅入ってしまいました。というのも、事の成り行き全体が、大きなペテンかでっち上げに違いないと思わずにはいられなかったのです。もっとも、その詐欺の目的がなんであるかは推し量りかねるのですが。そもそも、そんな遺書を残すなんてことがまったくもって信じがたいですし、〈ブリタニカ大百科事典〉を書き写すという単純きわまりない作業をすることにお金を払うなんてことも信じがたい。ヴィンセント・スポールディングは私を元気づけようと、あの手この手を尽くしてくれたのですが、就寝時には、自分に言い聞かせて、その件をひとまず忘れることにしました。けれども翌朝、とにかくようすをみてみることを決意し、一ペニーのインク瓶と鵞ペン、それにフールスキャップの透し入りの紙を七枚買い求めて、ポープズ・コートに出かけました。

「で、私が驚きまた喜んだのは、すべてが用意万端ととのっていたことです。テーブルがしつらえられ、またダンカン・ロス氏は、私がきちんと仕事をするよう監視役として、そこにいました。彼は、Aの項目からはじめるように指示したあと、部屋から出ていきました。しかし、時折、部屋をのぞいては、順調に進んでいるかどうかたしかめるのです。二時になると、彼は私に別れを告げ、私の仕事ぶりをほめ、そして私が出たあと、事務所のドアに鍵をかけました。

「くる日もくる日も、こんな感じでした、ホームズさん。そして日曜日に、その支配人がやってきて一週間の仕事の報酬にと四枚のソヴリン金貨を払うのです。次の週も、またその次の週も同じでした。毎朝、十時にそこに到着し、毎日午後二時に退出しました。ダンカン・ロス氏は、午前中、一度しか顔をみせなくなり、それからしばらくすると全然あらわれないこともありました。けれども申し上げるまでもなく、私は、その部屋から、一瞬たりとも外に出るようなまねをしませんでした。彼がいつあらわれるかわかりませんから。また仕事も、良い仕事で、私にあっていたし、それを失うような危ないまねはしませんでした。

「八週間、そんなふうにすぎました。私はというと、人名のアボッツAbbottsにはじまり、Archery〔弓術〕とArmour〔武具〕、Architecture〔建物〕、Attica〔アッティカ〕と書き写してゆきました。仕事に精を出したので、このぶんだとまもなくBの項目にたどりつけそうだと考えました。フールスキャップ用紙は少々高くつきました。私が書き写した紙は、棚のひとつぶんをほぼ占領していました。と、突然、すべてのことが終わりを告げたのです」

「終わりを告げた?」

「ええ、そうです。それもちょうど今朝のことです。いつものように午前十時に事務所に行きました。するとドアが閉まって鍵がかけられている。ドア板には、小さな四角い厚紙が打ちつけてある。これがそうです。ご自身で、お読みください」

そういうと彼は、ほぼノート・サイズの白い厚紙を一枚差し出した。それにはこう書いてあった——

赤毛連盟は解散しました。

一八九〇年一〇月九日

シャーロック・ホームズと私は、このぶっきらぼうな告示と、その向こうにみえる哀れを誘う表情をしげしげとみた。そしてついに、この件の喜劇的な側面が、他のあらゆる配慮を完璧に押しのけたため、私たちは、二人そろって思わず吹き出してしまった。

「そんなにおかしなことがあるとは思いませんが」とわが相談者は声をあらげた。その燃えるような頭髪の根元まで真っ赤になりながら、つづけた、「私を笑いものにすることしかできないようでしたら、ほかをあたってみます」と。

「いえ、ちがいます」とホームズは、なかば立ち上がりかけていた彼を、もとの椅子に押し戻した。「あなたの事件は、どんなことがあっても、他人にまかせたくはありません。尋常でないことが、かえって新鮮でなりません。ただ、こう語るのを許していただけるなら、ちょっと珍妙なところもあります。そのドアに、その厚紙が示されていたのをみたとき、どういう手段をとりましたか」

「私は動揺しましたね。どうしたらいいかわからなかった。それで、その近くにある事務所をいくつかあたってみましたが、この件について、どの事務所も、情報をもっているようにはみえませんでした。最後には家主のところに行きました。一階に暮らしている会計士です。私はその人に、〈赤毛連盟〉はどうなってしまったのか、知っていることがあれば教えてほしいと頼みこんだのです。すると、家主は、そんな団体など聞いたこともないというではありませんか。たしかダンカン・ロスという人がいたはずだが、どういう人かと尋ねました。家主は、そんな名前は初耳だというのです。

『え〜と』と私は、こういいました、『ナンバー・四《フォー》〔住所表示。前には七とあった〕の紳士です』

『え、赤毛の人ですか』

『そうです』

『それじゃあ』と彼はいうのです、『その人の名前はウィリアム・モリスというのです。弁護士で、新しい家屋敷の準備ができるまで、一時的に、私の部屋を使うということでした。昨日、出てゆかれましたよ』

『どこに行けば会えるのでしょうか』

『あの人の新しいオフィスではないですかね。住所を残して行かれましたよ。そう、これだ、キング・エドワード・ストリート一七、セント・ポール付近ですね』

「私はすぐに出かけましたよ、ホームズさん。でも、その住所に行ってみると、そこは膝当てをつくっている工場で、従業員のなかでウィリアム・モリス氏あるいはダンカン・ロス氏について聞いたことがある者は誰もいませんでした」

「そのあと、どうされたのですか」とホームズが問うた。

「サクス・コーバーグ・スクェアに戻って、助手の意見も聞いてみました。でも、この件では、役に立つことはありませんでした。待っていれば、手紙かなにかが届くだろうというのです。しかし、そんな悠長なことはいっていられませんよ、ホームズさん。私は、恵まれた仕事を、こんなにあっけなく失いたくはないのです。そこで、あなたが、困っている人に的確な助言をするのに長《た》けているとお聞きしたものですから、一目散にやって来たというわけです」

「いや、賢明なことだと思います」とホームズ。「あなたの事件は、とても驚くべきものなので、調べさせもらうだけでもうれしいのです。お話をうかがったかぎりで判断するに、この件には、最初思っていたよりも重大な問題がからんでいる可能性があります」

「充分に重大ですとも」とジェイブズ・ウィルソン氏、「なにしろ、週に四ポンドの損失なのですから」

「ご自身のことにかぎれば」とホームズは所見を述べた、「この前代未聞の連盟に対して、憤りを感じられる理由というのがわかりません。憤りどころか、私の理解するかぎりでは、三十ポンドほどもうけたわけですよね。また百科事典のAの部門の全項目に関して詳細な知識を得られたことはいうまでもないのですが。連盟のせいで、なにかを失ったわけではないのですから」

「たしかに、おっしゃるとおりです。でも私は連盟について知りたいのです。彼らが誰なのか。私に、こんな悪ふざけ――まあ、悪ふざけだとすればの話ですが――、それをする目的はなんなのか。冗談としても、かなり金のかかる冗談だったはずです。なにしろ連中は三十二ポンドもの出費をしたわけですから」

「ご自身のためにも、こうした点を明確にしてあげたいと思っています。そこで最初に、二、三、質問させてください、ウィルソンさん。まず、その広告にあなたの注意を喚起したのは、あなたの助手でしたが――その助手は、雇ってから、どのくらいたつのです?」

「一か月くらいです」

「どのようにして知り合いになったのです」

「求人募集に応じてきたのです」

「応募したのは彼だけでしたか?」

「いえ、ほかにも十二人ばかりいました」

「なぜ彼を選んだのです」

「手ごろだったからです。安上がりだったし」

「要するに、通常の半分の給料でよかったからですか」

「ええ、そうです」

「このヴィンセント・スポールディングというのは、どんな人です」

「小柄で、がっしりしていて、機転がきく。髭はなくて、三十歳には届かないといったところでしょうね。額のところに、酸の飛沫でやけどしたような白い斑点があります」

ホームズは異様に興奮した態で椅子に座りなおした。「そんなところだろうと思っていましたよ」とホームズ。「その男の両耳にピアスの穴があることに気づかれましたか」

「ええ、確かに。その男の話では、まだ子供の頃、ジプシー〔原文のまま〕がピアスの穴をあけてくれたのだということでした」

「うむ！」とホームズは座りなおして物思いにふけりはじめた。「その男は、いまもあなたといっしょに暮らしている」

「ええ、まあ、そうです。店番をしてもらっていますから」

「ということは、あなたの留守中も店を開けているのですか」

「問題はありません。午前中は、たいした用件もないので」

「よろしいでしょう、ウィルソンさん。この件に関して、うまくいけば、一両日中に、助言ができそうです。今日は土曜日ですね。月曜日までに問題を解決することを目標としましょう」

「さてと、ワトソン」と、わが訪問者が去ったあとホームズは聞いてきた、「この件をどう思うね」

「ちんぷんかんぷんだね」と私は答えた。率直に。「きわめて謎めいた一件だよ」

「原則として」とホームズ、「事態が奇妙なものになればなるほど、謎めいたものではなくなるのだよ。ほんとうに、わけがわからなくなるのは、ありふれた特徴のない犯罪だ。ちょうど、ありふれた顔というのが、もっとも特定しにくいのと同じようにね。しかし、この件については迅速に処理しなければいけない」

「で、どうするつもりなんだ」と私は尋ねた。

「まずは一服」と彼は答えた。「パイプを三回くゆらせる必要のある問題だな。また、お願いしたい。五十分間、ぼくに話しかけないでくれ」そういうなり彼は椅子に丸まった。痩せた膝が、彼の鷲鼻のところまで引き上げられ、眼を閉じ、黒い陶製のパイプが、奇妙な鳥のくちばしのように突き出ている。彼は、完全に眠ったのだと私は確信したが、かくいう私もうつらうつらしはじめていた。とそのとき、彼は椅子から飛び上がった。結論にたどり着いた男の身振りである。彼はおもむろにパイプをマントルピースの上に置いた。

「サラサーテがセント・ジェイムズ・ホール〔当時実在したコンサート・ホール〕で、午後に演奏する」と彼は述べた。「どうだい、ワトソン。君の患者を、数時間待たせてもいいかな」

「今日は用件はない。診療で、忙しくて目が回るなんてことは、私の場合、ないから」

「それじゃあ、帽子をかぶって、出かけよう。まずシティを横切って行こう。途中でランチだ。演目にはドイツ音楽がたくさん入っていることがわかった。ドイツ音楽のほうが、イタリアやフランスの音楽よりもぼくにはしっくりくる。ドイツ音楽は内面的なんだ。ぼくはじっくり考えたいのでね。さあ、行こう」

私たちは地下鉄でオルダーズゲイト駅〔現在のバービカン駅〕まで行った。そして少し歩くとサクス・コーバーグ・スクェアに到着した。私たちが今朝、耳にした一風変わった物語の現場だ。窮屈で狭くて、落ちぶれながらも昔の体面を保とうとしている風情で、みすぼらしい二階建てのレンガ造りの家が四面を囲み、そこが柵で囲まれた狭い空き地の四辺となり、空き地では、雑草の芝生と色褪せた緑の低木の塊が、煙が漂う不衛生な空気に敢然と戦いを挑んでいた。角の家にみえるのは、三個の金メッキのボール〔質屋の目印〕と「ジェイブズ・ウィルソン」と白い文字で描いた褐色のボードで、これがわが赤毛の顧客が仕事にいそしんでいた場所であることを告げていた。シャーロック・ホームズは、その前にたたずみ首を傾けて、周囲を見渡した。すぼめた唇の間で眼がらんらんと輝いていた。おもむろに彼は通りをゆっくりさかのぼり、ふたたび角に眼を落とした。なおも家並みをじっくりと眺めながら。最後に彼は質屋の店に戻り、歩道を、杖で二度、三度、ごつんと叩くと、入口のドアの前に立ち、ノックした。ドアは瞬時に開けられ、そこに、明るい眼をして、きれいに髭を剃った若者があらわれて、なかに入るように促した。

「ありがとう」とホームズ。「ちょっとお尋ねしたいのだが、ここからストランドまではどう行ったらいいのですか」

「三番目の角を右《サード・ライト》に、四番目の角を左《フォース・レフト》です」と助手は即座に答えてドアを閉めた。

「頭の切れそうなやつだな、彼は」と私たちがひきかえすときホームズはもらした。「彼は、ぼくの判断では、ロンドンで四番目に頭の切れる男だし、大胆さに関していえば、ロンドンで三番目といっても過言ではないだろう。以前にも彼のことをなにか調べたような気がする」

「明らかに」と私。「ウィルソン氏の助手は、この〈赤毛連盟〉の謎において重要な役割を担っているね。彼に道を尋ねたけれど、ただ顔をみたかっただけだとぼくは信じているが」

「顔をみたかったわけじゃない」

「じゃあ、何を」

「彼のズボンの膝だよ」

「それで何をみたんだ」

「ぼくがみたいと思っていたものだ」

「なぜ歩道を叩いたのか」

「わが親愛なる先生、いまは観察の時間で、おしゃべりの時間じゃない。ぼくたちは敵地に潜入したスパイだよ。ぼくらはサクス・コーバーグ・スクェアについておおよその見当はついた。今度はこの裏側を探検してみようじゃないか」

私たちが人通りの少ないサクス・コーバーグ・スクェアから脇にそれて出てきた道路は、描かれた画布の裏面に対して表といえるくらい大きく違っていた。それはシティの交通を北と西につなげる大動脈のひとつだった。道路は、莫大な商業の流れに堰き止められ、シティ内部に入る流れと外へでる流れとがせめぎ合っているかと思うと、歩道は、足早に道をいそぐ歩行者たちの群れが黒い集団をなしている。洒落たブティクの列や堂々たるビジネス街をみるにつけても、そこが、ちょうど私たちが出てきた薄汚れ淀んだ空気のスクェアとほんとうに境を接しているとは、にわかに信じがたいところだった。

「さてと」とホームズは、角に立って、ブティクの列をみながらつぶやいた。「ここの建物の並び順を記憶しておきたいのでね。ロンドンについて正確な知識をもつのがぼくの趣味なんだから。

モーティマー商店があり、タバコ屋がある。小さな新聞売り場があり、シティ・アンド・サバーバン銀行コーバーグ支店がある、ヴェジタリアンのレストラン。そしてマクファーレン馬車製造会社の車庫。そのまま行くと次のブロックになる。さてと、ドクター。仕事は終わった。ちょっと休憩する時間だ。サンドイッチとコーヒーで腹ごしらえしてつぎはヴァイオリンの国だ。そこではすべてが甘美で繊細で調和に満ちている。ぼくたちに難題をふっかけてくる赤毛の顧客もいないときている」

わが友人は、熱烈な音楽愛好家で、たんに有能な演奏者であるにとどまらず、なみなみならぬ腕前の作曲家なのだ。午後の間ずっと至高の幸福に包まれて劇場の一等席に身を置き、音楽の拍子にあわせて、その長く細い指をゆるやかに動かしていたが、その柔和な笑顔と、とろんとした夢見る眼は、犯人を追い詰める探偵ホームズの眼とも、あるいは仮借なき鋭敏な叡智と、なにごとにつけても対応できる犯罪捜査官ホームズの眼とも、いずれとも、考えつくかぎりの対極に位置していた。彼の特異な性格とは、二重の人間性が交互にあらわれることによる。彼の極端な厳格さと禁欲的なところは、しばしば思うに、彼のなかに時折君臨する詩的かつ瞑想的な気分に対する反動なのだ。彼の人間性は、極端な怠惰から激しいエネルギーへと大きく揺れ動くのだが、私の知るところでは、彼が何日もつづけて肘掛椅子に座ったまま即興曲をつくったり髭文字の古書に没頭しているときほど、真にあなどりがたいときはないと考える。というのも、そんなとき突如として追跡熱が頭をもたげ、その卓越した推理力が直感のレヴェルにまで達し、そしてついに、彼の方法に慣れていない者たちが、彼の知識は常人のものではないと疑いの眼でもってみてしまうまでになる。その日の午後、セント・ジェイムズ・ホールで音楽にすっぽりくるまれている彼をみたとき、私は、彼に追い詰められる犯罪者たちには、いよいよもって最悪のときが来るかもしれないと思わずにはいられなかった。

「きっと、家に帰りたいだろうね、ドクター」とホールから出てきたとき彼はいった。

「ええ、できればね」

「それじゃ、ぼくは、ちょっと時間がかかる仕事を片付けないといけない。コーバーグ・スクエアの一件は、けっこう深刻だよ」

「なぜ深刻なのかい」

「とんでもない犯罪が仕組まれている。ぼくたちは、かろうじてそれを阻止するのにまにあうと考えたほうがいいだろう。ただ今日が土曜日であるため、めんどうなことになっている。今夜、君の助けが欲しいのだが」

「いつ」

「十時なら、まだ余裕がある」

「それじゃあベイカー・ストリートに夜の十時」

「けっこう。あ、それからドクター。少しばかり危険なことになるかもしれない。君の軍用回転弾倉式拳銃《リヴォルヴァー》をポケットにしのばせてもらうとありがたいんだが」こういうと彼は手をふって、踵を返し、瞬時にして群衆の間にまぎれていった。

私は自分が周囲の人間よりものろまだと思ったことはないが、シャーロック・ホームズとの交友を通して自分の馬鹿さ加減にうんざりすることは、しょっちゅうある。ここでは彼が聞いたことを私も聞いた。彼がみたものを私もみた。けれども、いまの彼の言葉からは、彼が、起こったことだけでなく、これから起こりそうなことも見抜いていることが明瞭に伝わってくるのだが、私にとっては、事件の全体像は依然として混沌としグロテスクきわまりないのだった。ケンジントンの自宅に帰る馬車のなかで私はことの次第を反芻してみた。〈ブリタニカ大百科事典〉を書き写す作業に従事した赤毛の男の尋常でない話から、サクス・コーバーグ・スクェア近辺の調査、そして別れ際に彼が発した不吉な言葉にいたるまで。今夜の探索はなんだろう。なぜ私は武器を携帯せねばならないのか。私たちはどこに行き、なにをしようというのか。ホームズの言葉から、髭をきれいに剃った質屋助手が厄介な相手だというヒントをもらった——おそらくこの男、なにかをたくらんでいるのだ。その謎を解こうと試みてみたが、嫌になってあきらめた。そして夜になって説明が聞けるまで、この件は忘れることにした。

　私が家を出たのは九時半すぎだった。パークを横切り、オックスフォード・ストリートを経由してベイカー・ストリートへと向かった。二輪馬車が二台、玄関先にとめてある。私が入口を通ると二階から話し声が聞こえてきた。部屋に入ると、ホームズが興奮気味に二人の男と話をしていた。そのうち一人は、ピーター・ジョーンズ捜査官だとわかった。もう一人は面長で痩せていて悲しげな顔をした男で、つやのある帽子を手にし、これみよがしに高級なフロックコートをまとっていた。

「さあ、これで全員そろった」と、ホームズはピージャケット〔船乗りが着る厚手のウールの短い外套〕のボタンをはめ、重たい狩猟用乗馬鞭をラックから外した。「ワトソン君、スコットランドヤード〔ロンドン警視庁〕のジョーンズ氏は知っているよね。メリーウェザー氏を紹介させてくれ。今夜の冒険のパートナーとなってくれる人だ」

「また狩りにごいっしょすることになりますかな、ドクター」と尊大な調子でジョーンズがいった。「こちらのわが友人は、追跡の出発点をみつける素晴らしい嗅覚の持ち主ですな。あと必要なのは、獲物を追い詰めるのを手伝ってくれる老犬といったところですかな」

「むだな骨折りとならないことを祈っています」とメリーウェザー氏が陰鬱な表情でいう。

「ホームズ氏に全幅の信頼を寄せてもよろしいかなと思いますぞ」と捜査官が尊大な調子で述べた。「氏は、ちょっとした独自の方法をお持ちで、私から申し上げてもお気になさらないのなら、それは、少しばかり理論的で突拍子もない方法なのですが、ただ、ご自身のなかにまちがいなく刑事の素質をお持ちです。こう申し上げても誇張でもなんでもないのですが、一度か二度、そう、ショルトの殺人とアグラの宝物をめぐる事件の際には[*3]、警察よりも、正しい推理をされたのですからな」

「ああ、あなたがそういうのなら、ジョーンズさん、問題ありませんよ」と見知らぬ男は敬意をこめて語った。「ただ、それでも正直に申し上げねばなりませんが、私はブリッジの三回勝負ができなくて残念です。二十七年間で、ブリッジをしない初めての土曜の夜ですよ」

「いまにわかりますよ」とシャーロック・ホームズはいった、「みなさんが、これまでやってきたどんなゲームよりも高い配当を今夜は期待できるということが。それにゲームそれ自体も興奮物です。メリーウェザーさん、あなたにとって配当金は三万ポンドでしょう。ジョーンズ、君にとっては、長年追ってきた犯人がついに捕まるというわけだ」

「そう、ジョン・クレイ、殺人犯で強盗で贋金づくりにして詐欺師。メリーウェザーさん、この男はまだ若いのですが、その筋ではぴか一の男で、ロンドンにいるどんな犯罪者よりも、手錠をかけてやりたいやつです。たいした男ですよ、この若きジョン・クレイって奴は。祖父は王族の公爵で、本人も、イートン校からオックスフォード大学に進学しています。頭脳は、その指先同様、狡猾です。私たちはいたるところで彼がいた痕跡を眼にするのですが、どうしても、その男の居場所を突き止めることができない。ある週はスコットランドで押し込み強盗をはたらいたかと思うと、翌週には、コーンウォールに孤児院を建設するための募金と称して金をくすねるのですから」

「今夜、みなさんに彼のことを、喜んで紹介できる機会があることを祈っています。このジョン・クレイ氏とは一度か二度、やりあうことがあったんだが、たしかに、彼は、おっしゃるとおり、その筋ではぴか一の男でしょう。だが、もう十時をすぎた。出かける時間になりました。もしお二人が最初の二輪馬車に乗られるのなら、ぼくとワトソン君は、そのあとの二輪馬車で追いかけますよ」

馬車でしばらくゆられている間、シャーロック・ホームズは言葉少なで、座席に深く身を沈め、その日の午後に聴いた音楽の旋律を口ずさんでいた。ガス灯で照らされた終わりなき迷路のような街路を馬車で走り抜けながら、ついにファーリントン通りに入った。

「もうちょっとで目的地だ」とわが友は話した。「このメリーウェザーって男は、銀行の重役で、この事件に個人的に興味を寄せている。ジョーンズにも同行してもらったほうがいいと思ってね。彼は悪い奴じゃないんだが、刑事としては、どうしようもない石頭なんだ。それでもいいところがひとつある。ブルドッグのように勇敢なところがあって、くらいついたらロブスターのように放そうとしないことだ。さあ着いた。二人が待っている」

私たちは今朝、ようすをみてきたばかりの人通りの多い大通りに立った。乗ってきた馬車は、すでに帰し、メリーウェザー氏の案内で、狭い路地裏を抜け、彼が開けてくれた裏口のドアから建物のなかに入った。狭い廊下があり、先へ行くと大きな鉄格子のドアで行き止まりになった。このドアも彼が開けてくれ、私たちは石畳のらせん階段を踊り場まで降りると、もうひとつの頑丈そうなドアで行き止まりになった。メリーウェザー氏は立ち止まってカンテラに火をつけ、暗く土臭い通路へと導き入れ、そしてついに第三のドアを開けて、巨大な大広間というか地下貯蔵庫のなかに入った。あたり一面、木箱や、巨大な紙箱がうずたかく積まれている。

「天井から襲われるということは、まずなさそうだ」とホームズは、カンテラを掲げ周囲をじっくりみて感想を述べた。

「下からも襲われそうにないですな」とメリーウェザー氏はいって、床にはられている敷石をステッキでこつこつと突いた。「あれ、どうしたことだ、下は空洞みたいだ」と彼は声に出して、驚いたように見上げた。

「もう少し静かにしてもらえませんか、ほんとうに頼むから」とホームズは厳しくいってのけた。「これで、ぼくたちの今夜の遠征の成功も危うくなった。お願いだから、行儀よく、そこの箱の一つにおとなしく座って、邪魔をしないでくれたまえ」

威厳に満ちていたメリーウェザー氏は木箱のひとつにちょこんと腰を降ろしたが、ひどく傷つけられた表情を顔に浮かべた。一方ホームズはというと、床に両膝をつきカンテラと拡大鏡で、敷石のひび割れを細かく調べはじめた。確認するのに数秒とかからなかった。彼は勢いよく立ち上がると、拡大鏡をポケットにしまった。

「少なくともあと一時間はある」と彼はいった。「なにしろ彼らは善良な質屋の主人が眠りにつくまでは、動こうにも動けないからだ。だがいざ動くとなると、一瞬たりともむだにはしないだろう。仕事を早くすませばすますほど、逃げる時間に余裕ができるからだが。ドクター、私たちはいま——まちがいなく君が予想したように——ロンドンでも有数の銀行のひとつの支店の地下金庫にいる。メリーウェザー氏は銀行の頭取なので、君に説明してくれるよ、ロンドンの、犯罪者仲間でも向こうみずで知られている連中が、いま、なぜ、この地下金庫に多大なる関心を寄せているか、その理由をね」

「私どもが預かっているフランスの金《ゴールド》のせいです」と、その頭取はささやいた。「強奪を試みるやからがいるだろうという警告を何度も受けています」

「あなたがたのところにフランスの金《ゴールド》ですか」

「ええ。数か月前、私どもの財源を強化することになり、フランス銀行から三万ナポレオン金貨を借りたのです。私どもが金貨の箱の荷を解くことはなく眠らせていることは、すでに周知のこととなりました。私が座っているこの木箱には、二千ナポレオン金貨があり、何重もの鉛の箔の間にしまわれています。現時点での、私どもの金の保有量は、通常、銀行の一支店が保管している金の量をはるかに超えています。そのため重役会は、この点に強い懸念を抱いてきました」

「それはもっともなことです」とホームズは述べた。「そこでいまぼくたちは、ちょっとした計略を実行に移そうとしています。一時間以内に、山場を迎えることになります。その間、メリーウェザーさん、カンテラの明かりが漏れないよう注意してください」

「真っ暗闇のなかで座っているのですか」

「あいにく、そうなるでしょう。ちなみに私はポケットにトランプのカードを一揃いもってきています。ぼくたちは、これで〈四人組〉となるので、ブリッジのゲームができたかもしれませんね。とはいえ敵さんも周到な用意をかなりのところまでしてきているので、明かりを漏らすような危険は避けるに越したことはないでしょう。そしてまず第一に、それぞれの待ち伏せするときの持ち場を決めておきましょう。向こうみずな連中ですよ。待ち伏せしているぼくたちのほうが有利だとはいえ、機敏に動かなければ、連中にやられてしまうかもしれない。ぼくは、この木箱の背後に隠れています。あなたがたは、あの辺の箱の間に身をひそめてください。つぎに、ぼくが連中に光をあてたら、速やかに接近してください。もし連中が発砲したら、ワトソン君、こっちも躊躇せずに発砲して連中を倒すんだ」

私は撃鉄を起こしたままのリヴォルヴァーを、おもむろに木箱の上におき、箱の背後に身をひそめた。ホームズがカンテラの正面から漏れる光をふさいだので、あたりは真っ暗闇となった

——こんな漆黒の闇を、私はこれまで経験したことはなかった。金属が熱せられている匂いが漂っていて、カンテラの明かりが内部で燃えていること、カンテラ正面の扉をスライドさせると一瞬にして閃光が暗闇を切り裂くことがわかった。期待の高まりとともに私の神経も高ぶってきたのだが、突然おとずれた暗闇のなか地下巨大金庫の冷たく湿っぽい空気のなかに身を置いていると、なにやら気が滅入り心細くなってきた。

「連中には逃げ道は一つしかない」とホームズはささやいた。「建物の裏からサクス・コーバーグ・スクェアへと抜ける通路だ。お願いしたことは、やってくれたと思うんだが、ジョーンズ」

「刑事ひとりと、ふたりの制服警官が正面ドアのところに陣取っている」

「それじゃあ、穴は全部ふさいだわけだ。ではこれから静かにじっと待つことにしよう」

なんという時の流れだろう。あとでホームズと私のメモ書きを比べてみたら、一時間十五分しかたっていなかったのだが、あのときは、夜がほとんど終わって、頭上では夜もしらみつつあると、そう思われたくらいだ。私の四肢は疲れこわばっていた。なにしろ、その場で姿勢を変えることもはばかられたからだ。けれども私の神経は極限まで張りつめていたから、聴覚が敏感になってしまい、身をひそめている仲間の呼吸音だけでなく、体格のいいジョーンズの深くどっしりとした吸気音から、頭取のか細い溜息をつくような呼吸音までも区別することができた。私の位置からだと、箱のむこうに床が見渡せたはずである。と、突然、私の眼は、微光をとらえた。

最初のうちは、それは敷石から漏れるぎらつく閃光にすぎなかった。つぎに光が伸びて、黄色い線となり、さらに、警告も音もなく、光の奔流があらわれ、人間の手が伸びてきた。白く、女性のような手で、光の小さな領域のまんなかで周囲に探りをいれていた。一瞬ののち、その手は、くねくねと動く指とともに、床から突き出た。と、つぎの瞬間、その手はあらわれてきたのと同じように突然引っこんだ。あたりは暗くなった。単一の光のきらめきだけを残して。それは敷石の隙間から漏れる光だった。

けれども手が消えたのは、ほんのつかのまのことだった。粉砕し引き裂くような音とともに、大きな白い敷石の一つが横にずらされ、四角い穴がぱっくりと開いて、そこからカンテラの光が吹き上がった。穴の縁から、きれいに髭をそった少年のような顔がのぞき、周囲を鋭い眼つきでみまわしたあと、穴の一方の端に手をついて、肩を引き上げ、つぎに腰を引き上げ、最後に、片膝を穴の縁に置いた。つぎの瞬間、彼は、穴のそばに立って、仲間を引っ張り上げた。彼と同じように、身のこなしが早く、小柄な男で、生白い顔と鮮やかな赤い髪の毛の房が目立った。

「すべて異常なしだ」と彼はささやいた。「ノミと袋はもってきただろうな。ちくちょう、やばい。とびおりろ、アーチー、ずらかれ。捕まろうもんなら俺のほうは縛り首だぜ」

シャーロック・ホームズはこの瞬間躍り出て侵入者の襟首をつかんだ。もう一人は穴に飛び込んだが、私は布が裂ける音を聞いた。ジョーンズが、逃げる相手の服の裾をつかんだのだ。光のなかにリヴォルヴァーの銃身が浮かび上がったが、ホームズの狩猟用乗馬鞭が男の手首に振り下ろされて、ピストルは石の敷石の床に音を立ててころがった。

「むだだ、ジョン・クレイ」とホームズは落ち着き払っていった。「もう万事休すだ」

「どうも、そうらしいな」ともう一方が、この上なく冷静にいい放った。「俺のダチは、無事だと思うが。おまえが奴のコートの裾をつかんだところはみたのだが」

「あいにく三人の男が、おまえの友人をドアのところで待ちかまえている」とホームズ。

「ああ、そういうことか。用意周到にやりおおせたようだな。褒めてやるよ」

「ぼくのほうこそ、褒めてやるよ」とホームズも答えた。「君の赤毛男のアイディアは、きわめて斬新かつ効果的だった」

「おまえの仲間とも、もうすぐに再会となろう」とジョーンズ。「あいつは、穴を降りるのが、俺よりも早くてな。こら、俺が手錠をかける間、両手をしっかり出しておけ」

「どうか、その汚い手で、俺に触らないでほしいな」と逮捕者は、手首に手錠をかけられながらいい放った。「気づいていないかもしれないが、俺には王族の血が流れている。俺に話しかけるときにはいつも『貴殿《サー》』とか『お願いします《プリーズ》』をつけてほしいもんだ」

「了解」とジョーンズは、相手をにらみつけながら、忍び笑いとともに――「では、殿下、上階への行進にご同行願えますか、殿下を、お乗せする馬車をご用意いたしました。行き先は警察署でございます」

「ごくろう」とジョン・クレイは、なにくわぬ顔をして答えた。彼は、私たち三人に大仰なお辞儀をしたあと、刑事の手で逮捕されて、おとなしく歩み去った。

「いやあ、まったくのところホームズさん」とメリーウェザー氏は、私たちが地下金庫から出ようというとき口を切った、「銀行としましても、あなたにどれだけ感謝し、また、どれほどお礼をしたらよいかわかりません。実に用意周到に計画された銀行強盗の一つを、まちがいなく見破り未然に防がれたのですから。こんなことは、これまで経験したことがありません」と。
「私としてはジョン・クレイ氏との対戦で一つか二つの勝ち点をあげたにすぎません」とホームズ。「今回の件では、ささやかな出費がありました。銀行で、それを補塡していただければと思いますが、それ以外に報酬などいりません。なにしろ多くの点でユニークな経験をさせていただいたし、なかでも〈赤毛連盟〉の驚嘆すべき物語を聞けたのですから」

「いいかい、ワトソン君」とホームズは午前中の早い時間に、私たちがベイカー・ストリートで、ウィスキー・ソーダのグラスを傾けているときに、説明してくれた。「最初から完璧に明白だったよ。〈連盟〉の広告と、〈百科事典〉の筆写という、このかなり突拍子もない一件だが、考えられる目的はたったひとつ、さほど頭の切れるとはいえない質屋の主人に、毎日、数時間、店からいなくなってもらうことだったのだ。やり方としては変だよ。しかし、これ以上に、うまい手があるかというと、簡単には思いつきそうもない。この方法が、クレイの非凡な頭脳にひらめいたきっかけは、まちがいなく、共犯者の髪の毛の色だったと思う。週に四ポンドの謝礼というのは、質屋を引きずり出す餌だった。そうだろう、数千ポンドの盗みをはたらこうとする者にとって、そんなもの、はした金だ。二人は広告を出した。犯人の一人は、一時的に事務所を開いた。もう一人は質屋に連盟の仕事をしてはどうかともちかけた。そして共謀して、質屋が、週日の午前中、店にいないよう万全を期したというわけだ。質屋の助手が通常の半額の給料で雇われたということを聞いたときから、こうした状況を、その助手は、なんらかの強い動機でもってつくろうとしていることは、明白だった」

「しかし、どうやって君は、その動機とやらを推理できたのか?」

「もし家に女性でもいたとしたら、げすな陰謀を疑っていてもよかった。しかし、それは問題外だった。質屋の仕事は、小規模だった。彼の家には、あのような綿密な準備や、彼らがはらう、あのような大きな出費を説明できるようなものはなにもなかった。となると家の外になにか原因があるにちがいなかった。それはなんであろうか。質屋の助手が写真好きで、地下室にとじこもる癖があるというのを思い出した。地下室だ。このもつれたパズルにも糸口はあった。そこで怪しい助手について調べてみた。するとわかったのだよ、ロンドンでもっとも冷酷かつ大胆な犯罪者の一人を相手にしなければいけないということが。彼は地下室でなにかをしていた——数か月にわたって一日に何時間も要するなにかをね。それはなんだろうと、もう一度考えた。これしかないと思ったのだ。そう、彼は、どこかべつの建物に通ずるトンネルを掘っていたのだ。

「ここまであたりをつけたうえで、ぼくたちは現場をおとずれた。杖で歩道を叩いたので、君を驚かせてしまったね。地下の空洞が、家の正面か、裏手か、どちらの方向に延びているかを確かめていたのだ。家の正面方向ではなかった。それを確かめたうえでベルを鳴らした。そうしたら思ったとおり、助手が応対に出てきた。この男とはこれまで、小競り合いをしたことがある。ただ、たがいに眼と眼をあわせたわけではなかった。いずれにせよぼくは彼の顔などみていなかった。彼の両膝こそ、確かめたかったことだ。君だって、彼のズボンの膝が、どれだけ擦りきれているか、どれだけしわになって汚れているか、自分の眼で確かめたらはっきりわかったはずだよ。両膝が物語っているもの、それは長時間におよぶ穴掘り作業だ。となると残りは一つ、なにを目指して穴を掘っているのか。ぼくは角をまがって、シティ・アンド・サバーバン銀行が、わが友人の敷地に隣接していることがわかった。問題は解決したと思ったね。コンサートが終わり、君が家まで帰ったあと、ぼくはスコットランドヤードに赴き、銀行の頭取にも会いに行った。あとは、君のみてのとおりだ」

「そうなると、どうやって今夜が決行日だとわかったのかい」私は尋ねた。

「そうだな、連中は〈連盟〉の事務所を閉じた。それは、彼らがジェイブズ・ウィルソン氏を事務所に引き留めておく必要がなくなったことを示していた。トンネルが完成したのだ。問題は、早くトンネルをつかって盗みを働かねばならないということだった。ぐずぐずしていると見つかるかもしれない。あるいは金塊が、よそへ運ばれるかもしれない。土曜日というのは、ほかのどの日よりも、うってつけの日だよ。逃亡するのにも二日の猶予がある。*4 あれやこれやの理由すべてから、彼らが今夜来るにちがいないとにらんだのだ」

「実にみごとに推理してくれたものだ」と私は賛嘆の念を心から大きく口にした。「とても長い鎖のような推理、その鎖の輪の一つ一つが真実以外のなにものも主張していない」

「この事件は、ぼくをアンニュイから解放してくれたよ」と彼は答えた、あくびをしながらだが。「やれやれ、困ったことに、またアンニュイが迫ってきていることを感ずるよ。わが人生は、たゆまぬ努力のなかで費やされるということだ、存在の凡庸さから逃亡するための努力さ。逃亡を手助けしてくれるのは、こうしたささいな謎だけだよ」

「と同時に、君は、国民の恩人だよ」と私。

彼は肩をすぼめた。「まあ、おそらく、結局のところ、それがなんだということだよ」と彼は述べた――「『人間は無だ《ロム・セ・リヤン》――作品〔仕事〕、これがすべてだ《ルーヴル・セ・トゥト》』。フローベールがジョルジュ・サンドへの手紙で書いていたようにね[*5]」

訳注

＊1――メアリー・サザーランド嬢の問題は、『シャーロック・ホームズの冒険』所収の「花婿の正体」事件のことを指している。当初、作品の順番をめぐる混乱から、「赤毛連盟」のほうが先に雑誌に掲載され、『シャーロック・ホームズの冒険』でも、「赤毛連盟」のほうが、「花婿の正体」より先になるかたちで単行本化された。

＊2――Omne ignotum pro magnifico　帝政ローマ時代の政治家・歴史家タキトゥス（五五―一二〇）の『アグリコラ』第三〇節にみられる句。「えてして未知なるものはすべて誇張される」（國原吉之助訳、ちくま学芸文庫）等の邦訳あり。アグリコラはタキトゥスの岳父でブリタニア遠征で名を馳せた。

＊3――ショルトの殺人とアグラの宝物をめぐる事件は、コナン・ドイルのホームズもの長編作品第二作になる『四人の署名』で描かれる。

＊4――逃亡するのにも二日の猶予がある――窃盗未遂事件は土曜日から日曜日にかけての深夜に起こるので、猶予は一日しかない。なお赤毛連盟が解散したと告知される一八八〇年一〇月九日は、作中では土曜日だが、実際には木曜日。もちろん、これはフィクション世界の出来事であり、現実世界の記録では

ないので、作者の勘違いということにはならないが。

＊5——'L'homme c'est rien—l'œuvre c'est tout!' は正確には 'L'homme n'est rien, l'œuvre tout!' でフローベールがジョルジュ・サンドに宛てた一八七五年一二月の手紙より。作者と芸術作品との関係を述べるもので、作者のこと（階級、身分、人格、言動、生涯）は、作品とは無関係であり、出来上がった作品だけが重要であり、すべてであるという考え方で、作者について詮索したり作者を偉人・変人扱いすることの意味のなさをも示唆している。ここでは事件の解決が重要で、誰が推理し真相を見抜いたかは（ホームズ個人の天才的推理と活躍は）関係ないことが語られている。作品＝仕事（英語で work、フランス語で l'œuvre）の同義性も踏まえられている。なお、人間は死んでも芸術は残るというような訳はこの文脈では意味がずれる。

三人のガリデブの冒険
The Adventure of the Three Garridebs

アーサー・コナン・ドイル／大橋洋一 訳

それは喜劇だったかもしれない、あるいはそれは悲劇だったのかもしれない。それはひとりの男には冷静さを失わせ、私には血液の一部を失わせ、さらにいまひとりの男には法の裁きをもたらした。[*1]にもかかわらずたしかに喜劇の要素もあった。あとは読者諸氏の判断にゆだねよう。

私が、その日のことを鮮明に記憶しているのは、同じ月に、ホームズが、数々の貢献――これについては、いつの日か語ることもあろう――に対しナイト爵位を賜《たまわ》ることになったのだが、それを辞退したからである。この件は、行きがかり上、触れるにとどめるのだが、それは相棒であり腹心の友であるという私の立場からして、起こったことを詳しく語ってうっかり秘密を漏らしてしまわないよう用心するにこしたことはないからだ。とはいえ、このナイト爵位辞退の件によって、もうひとつの事件の日付もいっしょに思い出せることは、繰り返し述べておこう。ちなみに、その日付とは、一九〇二年六月の終わり、南アフリカ戦争終結〔同年五月三十一日に終結〕直後のことだった。このときすでにホームズは、時々、習慣になっていることだが、ベッドで数日すごしたあと、その日の朝、ようやく起き出して、長いフールスキャップの透し入りの紙を手にしてあらわれたのだ。その透明で灰色の眼を、好奇心で輝かせて。

「君にもお金をつくるチャンスがありそうだね、わが友、ワトソン」と彼は言った――「ガリデブって名前は聞いたことがあるかい」

私は聞いたことがないと認めた。

「いや、もしガリデブって名前の人物をみつけることができたら、そこには金のなる木があるということだ」

「どうして」

「まあ、話せば長くなる——おまけに、かなり変な話ときている。人間の複雑さに関するぼくたちの探求において、これほど妙なものは、いまだお目にかかったことはないね。その男は、いまにも、ここに質問攻めにしようとやって来るはずだ。とにかく彼があらわれるまで、その一件はおあずけにしよう。ただ、それまで名前をあたっておこうか」

電話番号簿が脇のテーブルに置いてあったのを眼にとめた私は、そのページを繰った。見つかりっこないと最初からあきらめながら。しかし驚いたことに、この奇妙な名前は、しかるべきところにちゃんとあった。私は勝利の声を上げた。

「あったぞ、ホームズ、ほら」

ホームズは私の手から番号簿を取り上げた。

「『ガリデブ、N』」と彼は読み上げた、「『リトル・ライダー・ストリート・W一三六番地』か。すまない、ワトソン。なぜって、これが例の男だからからさ。これは彼の手紙の封筒に書かれていた住所と一致する。彼と同姓の人物をもうひとり探してくれたまえ」

ハドソン夫人は、トレイに名刺を乗せてやってきた。私は名刺をとりあげて名前をみた。

「おや、これはまた」私は驚きの声を上げた。「姓は同じだが、名前がちがう。ジョン・ガリデブ。弁護士。合衆国カンザス州ムーアヴァル市〔架空の地名〕か」
ホームズは名刺をみて微笑んだ。「ワトソン君、どうやら、これもまたむだな努力にちがいないな」と彼はいった。「この紳士も、すでにご登場済みなんだ。もっとも今朝、この人物に会えるとは思ってもみなかった。とにかくぼくが知りたいことを、彼はたくさん知っている立場にいる」

その直後、彼が部屋にあらわれた。弁護士のジョン・ガリデブ氏は、小柄だががっしりした体格の男で、多くのアメリカ人実務家に特徴的な丸く血色のよい、そして髭のない顔をしている。丸顔で子供っぽさが残っているため、全体の印象は満面の笑みを顔に凍りつかせた若者といったところだ。それでも彼の眼は不安げだった。人間の顔を構成するもののなかで、これほどまでに緊張した内面生活を物語る眼というものを、また、かくも明るく、かくも警戒し、かくも思考の変化に敏感に反応する眼を私はみたことがない。彼の英語にはアメリカ訛りがあったが、言葉づかいに異質なものは付随していない。

「ホームズさんですか?」と尋ねた彼は左右を一瞥した。「ああ、なるほど。肖像画と、そんなにお変わりないですな、あえて言わせていただければですが。ところで私と同姓のネイサン・ガリデブ氏から手紙を受け取られたと思いますが」

「まあ、お座りください」とシャーロック・ホームズ。「話し合わねばならないことがたくさんありそうです」そういうと彼はフールスキャップの透しの入った紙をとりあげた。「もちろん、あなたは、この書類で触れられているジョン・ガリデブ氏であられる。しかし、まちがいなく、あなたはイングランドに来てからもう長いですね」

「なぜ、そう断言できるのです、ホームズさん」私は、あの雄弁な眼のなかに突如疑いの念が湧き上がるのをみたように思った。

「お召し物すべてが英国風ですから」

ガリデブ氏は、わざとらしい笑い声を上げた。「あなたのやり方を読んだことがあります。ホームズさん。しかし、私が、推理法の対象となるとは夢にも思いませんでした。どうしてわかったのです」

「あなたの上着の肩の裁ち方、あなたのブーツのつま先——疑う余地などありません」

「いやはや、自分がそこまでイギリス人になりきっているとは夢にも思わなかったですな。とはいえ仕事で少し前にこちらに来たので、そのため、おっしゃったように、私の身に着けているものは、頭のてっぺんからつま先までほぼロンドン仕立てです。それはともかく、あなたとのこの貴重な時間をむだにしたくありませんな。靴下の裁ち方について話し合うために会合をもっているわけではないのです。手にもたれている、その書類について話をされてはいかがです」

ホームズは、わが訪問者をすこし苛立たせていた。丸顔からは、愛想のよい笑みはおおむね消えていたのだ。

「我慢、我慢です、ガリデブさん」とわが友人はなだめるような声で語った。「ワトソン医師だったら、ぼくの、こうしたささいな脱線が最終的には事件に対して意味をもつようになると、あなたに説いてくれると思います。しかし、それにしても、なぜネイサン・ガリデブ氏といっしょではないのです?」

「そもそも、なぜ彼はあなたをこの件に引きずり込んだのですか」と客人は、突然怒りにかられて説明を求めた。「いったい、あなたはこれにどういう関係があったのですか。ふたりの紳士のあいだの、ちょっとした職業上の問題だったはずが、ふたりのうちひとりが探偵を呼び込むことになったとは。今朝、彼に会いましたよ。私に知らせず、この抜け駆けに及んだことについて話してくれました。だからこうしてここにいるわけですが。ただ、それにしても、気分はよくないですね」

「あなたのほうに落度があったわけではないのです。ガリデブさん。ただ、彼のほうが、目的を達しようと熱を入れただけです――その目的というのは、ぼくが理解するかぎりでは、あなたがたふたりにとっても等しく重要なことです。ぼくが、職業柄、いろいろな情報に接することができるはずだからと、彼は見込んだのです。ですから、彼がぼくに頼るのは、しごく当然のことだったのです」

わが訪問者の顔から、徐々に怒りが消えて行った。

「まあ、そうもいえますな」と彼、「今朝、彼に会いに行って、探偵に相談したことを知ったので、あなたの住所を聞き出して、ただちにかけつけたというわけです。私事に警察の介入はごめんです。しかし、その男をみつける手助けをしていただけるのなら、文句もあろうはずがありません」

「さて、こういう次第だ」とホームズは私にむかって語った後、おもむろに「そこで、いま、あなたもここにいらしたわけだから、あなた自身の口からはっきりとした説明をうかがうのが最善かと思います。ここにいる友人は、詳細について何も知りません」

「この方は知る必要があるのですか」と彼は問うた。

「ぼくたちは通常、いっしょに仕事をするのでね」

「よろしい、秘密にしなければならない理由などありません。できるかぎりかいつまんで事実をお伝えしましょう。あなたがカンザス州出身なら、アレグザンダー・ハミルトン・ガリデブがどんな人物か、説明するまでもないでしょう。彼は不動産業で一財産築き、その後シカゴの穀物取引で財をなしたのですが、そうして得た資金を投じて、フォート・ドッジ〔架空の地名〕の西にある、アーカンソー川沿いの土地、まあ、英国ではひとつの郡にあたるくらいの広い土地ですが、それを購入することになったのです。牧草地、林業用の土地、耕作地、鉱物資源採掘用の土地など、地主になれば、お金が転がり込んでくるような土地を、ひとつ残らず買い取ったのです。

「彼には親戚縁者というものがありません――いえ、いたとしても、私は聞いたことがありません。ただ、彼は、自分の名前の特異《クイア》性に誇りのようなものを感じていました。まさにその名前が、私たちを、ここに集わせたわけですが。トピーカ〔カンザス州の州都〕で弁護士をしていた頃のことです。ある日、この老人が訪ねて来ましてね。私は自分と同じ名前の男と出会ったことで死にそうなくらい笑い転げました。彼の愛すべき気まぐれなのですが、世界にいるガリデブ姓の男たちを、なんとしても見つけ出すというのです。『もうひとり、ガリデブという名前の男を発見してくれ』と彼はいうのです。あいにく、そんな暇はないし、ガリデブを求めて世界中を旅行してまわって人生を費やすことなどできないと告げました。『そうはいってもね』と彼は言うのです。『もしわしの計画通り首尾よくはこんだら、君だってそうするしかなくなるだろう』ってね。冗談をいってるんだと思いました。しかし、その言葉に嘘偽りはありませんでした。ほどなく判明したのですが。

「というのも、そう語ってから一年もたたないうちに彼は死にました。遺書を残していました。それがまた、カンザス州きっての、とんでもなく変わった遺書でした。彼は財産を三分割しました。私がガリデブ姓の男をあとふたりみつけたら、私に財産の三分の一が贈与されることになっていました。残り三分の二は、ふたりのガリデブのものとなるのです。どんなに少なく見積もっても、ひとり五百万ドルです。とはいえ、ガリデブ三人衆が雁首そろえてあらわれないと、その分け前にはありつけないのですが。

「これはたいへんなチャンスでした。そのため弁護士業そっちのけで、ガリデブ探しに専念することになったのです。あいにく合衆国にガリデブはいません。しらみつぶしに調べたのですが、ガリデブひとり、みつかりません。そこで先祖の国をあたってみることにしたのです。案にたがわず、ロンドンの電話帳には、その名前がありました。二日前にその人物に連絡がとれ、事情を説明することができました。しかし彼は、私と同じように、身寄りの少ない男で、女性の親戚は何人かいるのですが、男の親類縁者はいません。遺書には成人男性三人と書かれています。おわかりのように、まだ空きがあるのです。そこでもし空白を埋めるのに助力していただけるなら、いつでもお礼を支払う用意があります」

「ねえ、ワトソン」とホームズは微笑みながら、「話したとおり、かなり風変わりな用件だろう。そうそう、実は、こうお伝えすべきでした。あなたがまっ先にされるべきことは、新聞の尋ね人欄に広告を出すことです」

「やってみました。ホームズさん。なんの反応もありません」

「まいりましたね、まあ、たしかに、これは、ささいだが、とても奇妙な問題です。暇な時に、この問題を考えてみてもいいでしょう。ところで、奇遇ですな、あなたがトピーカ出身だというのは。むかし、文通していたことがあるのですよ――もう亡くなられたのですが――老ライサンダー・スター博士と。彼は一八九〇年に市長をしていましたよね」

「なつかしいですね。ドクター・スターをご存知とは」とわが来訪者は声を上げた。「あの方の名前は、いまなお崇敬の対象ですね。さて、ホームズさん。あと私どもにできるのは、あなたに連絡を絶やさず、人探しの進みぐあいを報告することだけですかな。一両日中にはご連絡しますよ」と、こう約束して、わがアメリカ人来訪者は頭を下げ出て行った。

ホームズはパイプに火をつけ、しばらく、顔に奇妙な笑みを浮かべて座っていた。

「で、どうだい」と私はしびれをきらせて聞いた。

「どうもあやしいんだな、ワトソン――どう考えてみても」

「何が」

ホームズは、パイプを口からはずした。

「あやしいんだな、ワトソン。今の男、いったい何が目的なんだろう。こんな手の込んだ嘘を並べて。目的は何だと聞きそうになったよ——野蛮な正面攻撃が最善策というご時世なんだから——、でも彼には、ぼくたちをだませたと思わせておくほうがよいと判断した。いままでここにいたのは、一年着くずして肘のところが擦り切れている英国仕立てのコートと膝のところがよれてふくらんでいるズボンをはいた男だが、この書類と、本人の説明からすると、最近ロンドンに到着したばかりのアメリカ人の田舎者ということになっている。それに新聞の尋ね人欄に、例の広告などなかった。ぼくが尋ね人欄には隅々まで眼を通していることを君は知っているはずだ。あれはぼくのお気に入りの狩場で、ちょっとゆすってやると獲物が飛び出してくる。ぼくとしては、そこにひそむ、おいしい獲物を見逃すわけはないんだから。それにトピーカのライサンダー・スター博士というのは架空の人物だよ。彼はどこをつっついても嘘しか出てこない。この男、確かに、アメリカ人だと思うが、ロンドンに長く暮らしていて訛が目立たなくなっている。彼の目的は何だ。この馬鹿馬鹿しいガリデブ探しの背後にある動機は何だろう。注目しておく価値はある。なにしろ、この男、悪党だとしても、悪党のわりには一筋縄ではいかない、そうとう頭の切れる奴らしいから。ぼくたちとしては、もうひとりも同じく、いんちきな悪党かどうか確かめるべきだな。電話してくれないか、ワトソン」

私が電話をかけると、受話器の向こうから、かぼそい震える声が伝わってきた。

「はい、そうです。ネイサン・ガリデブです。ホームズ先生はいまそちらに、いらっしゃいますか。ホームズ先生と一言お話しさせていただければと思うのですが」

わが友は、受話器をとり、いつものことだが、私の耳にも電話を通して会話の断片が届いた。

「ええ、その人はここにいました。彼のことはご存知ないと理解しているのですが……どのくらいのおつきあいですか？　……ほんの二日前から！　……ええ、ええ、もちろんですとも、とても魅力的な申し出ですね。今晩、ご在宅ですか？　あなたと同じ名前の方は、そちらにはいらっしゃらない……大丈夫です、それではうかがいましょう。彼についてお話ししたいことがありますから……ワトソン医師も同席します……お手紙から察するに、あまり出歩くほうではないと……わかりました、それでは六時頃にうかがいましょう。アメリカ人の弁護士に伝える必要はありません……そうです。それではまた」

心地よい春の夕暮れ時であった。リトル・ライダー・ストリートは、エッジウェア・ロードからの狭い支線通りのひとつだが、悪しき記憶の残る古いタイバーン・トゥリー〔一八世紀まで処刑場であった場所、現在のマーブル・アーチにあたる〕からすぐのところだったが、そこですら、沈みゆく太陽からの斜めの光線のもと黄金色にすばらしく輝いていた。私たちが目指している屋敷は、広壮で、古く、ジョージ王時代〔ジョージ一世から四世が君臨した時代（一七一四年から一八三〇年）を指す〕初期の様式の堂々とした邸宅で、レンガを積み上げた壁をもつ、その正面玄関には、一階のふたつの張り出し窓がうがたれていた。私たちの依頼者は、この一階で暮らしていた。近づいてみると、たしかに低い窓は、彼がすごす広々とした部屋の正面扉だとわかった。ホームズが指差すままに、私たちが眼にとめた小さなプレートには、例の奇妙な名前が刻まれていた。

「表示が出てから何年もたっている、ワトソン」と彼は語って、その色の褪せた表面を指差した。「これが、いずれにせよ、彼の本名なのだ。心にとめておこう」

その家には共用の階段があり、ホールに面した部屋のドアには名前がいろいろ印字されているのだが、事務所もあれば私室もあった。世帯用住居の集まったものではなく、どちらかというとボヘミアンの独身者たちの集合住居のようだった。依頼者自身が私たちのためにドアを開けてくれ、担当の女性が午後四時に帰ってしまうものだからと詫びた。ネイサン・ガリデブ氏は、背は高いが、ひょろ長く、なよっとした感じの猫背の人物で、痩せこけていて頭は禿げ上がり、年齢は六十代前半と見えた。蒼白い顔をしていて、その肌は、運動をしたことがない男性特有の、はりがなく死人のようだった。大きな丸メガネと小さくとんがった山羊髭が、覆いかぶさるような姿勢とあいまって、いかにも好奇心旺盛な人間という印象を彼からにじませることになった。けれども全体的な雰囲気は、友好的なものであった。たとえ風変わりなところがあったとしても。

部屋のほうは、部屋の住人に勝るとも劣らぬくらい妙なものだった。ちょっとした博物館という様相を呈している。横幅も広く、奥行きもあり、いたるところに小さな戸棚や展示戸棚がしつらえられており、そのなかは地理標本とか解剖学標本であふれていた。蝶々と蛾の陳列ケースが入口の両脇をかためていた。中央の大きなテーブルには、ありとあらゆる種類の残骸が散らばり、そのまっただなかに、強力な顕微鏡の長い真鍮の筒が一本屹立している。ざっと見まわして、この人物の関心の広さには驚くべきものがある。原始時代の火打ちの道具を並べた展示棚があった。中央のテーブルの背後には骨の化石を集めた戸棚がある。その上には、石膏でできた頭蓋骨模型が横一列に並び、それぞれ下に「ネアンデルタール」「ハイデルベルク」「クロマニオン」と印字してある名札が置いてある。彼が多くの分野の研究者であることは明らかだ。いま私たちの前に立っている彼はセーム皮の切れ端を右手にもち、それでコインを磨いていた。

「シラクサ出土の――最盛期のものです〔シラクサはシシリー島東部のギリシアの植民地で、紀元前八世紀から三世紀にかけてマグナ・グラエキア一帯におけるギリシア系文明の一翼を担った〕」と彼は、そのコインを掲げながら説明した。「その時代の終わりになると劣悪なものが増えてきます。最盛期のものは、至宝だと私は考えます。もっともアレキサンドリア系のものを好む人たちもいますが。ホームズさん、適当な椅子をみつけてお座りください。ここの骨たちを片づけるのをお許しください。そして、こちらの方は？――わかりました、ワトソン医師ですね――恐れ入りますが、そこの日本製の壺を、こちらの側に置いていただけますか。ご覧のように、この周りにあるのは、わが人生におけるささやかな関心事の集積です。主治医からは決して外出してはいけないときつく言われているのですが、しかし、私をここに引き留めておくこれだけのものがあるのに、どうして外出などしなくてはいけないのですか。自信をもって申し上げますが、このキャビネットのひとつのなかにあるものについて厳密な目録を作ろうと思えば、ゆうに三か月はかかるでしょう」

ホームズは、好奇の眼を輝かせて周囲をみまわした。

「で、あなたは決して外出しないというのですね」と彼は尋ねた。

「まあ、ときには、サザビーやクリスティーの競売に足を運ぶことはありますよ。それ以外のときにはめったに部屋をあけません。もともと体は丈夫なほうではないし、いつも研究に没頭しているので。でも、想像してみてください、ホームズさん。ものすごいショックでした――うれしいけれど、でもひどいショックでした――この前例のない幸運話を耳にしたときには。条件を満たすには、あともうひとりガリデブを探せばいいのでしょう。絶対にみつけられますよ。兄弟がいましたが、死んでしまった。女性の親戚には資格がない。しかし絶対に世のなかに、ほかにもいるはずです。これまで奇妙な事件の数々を解決なさったとお聞きしました。それでお知らせした次第です。もちろん、あのアメリカの紳士のおっしゃることも正しい。最初から、あの方の助言に従うべきでした。でも最善の策をとったのです」

「あなたは、きわめて賢明な策をとられたのだと思いますよ、ほんとうに」とホームズ。「しかし、何があってもアメリカの地所を手に入れたいとお考えですか?」

「そんなつもりは毛頭ありません。いかなるものも、私を、このコレクションから引き離すことなどできますまい。さいわい、あの紳士が保証してくれたのです。私たちが相続する資格があると証明できたあかつきには、彼がすぐに私の土地を買い上げてくれると。五百万ドルというのが提示額でしたね。現時点で市場に出回っている標本のうち、私のコレクションを完璧なものにしてくれるものが、あと六品くらい残っているのです。あいにく購入には数百ポンド足らない。そんな私に五百万ドルあれば、どれだけのものが購入できるか考えてみてください。いやはや、これで私は、わが国のコレクションの中核となるものを所有することになるのです。私は、この時代のハンス・スローンですよ〔スローン（一六六〇—一七五三）は英国の医師、博物学者、収集家で、遺贈したコレクションが、大英博物館の礎となった〕」

彼の眼は、メガネの奥で輝いた。ネイサン・ガリデブ氏が、同姓の人物を探すのに労をいとわないのは誰の眼にも明らかだった。

「お知り合いになりたくて、訪問したにすぎません。ご研究を邪魔する理由などありませんから」とホームズ。「事件でかかわりあいになる方々と、個人的に接触を保ちたいのです。とくにうかがわねばならない質問はありません。というのも、あなたが巻き込まれた事例については、明白に把握しているつもりですから。空白の部分もあったのですが、それも、このアメリカの紳士があらわれてからは埋まりました。ぼくの理解するところでは、今週まで、あなたはこの紳士の存在についてお気づきではなかった」

「ええ、そうです。彼は先週の火曜日にやってきました」

「彼は、今日のぼくたちの訪問について、あなたに知らせましたか」

「はい。彼は、まっすぐ私のところにやってきました。かんかんに怒っていました」

「なぜ、怒っていたのです」

「彼の名誉にかかわるなんらかの問題があったと考えているようでした。でも帰る頃には機嫌をなおしていました」

「彼は、あなたに、なにか、ああせよ、こうせよと指示しましたか」

「いいえ、そんなことはまったくありません」

「彼は、あなたに金銭を要求したことはありますか」

「いいえ、全然」

「彼のもくろみについて何か心当たりはありませんか」

「いえいえ、そんな。彼が何かもくろんでいるなんて」

「あなたは彼に、今回の電話でのやりとりについて話しましたか」

「ええ、話しました」

ホームズは考え込んだ。彼が困惑しているのがみてとれた。

「あなたのコレクションには、大きな価値のあるものはありますか」

「いいえ、ありません。私は資産家ではありません。これは優れたコレクションですが、しかし、値がはるコレクションとは申せません」

「すると泥棒の心配はされないのですか」

「まったく心配していません」

「この部屋には、いつからお住まいですか」

「かれこれ五年でしょうか」

ホームズの尋問は、ここで遮られた。ドアから有無をいわせぬノックの音が聞こえたからだ。依頼者がドアの留金をはずすやいなや、アメリカ人の弁護士が興奮して部屋にとびこんできた。

「みつけましたよ」と彼は叫び、頭上で紙片をふりまわした。「まっ先にお知らせしなければいけないと思っていました。ネイサン・ガリデブさん。おめでとうございます！あなたは大金持ちだ。今回の件は、これにて首尾よく落着しました。ああ、ホームズさん、むだにお手数をおかけして、申しわけありませんとしかいえません」

彼はそういうと依頼者に、その紙片を渡した。依頼者は、注意を喚起するために枠で囲った広告に見入った。ホームズと私も身をかがめて、彼の肩ごしにそれを読んだ。こう書いてある——

ハワード・ガリデブ
農業機械製造
結束機、刈取り用の蒸気鍬および手動鋤、播種機、掘削機
農場用荷車、軽四輪馬車その他機器
掘り抜き井戸の見積りします
問合せ先　アストン市グローヴァウナー・ビル内

「素晴らしい」と、あえぐようにこの住居の主人は口にした。「これで三人めだ」

「バーミンガム市で人探しを依頼しました」とアメリカ人。「そうしたら現地の代理人が、地方新聞に掲載されたこの広告を送ってよこしたのです。ぼくたちは急いで処理しなければいけませんね。この男に手紙を書いて、あなたが明日の午後四時に、そちらの事務所にうかがうことになると伝えました」

「私を、この人に会わせたいのですか」

「どうお考えです、ホームズさん。そのほうが賢明ではないでしょうか。この私はといえば、不思議なお話を携えている、放浪のアメリカ人です。彼が、私の話すことを信ずるという保証はありません。しかし、あなたは身元もしっかりした英国人《ブリティッシャー》〔この表現はアメリカ英語〕だ。彼は、あなたの言うことなら耳を傾けずにはいられないはず。お望みなら、同行してもいいのですが、明日はちょっと忙しいのでね。もしお困りになったら、いつでも応援にまいりますから」

「そうはいっても、私はここ数年、こうした遠出をしたことがないのでね」

「ご心配にはおよびません、ガリデブさん。路線の乗り継ぎはすでに調べておきました。十二時に出発すれば、二時すぎには到着するはずです。早いもんです。そのため日帰りで、夜には帰宅できます。ただ、この男に会い、事情を説明し、彼の存在を証明する宣誓供述書を手に入れればいいのです。いやはや」と彼は熱っぽく付け加えた。「考えてみてください。ぼくはアメリカの奥地からはるばるここまでやってきたのですよ。この一件を処理するためにあなたが百マイルほど旅をするのは、たいしたことじゃありませんよ」

「いかにも、その通り」とホームズ。「こちらの紳士の話されたことは、的を射ていると思いますね」

ネイサン・ガリデブ氏は気乗りしなさそうなようすで肩をすくめた。「まあ、行けといわれれば行きますがね」と彼。「あなたの申し出をお断りするのは、たしかに私にはむつかしい。あなたが私の人生にもたらしてくれた希望の輝きを考えると」

「それでは、これで決まりです」とホームズ。「できるかぎりすみやかに、報告していただけるでしょうね」

「そのように心がけます」とアメリカ人。「では」と彼は腕時計をみて付け加えた。「出かけねばなりません。明日、うかがって、バーミンガム行きを見送りますよ。帰る方向は、同じですか、ホームズさん。わかりました。それでは、さようなら。明日の夜には、よい知らせがもたらされんことを」

気づいたのだが、アメリカ人が部屋を去ったとき、わが友人の顔も晴れやかになったのだ。陰鬱な困惑の表情は、もう消えていた。

「ガリデブさん、コレクションをじっくり拝見できたらうれしいのですが」とホームズ。「ぼくの職業では、どんな種類の奇妙な知識でも役に立つようになるのです。あなたのこのお部屋は、まさにそうした知識の宝庫です」

「あなたがとても知的な方だと常々聞き及んでいました」と彼。「お時間があれば、いまからご案内できますが」

「あいにく時間がないのです。ただこうした標本は、きちんとラベルが貼られ分類整理されているので、わざわざご説明していただくに及びません。もし明日、うかがうことができるのでしたら、お留守の間、ぼくが拝見しても反対はなさらないと察しますが」

「ええ、どうぞ、ご自由に。あなたでしたら大歓迎です。もちろん、この場所には鍵をかけますが、サウンダーズ夫人が午後四時まで地階に詰めていますから、彼女がご案内して鍵をあけます」

「いやあ、たままた明日、時間があるのです。サウンダーズ夫人に前もって伝えていただければ、ことがスムーズに運ぶと思います。ところで、ご自宅の不動産管理はどこがしているのですか」

依頼人は、この突然の質問に面食らったようだった。

「ホロウェイ・アンド・スティール社です。エッジウェア・ロードの。しかし、なぜ」

「家屋に関することになると、ぼくはちょっとした考古学者なのです」と笑いながらホームズ。

「これはアン女王時代〔一七〇二―一四〕のものか、ジョージ王時代のものか、ずっとわからずじまいで」

「ジョージ王時代のもので、まちがいありません」

「なるほど。ぼくは、もうちょっと前の時代のものだと考えていたわけですが。もっとも確かめるのは簡単です。それではお別れです、ガリデブさん。バーミンガムへの旅が実り多いものであることを祈っています」

不動産会社の事務所は近くにあったが、本日は閉まっていることがわかったので私たちはベイカー・ストリートへもどった。ディナーが終わってからはじめて、ホームズは、今日の話題にもどった。

「ぼくたちのささやかな問題は、終わろうとしている」と彼。「君も、頭のなかでは問題解決の概略を描いているはずだ」

「その件については、頭も尻尾も私にはわからないな」

「頭の部分は、きわめてはっきりしている。尻尾については明日見届けられるだろう。ところであの広告について妙なところはなかったかい」

「『鋤〔plough〕』の語の綴りがちがっていたことは、わかった〔広告では米式にplowとなっていた〕」

「気がついたんだね。いいぞ、ワトソン。君は日々向上しているよ。そう、あれはイギリス英語としては違和感だらけだが、アメリカ英語としてみればりっぱなものだ。受けとった原稿そのままに活字を組んだんだな。それから軽四輪馬車 buckboard というのもそうだ。これもアメリカ英語だ。それから掘り抜き井戸というのは、イギリスよりもアメリカのほうが一般的だ。典型的なアメリカ式広告だよ。ただイギリスの製造業者のふりをしている。君は、どう思う?」

「このアメリカ人弁護士が自分で広告を作ったのだろうとしかいえないね。目的が何であるのか、ぼくには推し量りかねるが」

「まあ、ほかにも説明方法はいろいろあるのだが。とにかく彼は、このミイラのような人物をバーミンガムに送り出したかったんだ。これは、はっきりしている。彼に、これは徒労に終わると話してやることもできたかもしれない。しかし、考え直したよ。彼を行かせることによって、舞台に邪魔が入らぬようにするのが賢明だと思えてきたのだ。明日だ、ワトソン——そう、明日になれば、全容はおのずと明らかになるのさ」


ホームズは朝早く起きて出かけて行った。昼食時に戻ってきたときホームズが険しい顔をしていることに気づいた。

「これは当初予想していたよりも深刻な事態だ、ワトソン」と口火を切った。「こういっておいたほうがフェアだと思う。もっとも、理由を説明しても、かえって君が、危険なことに鼻をつっこむのを後押しするようなものだ。いまでは、わがワトソン君の性格について、わかるようになったからね。ただ、こういっておこう、危険なのだ、と。君にもわかっているはずだが」

「まあね、ふたりそろって危険な目にあうのはこれが最初じゃないよ、ホームズ。これが最後にならないことを願うだけだ。今回、具体的にどんな危険なんだい」

「ぼくたちは、とても厄介な事例に遭遇している。法律相談所のジョン・ガリデブ氏の正体がわかった。彼はなんと、〈殺し屋《キラー》〉」エヴァンズ、凶悪で評判も悪い奴だ」

「そう言われても、ぴんとこないんだが」

「ああ、携帯版ニューゲイト年報〔一七七三年より毎年発行される、ロンドンのニューゲイト監獄の受刑者カタログ〕を記憶するなんてことは、君の職業とは関係ないことだからね。スコットランドヤードに友人のレストレイドに会いに行ってきた。警察というのは、想像的直感には時に欠けることもあるのだけれども、徹底して合理的な方法で情勢を分析することでは先頭をきっている。わがアメリカの友人の足跡は警察の記録のなかにあるんじゃないかと、ふんだのだ。案の定、彼のまん丸顔が、犯罪者写真台帳にあって、こちらに微笑んでいた。ジェイムズ・ウィンターまたの名をモアクロフト、またの名を殺し屋エヴァンズというのが写真の説明さ」そういうとホームズはポケットから封筒を取り出した。「彼のファイルから必要事項をいくつか書き写しておいた。年齢四十六歳。出身シカゴ。合衆国では銃で三人を殺したことで知られている。政治的影響力を利用し収監されずにすんでいる。ロンドンに来たのが一八九三年。一八九五年八月ウォータールー・ロードのナイトクラブでトランプゲームをめぐる争いで男性に発砲。撃たれた男性は死亡したが、法廷では正当防衛が認められた。死んだ男は、ロジャー・プレスコットと判明。シカゴでは贋金作り師として名をはせていた。殺し屋エヴァンズは一九〇一年に釈放。以後、警察の監視下にあるが、これまで知られているかぎりでは、堅気の生活を送っているようだ。きわめて危険な男で、通常、武器を携帯し、いつでも使えるようにしている。とまあ、これがぼくたちのお目当ての奴さ、ワトソン――獲物の鳥って、君なら認めてくれるにちがいない」

「だが、奴のねらいは何だ」

「ああ、それはおのずと明らかになりかけている。不動産会社に行ってみた。そこでの説明によれば、わが依頼人は五年前から住んでいる。それまでは、一年も借り手がなかったそうだ。ちなみに彼以前の間借り人は、ウォルドロンという名の紳士とのこと。ウォルドロンの容貌については、不動産会社の人間がよく覚えていた。このウォルドロン、突然いなくなって、行方知れず。彼は背が高く、髭をたくわえた陰険な顔つきの男だったとのことだ。で、プレスコットのほう、殺し屋エヴァンズが銃で撃った例の男だが、彼はスコットランドヤードの記録によれば、背がたかく、髭をはやした暗い感じの男だった。ひとつの作業仮説としてだが、こう考えることはできないだろうか。アメリカ人の犯罪者プレスコットこそ、わが無垢なる依頼者が今や個人博物館に改造している部屋の前の住人だったのでは。もしそうなら、これでぼくたちはつながりをみつけたことになるね」

「じゃあ、つぎのつながりは?」

「いまそれを、行ってみつけなければならない」

そういうと彼は引き出しからリヴォルヴァーを取り出し、私に手渡した。

「ぼくは、昔からのお気に入りをもって行く。わが大西部の友人が、その名にし負う生きざまをしてきたのなら、こちらとしても用心しなければいけない。一時間ほど午睡の時間としよう。それから、いよいよライダー・ストリートの冒険といこう」

私たちがネイサン・ガリデブの変な共同住宅に到着したのは四時ちょうどだった。管理人のサウンダーズ夫人は帰るところだったが、躊躇なくぼくたちをなかに入れてくれた。それというのも建物のドアはバネ錠で自動的に閉まるので出てゆくとき鍵は必要ない。そのうえホームズは、すべて異常がないか確認したうえで出てゆくと約束もしたから問題はなかった。建物の外へ通ずるドアが閉まると、彼女の帽子が張り出し窓の外を通りすぎてゆくのがみえ、これで建物の一階には私たち以外にいないことになる。ホームズは、内部を素早く検分した。暗い角のところに食器棚がひとつあり、壁から少し出っ張っていた。私たちが最終的に身をひそめることにしたのは、この食器棚の背後だ。いっぽうホームズは声をひそめて、意図を説明した。

「奴は、われらが愛すべき友人を、部屋から外に出したかったんだな――これはきわめて明白だ。あのコレクターは外出しないということなので、なにか策を弄さねばならなかった。このガリデブ事案全体は、どうやら、それ以外の目的はなさそうだった。ただ、こうはいわずにはいられないんだ、ワトソン。ここには、ある種、悪魔的な狡猾さがあるってね。たとえ間借り人の奇妙《クイア》な名前が、思いもよらぬきっかけとなったとしてもだ。あいつは、この策略を、驚くべき狡知を駆使して練り上げてくれたよ」

「でも、何が狙いなんだ」

「それを、ここでみつけようじゃないか。われらが依頼人とは、まったく関係ないね。これまでの状況から判断するに、これは、奴が殺した男とつながりがある――犯罪の世界でお先棒を担いで働いていたかもしれない男のことだ。と、まあ、これがぼくの読みなんだが。最初はね、われらが友は、本人も知らない、とても価値のあるものをコレクションのひとつにもっているとにらんだのだ——大泥棒が注目してもおかしくないほどの価値の高いものということだが。思い出すだに不快なロジャー・プレスコットが、この部屋に住んでいたという事実は、もう少し深い理由を示唆している。さてと、ワトソン。あとは忍耐強く待って、この一時間に、何が飛び出すか見極めるしかないようだ」

その何かが飛び出すまで、一時間とかからなかった。私たちが陰になったところに身をひそめると、建物の外のドアが開いて閉まる音が聞こえた。つぎに錠がはずれる鋭い金属音がすると、例のアメリカ人が部屋のなかにたたずんでいた。彼はうしろ手でゆっくりドアを閉めると、鋭い眼光で周囲を一瞥し異常がないことを確認したうえで、オーヴァーコートを脱ぎ捨て、中央のテーブルに歩み寄った。何をどうすべきか正確に把握している人間に特有のきびきびした動作で。彼はテーブルを脇に移動させると、テーブルが据えてあった下のカーペットを四角に切り裂き、それをきちんと丸めてたたんだあと、金てこを内ポケットから取りだし、ひざまずいて、周囲の床を激しく叩きまわった。ほどなくして床板のはずれる音が聞こえ、一瞬ののち、敷板に四角い穴があらわれた。殺し屋エヴァンズは、マッチをすり、蠟燭に火をつけ、私たちの視界から消えた。

私たちの出番が、やってきたようだ。ホームズは、私の腰に触れて合図をし、開いた隠し扉のところまで忍び足で床を横切った。ゆっくり移動したにもかかわらず、古い床板は、私たちの足の下できしまずにはいられなかった。アメリカ人の頭部が、不安げにのぞいたかと思うと、突然、穴から身を躍らせて出てきた。彼の顔は、困惑の怒りの表情をともなって私たちにむけられた。表情は次第にゆるみ、かなりばつの悪そうな苦笑いへと変わったのは、拳銃が二丁、彼の頭に突きつけられていることに気づいたからだった。

「おや、おや」と彼は、床上に身を乗り出しながら、冷たく言い放った。「あんたのほうが、上手だったってわけか、ホームズさんよ。俺のゲームを見抜いてたんだな。そうして最初から俺をひっかけようとした。しかたない、あんた、これを渡すよ。あんたは俺を負かしてだな――」

つぎの瞬間、彼はリヴォルヴァーを胸ポケットからさっと抜いて、二発、撃ってきた。私は突然、熱い焼け焦げを感じた。まっ赤なやけ火箸を太ももに押しつけられたような感じだった。と、衝撃音がした。ホームズがもっていた拳銃を、犯人の頭部に打ち下ろしたのだ。その男が顔から血を流して床に横たわっている姿が見えた。そのあと、わが友の針金のような腕が私に巻きついてきた。彼は私を椅子に座らせようとしていた。

「だいじょうぶか、ワトソン。後生だから、だいじょうぶだといってくれ」

怪我をして損はなかった――たくさんの怪我を負ってもいいくらいだった――あの冷静な仮面の背後にある熱い誠実な心と愛情とを知ることができたのだから。澄んだ険しい眼差しが一瞬曇り、固く結ばれた唇は震えていた。このたった一度だけだ、偉大な脳だけでなく、偉大な思いやりをも私は垣間見た。私のつつましやかな、だが一途の奉仕の年月のすべてが、この啓示の瞬間において頂点に達したのだ。

「たいしたことはない、ホームズ。ほんのかすり傷だよ」

彼は、ポケット・ナイフで、私のズボンを切り裂いた。

「たしかに」と彼は、大きな安堵のため息とともに声を上げた。「ちょっとかすっただけだ」ホームズは、捕まえた犯人をにらみつけ、その表情を岩のように固くした。犯人は、呆然とした表情で、上半身だけ起こしていた。「ああ、まったくのところ、かすり傷で、よかったのは、おまえにとっても同じだ。もしおまえがワトソンを殺害していたら、この部屋から生きて出られなかったぞ。さてと、何かいいたいことはあるか」

いいたいことは何もないようだった。彼は横たわりうずくまっていた。私はホームズの腕で抱きかかえられながら、いっしょに、秘密の敷板の蓋の下に出現した小さな地下室を見下ろした。そこは、エヴァンズがもちこんだ蠟燭の炎にまだ照らされていた。私たちの眼は、さびだらけの大きな機械に止まった。大きな紙のロールもあった。散らかった瓶。そして小さなテーブルの上にきちんと整理されて置かれた紙の束の数々。

「印刷機だ——偽札用の」とホームズ。

「そうさ、ご明察のとおり」と、われらが犯人はうそぶき、ゆっくりと、よろよろと歩いて、椅子に身を沈めた。「ロンドン史上最高の偽札製造機。あれがプレスコットのマシンさ。テーブルの上の束は、プレスコットが刷った偽札二千枚。それ一束で、百ポンド相当、どこでも通用する。紳士方、自由にもっていけよ。取引成立、これでちゃらにしようぜ」

ホームズは笑った。

「ぼくたちは、そういうことはしないよ。エヴァンズさん。わが国には、君にとって避難場所というのはない。君は、この男、プレスコットを撃ったんだよな」

「ええ、そうですよ。それで五年もくらった。手を出したのは、むこうが早いというのによ。五年間だぜ——スープ皿くらいの大きさの勲章をもらってもおかしくなかったというのによ。プレスコットの偽札と英国銀行券とを区別できるものなんて、この世のどこを探したって、いるわけないって。もし俺が、やつを始末しなければ、ロンドンには奴の偽札が氾濫していただろうよ。俺だけが、この世で、やつがどこで偽札をつくっているか知っていた。おれがその場所へ行こうとしたかって、図星よ。ところが行ってみると、へんてこな名前の素っ頓狂な昆虫収集野郎が、その場所の真上に鎮座しているのがわかったので、当然のことだが、奴を追い出すために知恵を絞らなければいけなかった。あいつをさっさと片づけてしまっていたら、おれもへまはしなかっただろうに。あいにく、心優しいのが玉に疵っていうか、おれは相手が銃をもっていないと、発砲できないんだな。でもよ、ホームズさん、俺がどんな悪いことをしたっていうんだ。この機械は使ってもいないぞ。この間抜け野郎を傷つけたわけじゃないぞ。どんな罪でお縄頂戴ってことになるのかな」

「これまでのところ殺人未遂というところか」とホームズ。「だが、逮捕は、ぼくたちの仕事じゃないんでね。あとは警察にまかせるしかない。ぼくたちが目下求めているのは、君のその麗しいお姿だけだ。ワトソン、ヤードに電話してくれないか。連中としても、この件は、寝耳に水というわけではなさそうだし」

かくして、これが殺し屋エヴァンズと彼の驚くべき三人ガリデブ遺産相続にまつわる一部始終である。あとで聞いたところでは、われらが哀れな友ガリデブは、夢の消滅のショックから立ち直れなかったらしい。彼の空中楼閣は崩れ落ち、その廃墟とともに彼も埋もれてしまった。最後に聞いたところでは彼はブリクストンの介護施設にいた。プレスコットの機械が見つかったのでヤードではお祭り騒ぎになったようだ。なにしろ警視庁では機械の存在は把握していたが、プレスコット自身が死亡したので、機械が隠されている場所を発見できないでいたのだから。エヴァンズは人の役に立つことをしてくれた。おかげで捜査員たちも心安らかに眠ることができるようになった。なんといっても偽札作りは、公共の危機ナンバーワンに仕分けされているのだから。彼らは、犯人の男が口にしていたスープ皿の大きさの勲章をやってもいいと話していたが、あいにく厳格な裁判官には、冗談は通じなかった。殺し屋は、彼が出所したばかりの影の世界にまた戻されたのである。

訳注

＊1――原文は It cost one man his reason, it cost me a bloodletting, and it cost yet another man the penalties of the law. 多くの著名な先行訳の、そのすべてではないが、ほとんどが最初の部分を「頭を使わされた」とか「知恵を絞らされた」などと誤訳している。cost は「……を犠牲にさせる」「……を失わせる」という意味で、it cost one man his reason といえば、「ある男に理性を失わせる」ということ、そして英語で「理性を失う」というのは「冷静さを失う、正気をなくす、感情的になる」ということ

であって、「ある男に冷静さをなくさせる、正気をなくさせる、ある男を感情的にする」という内容の表現で訳されるべきであり、「私の流血」と同様にさも嫌なこととして「知恵を絞らされた」というような訳文は端的にいって誤訳である。そもそも、本書の直前に収録された「赤毛連盟」の最後で、難事件を推理するのは退屈を紛らわせてくれる良い気晴らしだと豪語するホームズにとって頭をはたらかせ、知恵を絞ることが、嫌なこと、犠牲であるはずがない。こんな初歩的なことでつまずくとは先行訳の多くは程度が低すぎるという憎まれ口はたたくまい。むしろこの誤訳は徴候的であることを指摘したい。「ひとりの男」とはホームズのことだが、この作品の終わり近くで、ホームズは、珍しく激昂し動転する。まさに正気を失わんばかりに感情的になる。冒頭のこの一文は、それを指していると。またホームズの動転ぶりに、クィアな欲望がからんでいることは明白なので、それに直面した翻訳者たちが、それを認めたくないため、一種のホモフォビアに陥って誤訳したととれないことはない。理性を失ったのは、歴代のホームズ翻訳者たちの多くである。ただし、この誤訳をもってして、ホームズの優れた先行訳の価値が減ずるとは夢にも思わないことは、付け加えておきたい。

ティルニー

Telney

伝オスカー・ワイルド／大橋洋一訳

二人の人物の対話によって構成される小説である。ひとりは、実業家のカミーユ・デ・グルー。もうひとりは性別、年齢、職業その他不明で、時折コメントを差し挟むが、主に聞き役に徹している。この人物に問われるままにデ・グルーは、若い頃の思い出として、ティルニーとの出会いを語りはじめる。正確に示されていないが、回想は、一八七〇年代のパリが舞台である。

カミーユ・デ・グルーは、その母親が主催者のひとりとなっている慈善演奏会に誘われ、そこで、ハンガリー出身でロマの血が入っているというピアニスト、ティルニーの演奏に、震えがくるほど感動する。デ・グルー、二十二歳、ティルニー、二十四歳の時である。楽屋でティルニーに面会し、演奏中、テレパシーで通じ合ったかのように二人が同じヴィジョンを見ていたことを知るに及んで、二人は運命の出会いを痛感する。だが、ティルニーには男女の取り巻きが多く、なかでも著名な将軍の息子ブレインコート(デ・グルーの幼馴染みでもある)は、ティルニーとの道ならぬ恋の相手であるように思われた。そのためデ・グルーはティルニーと話す機会に恵まれないまま、ストーカー的にティルニーを追いかけ、ティルニーとかれの愛人の熟年女性との情事を妄想する(奇しくも、その妄想は現実と一致していたことがあとでわかる)。また自分の妹に対する近親相姦的な妄想にも苦しみながら、デ・グルーは、ティルニーによって覚醒させられた男性への性的嗜好を、あらためて確認し、また学生時代におけるロンドンの売春窟での恐怖の一夜を思い出す。そこでは老娼婦が倒錯的な性行為を強要され、それがもとで死亡する。この事件後、女性への関心が薄れたデ・グルーであったが、美青年でもあったがゆえに家の小間使いの女性からも言い寄られ、彼女と性行為に及ぶが、女性のほうはデ・グルーの態度に失望したあげく、彼女に思いを寄せる御者に性的暴行を受け、絶望のあまり自殺する。ここまでが第一巻。

　小間使いの女性の死をふせぐことができなかった悔恨と、ティルニーに会えないことの苦悩のなかで、厭世的になったデ・グルーだったが、あれほど人気を博していたティルニーの演奏会が不人気になったことを母親から知り、久しぶりに、演奏会に出かけることにする。ティルニー自身の演奏は、デ・グルーが演奏会に来なくなってから、にわかに精彩を欠くことになり、評判も悪くなっていたのだ。しかしデ・グルーが演奏会に出席すると、ティルニーの演奏はふたたび活気を帯び、その日は大成功を収める。取り巻きたちもティルニーを祝福し、ティルニーも、ブレインコートとともに夜の街へと消えてゆく。二人のあとをつけたデ・グルーは、嫉妬と絶望のあまり河に身を投げて死のうとする。だが、自殺をする直前、ティルニーに救われる。二人の愛を確認しあい、そのあとティルニーはデ・グルーを自宅に誘う。そして……


「ぼくの家に来るかい」と語りかけるティルニーの声は、低く、緊張し、震えていた。「来て、ぼくと寝てくれよ」とかれは、言わなくともわかってほしいと願う恋人の、穏やかな押し殺した懇願口調で付け加えた。

　ぼくは返事のかわりにかれの両手を握った。

「来てくれるかい?」

「ええ」とぼくは囁いた。ほとんど聞こえないくらいに。

この低く、ほとんど聞きとれぬ声は、燃え上がる欲望の熱い吐息だった。この舌からためらいがちにひねりだされる単音節語は、かれの激しい願望に対する承諾の言葉だった。

そこでおもむろにかれは、通りすがりの辻馬車に声をかけたが、御者が、ぼくたちに気づき馬車を止めるまでに少し間があった。

馬車に乗りこむや、すぐに脳裏にうかんだのは、これで数分後にティルニーはぼくのものになるだろうということだった。この思いが電流のごとく体内の神経を走り、頭からつま先まで震えがきた。

ぼくは、声に出さずに唇をうごかしていた、「ティルニーは、ぼくのものになるだろう」と。そうでもしないと、これがほんとうのこととは思えなかったからだ。かれは、ぼくの唇の動きから、言葉を聞きわけたようだ。現に、かれは両手でぼくの頭を抱えて、何度も何度も接吻《キス》したのだから。

と、おもむろに、自責の念にとらわれたかのように——「君は後悔していないだろうね」とかれは訊いてきた。

「どうしてぼくが?」

「なら、君は、ぼくのものだ——ぼくだけのものでいいか?」

「あなた以外で、これまでぼくを虜《とりこ》にした男はいなかったし、これからもいないよ」

「じゃあ、ぼくを永遠に愛してくれるのか?」

「そう、永遠に」

「これが、ぼくたちの誓いの言葉、ぼくたちがたがいの所有物になる契約だ」とかれは付け加えた。

と、そう言うなりかれは両腕をぼくに巻きつけ、胸にしっかりと抱きとめてくれた。ぼくのほうもかれに腕をからませた。辻馬車のランプのかすかに点滅する光によって、ぼくは、かれの眼が、狂気の炎《ほむら》を燃やしているのをみた。かれの唇――長いあいだ押し殺してきた欲望が満たされぬままに、ぱさついて、そして鬱積した所有欲を滲ませている、その唇――は、やり場のない苦しみを痛ましく表現していながら、ぼくのほうに突き出された。ぼくたちはふたたび、接吻《キス》しながら、たがいの存在を吸った――この接吻《キス》は前回のそれよりも、こう言ってよければのはなしだが、強烈だった。なんという接吻《キス》だったのだろう。

肉が、血が、脳が、そしてぼくたちの存在の定義しづらい微妙な部分が、すべて、えも言われぬ抱擁のなかで、ひとつに溶けあったようだった。

接吻《キス》とは、二つの身体《からだ》の最初の官能的な接触以上のなにかである。それは二つの魅惑された魂が息とともにほとばしり出ることだ。

しかし、この犯罪的な接吻《キス》、長い間ためらわれ、そして激しい抵抗に出会ってきた、またそれゆに長い間求められてもきた、この犯罪的な接吻《キス》は、これを超えている。それは禁じられた果実のように蠱惑《こわく》的なのだ。それは唇の上に置かれた燃える石炭。それは燃え木、真っ赤になって燃え、血を溶けた鉛に変える、血を沸騰する水銀に変える。

ティルニーの接吻は、ほんとうに刺激的だった。口蓋に残る、その味をたっぷり楽しむことができたのだから。そのような接吻をとおしてたがいに自分自身を相手に差し出してしまったあと、誓いの言葉など必要だろうか。誓いの言葉は、口先《リップ》だけの約束、往々にして忘れられかねない、また実際に忘れ去られてしまう。このような接吻なら、墓場までついてくるだろう。

ぼくたちの唇が密着しているあいだ、かれの手は、ゆっくりと、それと気づかれないまま、ぼくのズボンの釦《ぼたん》を外し、その隙間にするりと入りこみ、途中の障害をすべて反射的に押しのけて、ついに、ぼくの固く屹立した、ヒリヒリ痛む、焼けた石炭のように燃え上がる男根《ファルス》を握りしめたのだった。

その握り方は、子供のそれのように柔らかく、娼婦のそれのように手馴れていて、そして剣士のそれのように力強かった。かれが、ぼくに触れるやいなや、ぼくは伯爵夫人が、かれの魅力について述べた言葉を思い出していた。

ぼくたちはみんな知っているように、人によって磁力のようなものがちがう。またさらに人を引きつける者もいれば、人を引かせてしまう者もいる。ティルニーは――少なくともぼくにとっては――、その指のなかに、しなやかで、魅惑的な、快楽をあたえるしなやかな流れを秘めていた。いや、ただ、かれの肌に触れるだけでいい。それだけでぼくは快楽に震えた。

ぼく自身の手は、おそるおそる、かれの手の動きにならうことにした。そして正直に言わせてもらおう、かれをまさぐるときにぼくが感じた喜びは、ほんとうに歓喜そのものだった。

ぼくたちの指は、たがいのペニスの表皮に触れるか触れないかのぎりぎりのところにとどまっていたが、それでも、ぼくたちの神経は緊張の極にあり、ぼくたちの興奮はその頂点に達し、精液を運ぶ管はふくれ上がり、精液で満たされていることを感じた。一瞬、ペニスの根元あたりに――いや、もっと正確に言えば腎臓の核あるいは中心に――鋭い痛みが走ったと思うと、その後、生命の活液が、ゆっくりと、それはゆっくりと、分泌腺から流れ出て、尿道の球部へと昇ってきたのだった。狭い管を、まるで温度計のチューブのなかの水銀のように――あるいは火山の噴火口の激しく煮えたぎる溶岩のように。

そしてついにそれは頂部に達した。亀頭の切れ目が開き、小さな唇が二つに分かれ、そして真珠のような、クリーミーな、粘り気のある液体が滲み出た――一度にほとばしり出るのではなく、間歇的に、巨大な燃える涙となって。

身体から液体が一滴漏れ出るごとに、ぞくっとするような、ほとんど耐え難い感覚が、指の先から、足のつま先から、とりわけ脳の深奥にある細胞からはじまった。脊椎の骨髄が、全身の骨の骨髄が、溶けたようだった。そして異なる流れが――血流とともに流れるか、あるいは神経組織を走り抜けるかして――男根《ファルス》(筋肉と血管からできた小さな器官)のなかで出会ったとき、強烈な衝撃が走った。精神も物質も破壊しつくす痙攣として、これまで誰もが多かれ少なかれ感じてきたぞくぞくする快楽として――そのぞくっとする感じは、時に、強烈すぎて心地よさをとおり越すこともあるのだった。

たがいに体を押しつけあい、燃える滴が一滴一滴と滲み出るたびに、ぼくたちはうめき声を出さないよう必死にこらえていた。

神経の過度の緊張のあとにやってくる意気消沈がはじまろうとしていた。と、そのとき馬車が止まった。ティルニーの家のドアの前で——ぼくが少し前に〔この抜粋以前に描かれた出来事〕、狂ったようにノックしたドアがそこにあった。

ぼくたちは疲れきって、這い出るように馬車から降りたのだが、馬車のドアが閉まるやいなや、ぼくたちは、ふたたび接吻《キス》をし、エネルギーを補充して奮い立ったかのように、たがいの身体《からだ》をまさぐりあった。

少しして、ぼくたちの欲望が強すぎ、もうこれ以上抑えがきかないと感じたとき——「来いよ」とかれは言った。「これ以上、ぐずぐずしていいのか。暗闇と寒さのなかで貴重な時間を無駄につかっていいものか」

「暗くて寒いって?」というのが、ぼくからの答えだった。

かれは、愛情をこめてぼくにキスしてくれた。

「暗闇のなかでは、あなたは、ぼくの光だ。寒さのなかで、あなたはぼくの炎さ。北極の雪原も、あなたがそこにいてくれるのなら、ぼくにはエデンの園だよ」とぼくは続けた。

そのあと、ぼくたちは、暗闇のなか手さぐりで二階に赴いた。かれがマッチをすることをぼくが禁じたからだが。そこでぼくはかれと並んで歩いたが、ぼくはつまずいてかれにぶつかった。まわりがよく見えなかったせいではない。狂おしい欲望にぼくが酩酊していたからだ。ちょうどワインを飲みすぎて足元がおぼつかなくなるように。

すぐにぼくたちはかれのアパルトマンに入った。薄暗い照明をとおしてみるとそこは小さな控えの間だった。かれは両腕を広げ、ぼくのほうに突き出した。

「ようこそ」とかれは言った、「この家が、今後も、汝がものであらんことを」と。そして低い声で、あの知られざる音楽的な舌で、「わが身体が求めるのは汝なり、汝こそ、わが魂の魂、わが生命の生命」と。

かれが、そう語り終えるか終わらないうちにぼくたちはたがいにいとおしく抱きあっていた。

そうして、しばらく、たがいの身体をまさぐりあったあと——「君は知っているか」とかれは言った、「今日、君が来てくれるのではと感じていたことを」

「ぼくを待っていた？」

「予感がしたのさ」

「じゃあ、もしぼくが来なかったら」

「ぼくが初めて君に会ったとき、君がしようとしていたことを、ぼくもしていたはずだ。なにせ、君なしの人生なんて、ぼくには耐えられなかっただろうから」

「え、じゃあ、入水自殺していた？」

「いや、正確にはそうじゃない。河は、寒く、冷え冷えとしているからね。ぼくは放蕩主義者だから、そこまですることには抵抗がある。ぼくとしてはただ、自分を眠りにつかせていたはずだ——死という永遠の眠りにね。この部屋で、君を受け入れる準備を整えていたこの部屋で、これまで誰も足を踏み入れたことのない、この部屋で」

こう言うとかれは小さな部屋の扉を開けて、ぼくをそこに導き入れた。すぐに、白いヘリオトロープの強烈でむせかえるような香りがぼくの鼻腔を刺激した。

それは実に奇妙な部屋だった。壁一面が、なにか暖かそうな白くて柔らかいキルト風の生地で覆われ、全面に、いぶし銀の鋲《びょう》が打たれている。床には、白い子羊の毛足の長い絨毯が敷き詰められ、居室の中央には、大きな寝椅子が鎮座し、その上に巨大な北極熊の毛皮がかぶせられていた。部屋にある、この唯一の家具の横に、古い銀のランプ——明らかにビザンチン様式の教会か、東方のシナゴーグからかっさらってきたような——が、淡いほのかな光を投げかけていたが、このプリアポス[*1]の神殿のまばゆい白さを光り輝かせるには、それでじゅうぶんだった。ぼくたちは、この神殿の修道士だ。

「ぼくにはわかるんだ」とかれはぼくを引き入れた。「ぼくにはわかるんだ、白が君のお気に入りの色だってね。白は、君の色黒の肌によく映える。だから君のために、君だけのために、この部屋を模様替えした。生きとし生ける者で、この部屋に足を踏み入れる者は、今後、君以外にいないだろう」

こう言葉を発するや、かれは、瞬時にして、ぼくの衣服を脱がせてしまった——そのためぼくは、まどろむ子供のように、トランス状態の男のように、かれの両手に身をまかせた。

瞬時にしてぼくは素っ裸になっただけでなく、あの熊の毛皮の上に身体を横たえた。目を上げると、かれが立ってぼくの身体を飢えた目で見降ろしていた。

かれの視線が、貪欲に、ぼくの身体のいたるところをなめまわした。それがぼくの脳に侵入してくると、頭がぐるぐるしはじめた。それがぼくの心臓を刺し貫き、血流を刺激し血管の隅々まで素早く熱く流れるようにした。血液は血管のなかを疾走し、そしてついにプリアポスは包皮を脱ぎ捨て激しく頭をもたげたので、身体中の毛細血管が、いまにも破裂しそうになった。

それからかれは両手でぼくの身体のいたるところを触った。そして唇を、ぼくの身体のあらゆる部位に押しつけはじめ、ぼくの胸に、腕に、両脚に、太腿に、接吻の雨を降らし、そうしてぼくの股間にいたると、かれは、恍惚として、股間に密集して巻き毛状に生えている陰毛に顔をうずめるのだった。

縮れている陰毛が頬や首筋にあたるとかれは歓喜に身を震わせた。そしておもむろにぼくの男根を握ると、そこに自分の唇を押しあてた。これはかれに痙攣的な衝撃をあたえたようだ。そして先端が、つぎに亀頭全体が、かれの口のなかにおさまった。

そういうことをされて、ぼくも興奮してきた。両手でかれの巻き毛をつかみ、髪のにおいをかいだ。震えがぼくの身体全体に走った。神経が過敏になっていた。その感覚はあまりに鋭すぎて頭がおかしくなりそうだった。

男根全体がかれの口のなかに収まった。先端がかれの口蓋に触れた。かれの舌は、平たくなったり、太く丸まったりしながら、ぼくをなでまわした。いまやぼくは激しく吸われていた。時にかじられたり、噛まれたりした。ぼくは悲鳴を上げ、かれにやめるように言った。このような強烈な刺激にぼくはもう耐えられなかった。死んでしまいそうだった。あとごくわずかでも続いていたら、感覚を失っていたはずだ。かれはぼくの訴えに耳を貸さないどころか平気で無視し続けた。ぼくの目の前を電光が走るようだった。炎の奔流がぼくの身体を駆け巡っていた。

「もうやめて——たのむから」とぼくはうめいた。

ぼくの神経は張りつめていた。ぞくっとする衝撃がぼくを襲った。足の裏にドリルで穴をあけられたような気がした。ぼくは身をくねらせ、痙攣した。

それまでかれは両手でぼくの睾丸を包んでいたのだが、おもむろに、片方の手を尻の下に滑らせてきた——一本の指が肛門に滑りこんだ。身体の表側は男性で裏側は女性になった感じがした。というのも表裏ともに快楽を感じたのだから。

ぼくの震えは頂点に達した。頭はくらくらした。身体は溶けてしまった。生命の燃えるミルクがふたたび上昇してきた。炎の活液のように。ぼくの泡立つ血液は脳を直撃し、ぼくを狂乱させた。ぼくは疲れきった。快楽に失神しそうだった。ぼくはかれの上に倒れた——生命のない肉の塊として。

数分後、意識を取り戻した——今度はかれの立場になりたかった。いま身をまかせていたばかりのかれの抱擁に、お返しをしたくなった。

ぼくはかれの衣服を引き裂いた。そしてかれはぼくと同様、あっというまに裸になった。ああ、かれの皮膚を、つま先から頭のてっぺんまで、ぼくの皮膚で感ずることのなんたる快感。ぼくが感じたばかりの歓喜は、ぼくをますます貪欲にした。そのためぼくたち二人はひとしきりたがいを抱きしめ取っ組みあったあと、床の上を転げまわり、相手をねじり、こすりあい、這いまわり、身もだえした。たがいにじゃれあっている二匹の猫のように。じゃれあって興奮しすぎて怒りの発作に駆られている猫のように。

しかしぼくの唇が求めていたのはかれのファルスだった——プリアポスの神殿の巨大な偶像の

モデルになっていておかしくない器官、あるいはポンペイの売春窟の軒先に掲げられていておかしくない器官、この翼なき神の姿を一目見るなり、男たちは同胞の男たちへの愛のために女性たちを捨て去ったことだろう――実際多くの男たちがそうしてきたのだが。それはロバのそれと同じ大きさではないとしてもとにかく大きかった。それは肉厚で丸っこかった。先が少しすぼまっていたが。亀頭――小さなアプリコットのような、肉と血からなる果実――は、柔らかな果肉のように、丸っこくて、食欲をそそった。

ぼくは貪欲な眼をそれで満足させた。ぼくはそれを手に取ってみた。その柔らかい光沢のある皮膚を唇に押しあてた。そうするにつれて、それは、それ自身の内的動きによって、ひくひくと動いた。ぼくの舌は、その先端を巧みになでまわし、小さなバラ色の唇の間に滑りこもうとした。すると唇も、愛に震えてふくらみ、口を開けて、輝く滴の小さな一滴を漏らした。ぼくは包皮をなめ、つぎに包皮全体を吸い、貪欲に包皮を吸いつくした。かれもそれを上下に動かし、ぼくは唇で、それをしっかりと抱きしめようとした。かれはそれをもっと強く突き出し、それはぼくの口蓋に触れた、喉の奥に達しそうだった。ぼくは、それが、それ自身の力でぴくついているのを感じた。ぼくは、素早く、もっと、もっと速く唇を上下させた。かれは狂ったようにぼくの頭を両手で挟んだ。かれの全神経が脈打っていた。

「君の口は、燃えている――君はぼくの脳味噌を吸い上げているぞ。やめろ、やめてくれ。身体《からだ》全体がほてっている。だめだ――もうだめだ、がまんできない――もう限界だ」

かれは、やめさせようと、ぼくの頭をしっかりとつかんだが、ぼくはかれのファルスを押し包んだ——唇で、頬で、舌で。ぼくの動きはますます速くなり、数回しごくと、かれがつま先から頭まで、まるでめまいの発作に襲われたかのように痙攣するのがわかった。かれは吐息をつき、うめき、叫んだ。温かいぬるぬるした刺激的な香りの液体が噴出してぼくの口のなかを満たした。かれの頭はぐらつき、かれが得た快感は、あまりに激しく、苦痛とまじりあったことがわかった。

「やめろ、やめてくれ」と、かれはかすかにうなったあと、目を閉じて、あえいだ。

けれどもぼくのほうは、これでかれがほんとうにぼくのものになったという思いがこみ上げ、うれしくてたまらなかった。かれの身体からあふれ出た燃えたぎる液体を、まさに生命の精髄を飲み干した。

一瞬、かれは両腕で、ぼくをひきつったように握りしめた。硬直がかれの身体に広がった。かれは過剰な快楽にずたずたになっていた。

ぼく自身も、かれとほとんど同じように感じていた。なにしろぼくは狂ったようにかれをしゃぶり、むさぼって、豊富な精液の噴出を促したのだから。と同時に、ぼくがかれから受け取った同じ液体の滴が少しぼくの身体からもゆっくりと痛みをともなって滲み出た。これが起こると、ぼくたちの神経は弛緩し、たがいの身体の上に消耗して倒れこんだのだった。

少し休んだ——どれくらい休んだかは、わからない。時のゆるやかな流れによっては、強烈な興奮は測れないからだ——、とそのとき、かれの緊張を欠いたペニスが眠りからふたたび目覚め、ぼくの顔に押しあてられた。それは、あきらかに、ぼくの口を求めていた。ちょうど、おなか一杯になって眠っていても、母親の乳首を、ただそれを口に入れているのが気持ちいいために、しっかりと吸いついている貪欲な赤ん坊のように。

ぼくは、それに口を押しあてた。そしてそれは、朝早く目覚め、首を伸ばして元気よく鬨《とき》をつくる若い雄鶏のように、ぼくの突き出された熱い唇めがけて、その頭部を突き出してきた。

ぼくがそれを口にくわえるやいなや、ティルニーは一回転して、ぼくがとっていたのと同じ体勢をとった、つまりかれの口が、ぼくの股間と同じ高さにあったのだ。違いはといえば、ぼくがあおむけになり、かれがぼくの上にのしかかったということだ。

かれはぼくの肉棒に接吻しはじめた。そのまわりにもじゃもじゃと生えている陰毛と戯れていた。かれは、ぼくのお尻をたたき、実に巧みにぼくの睾丸を包みこんだので、言い知れぬ快感にぼくは満たされた。

かれの両手が加わって、かれの口とファルスがぼくにあたえていた快楽がさらに強くなったので、ぼくは、興奮して我を忘れてしまった。

ぼくたちの二つの身体《からだ》は、官能的快楽に震えるひとつの塊となった。そしてぼくたちは二人とも身体をますます素早く動かしたが、情欲に狂わんばかりのぼくたちは、それでも、神経が緊張の極に達しつつも、精液が滲み出ている亀頭から射精するのをこらえた。

がまんも長くはつづかなかった。すぐにぼくの理性は消え去り、ぼくのなかで渇きをおぼえた血が滲み出ようと無駄な努力をしたあげく、ぼくの目を充血させめまいを起こし、耳のなかの素早い血流となって、どくどくと音を聞かせた。ぼくは官能の狂乱状態だった——狂おしい譫妄《せんもう》状態の爆発のなかにあった。

ぼくは頭がぱっかり割れて、脊髄が二つに切り裂かれた感じがした。それでもぼくはかれのファルスを素早く吸った。乳首のように引っぱった。精液を吸い取ろうとした。ぼくはかれが動悸をうち、ぶるぶると、ときには、ぞくっと震えるのを感じた。突然精子を吐き出す扉が開き、地獄の業火にあおられ、燃える火の粉が降り注ぐなか、精子は、心地よく静謐で神々しいオリンポスの頂へと達したのだ。

少し休んでから、片肘をついて起き上がり、わが恋人の魅力的な美をじゅうぶんに堪能することになった。かれは肉体美のモデルそのものだった。その胸板は広く力強く、腕は筋肉でまるまるとしていた。実際のところ、かくも力強く、同時に、しなやかな身体というものにお目にかかったことはなかった。なるほど余分な脂肪がまったくついてないだけでなく、余分な筋肉すらもついていないのだ。かれは神経と筋肉と筋の塊だった。そしてかくも自由に、気負うことのない、優雅な動き、ネコ科に特有の、その動きが、かれの均衡のとれた、柔軟な関節から生まれていた。かれはまたネコ科のしなやかさももっていた。なにしろかれが他人に自分を差し出すとき、まるで蛇のように、その人にからみつくようだったのだから。またそのうえかれの皮膚は、真珠色で輝くような白さをもっていて、その一方で、かれの髪は、それも、頭以外の身体の異なる部分に生えてきている髪は、真っ黒だった。

ティルニーは、目を開き、両腕をぼくのほうに差し出して、ぼくの片方の手を握りしめ、接吻し、そしておもむろにぼくのうなじを噛んだ。

それからかれはキスの雨を、ぼくの背中全体に降らせてくれた。それは、つぎつぎと間を置かず続きながら、満開の薔薇から落ちてくる花弁の雨のようだった。

つぎにかれは、ぼくの肛門の襞《ひだ》を、両手で押し広げ、その穴、ほんの少し前、かれが指を入れてきた、その穴に、舌を差しこんできた。これもまたぼくには指に劣らず、新鮮なぞくぞくする感覚をもたらした。

これを行なうと、かれは立ち上がり、私を助け起こすべく、片腕を差し出してくれた。

「では」とかれは言った、「つぎの部屋に行って、食べるものがあるかどうか探してみよう。なにか食べておかないとね。ただ、おそらく、夕食前に風呂に入るのも悪くないと思うけれど。君も風呂に入るか」

「それじゃあ、迷惑にならない?」

答えるかわりにかれは私を小部屋のようなところに案内した。そこは部屋中、シダ類や羽毛に覆われたようなヤシの葉があふれていた。それらは――かれが示してくれたのだが――日中は、天窓からの日光を思う存分浴びているのだった。

「これは温室にも浴室にもなる間に合わせの部屋でね。温室も浴室も、まともな住宅ならひとつは備えるべきものなんだが、ぼくにはお金がなくて、両方をもつことはできない。おまけに、この穴倉が、大きくりっぱな入浴設備になるし、ぼくの植物たちはこの暖かく湿った空気のなかで居心地よく繁茂している」

「これは、いたって豪勢な浴室ですよ」

「ちがう、ちがう」とかれは微笑んだ。「いやいや、見せかけの浴室だよ」

ぼくたちはいっしょに暖かい湯船に飛びこんだ。お湯にはヘリオトロープのエキスで香りがつけてあった。お湯のなかで、おたがいに抱きあうのは、ぼくたちの度を越した快楽の追求のあとだけに、なんとも心地よかった。

「ここなら一晩中浸かっていられそうだ」とかれはひとりごちた、「このお湯のなかで君の身体をまさぐる喜びといったら。けれども、それじゃ君は飢え死にしてしまう。ぼくたちは、内蔵の欲求を満たすためになにか口にしたほうがいい」

そこでぼくたちは風呂から上がり、トルコ製のタオルでできたガウンに束の間くるまった。

「さあ」とかれはいった、「君を食堂まで案内しよう」

ぼくは躊躇して立ちすくんだ。まず自分の裸体を見た。次にかれの裸体を。かれは微笑んで、ぼくに接吻した。

「寒くないかい」

「いえ、でも……」

「まあ、心配しなくていい。うちには誰もいないよ。みんなほかの階で寝ている。おまけにどの窓も固く閉ざされている。カーテンは閉められたままだ」

かれはぼくの手を引いて隣の部屋へと導いた。そこは毛足の長い柔らかな絹のような絨毯が一面に敷かれ、全体の色調は、トルコ風のくすんだ赤で統一されていた。

このアパルトマンの中心には、奇妙なかたちの星形のランプが天井からぶら下がっていたが、そのランプは金曜日の夕方には、信心深い者たちが——いまどきですら——明かりをともすような種類のものだった。

ぼくたちは柔らかいクッションの寝椅子に腰をおろしたが、その前に置かれていたのは、着色された象牙と玉虫色の真珠母が埋めこまれた漆黒のアラブのテーブルの一つだった。

「君が来ることはわかっていたけれども、あいにく、ごちそうはできない。ただ、君の食欲を満たすだけのものはあると思う」

高級なカンカル牡蠣があった——数は少ないが、大振りだった。年代物の瓶のソーテルヌ・ワイン、ペリゴールのトリュフが強く香るフォアグラのパテ、パプリカを効かせたハンガリー風スープ、ヤマウズラ、そしてかんな屑のように薄くスライスした大きなピエモンテ・トリュフをあしらったサラダ、それに高級なドライ・シェリーのボトル。

こうしたごちそうのすべてを、上品な青色のアンティークのデルフト陶器やサヴォナ陶器で供したのは、ぼくがアンティークのマヨルカ陶器に目がないのをかれがすでに知っていたからだった。[*2]

つぎにセビリャ・オレンジ、バナナ、パイナップルが、マラスキーノで香りをつけられ粉砂糖をふられた一皿となって供された。そしてこうした美味な果物の味わいと香りとともに、刺激的でおいしそうなタルトと菓子の盛りあわせがあった。

シャンパンのボトルで、食事を喉に流し込んだあと、ぼくたちは、香りのよい、熱いモカ・コーヒーを小さなカップですすった。そしておもむろにかれは〈ナルギレ〉に、つまりトルコの水パイプに火をつけた。ぼくたちは、ラタキア煙草を、間隔を置いて吐きだし、たがいの口から貪欲にキスを奪い取るたび煙草を吸った。[*3]

煙草の煙とワインの香りが、ぼくたちの頭につんときた。そしてふたたび目覚めた官能的感覚に促されてぼくたちは、トルコのパイプの琥珀色の口金よりも、はるかに肉感的な口金を唇の間に感ずることになった。

ぼくたちの頭部は、ふたたび、たがいの太腿の間に沈みこんだ。もう一度、ぼくたち二人はひとつの身体《からだ》になり、たがいをまさぐりあい、たえず新しい抱擁を、新しい興奮を、より強烈で、より魅惑的なみだらさを求め、自分自身を気持ちよくさせるだけでなく、たがいに相手に快感をあたえようと躍起になっていた。それゆえあっというまにぼくたちは、暴発する欲情の餌食となり、なにか意味不明な音声だけが、官能的状態のクライマックスへの到達を告げ、そしてついに生きているというよりも死んだようになって、たがいの身体のうえに倒れこんだ——震える肉のからまりあった塊になって。

半時間ほど休み、アラック[*4]とキュラソーとウィスキーからなるパンチ、多くの辛い香辛料をたっぷり効かせたパンチで一息ついて、ぼくたちの口はふたたびたがいに求めあった。

かれの濡れた唇は、ぼくの唇をかすめた、それも触れるか触れないかくらいに。ぼくはかれの唇を感ずることはなかった。そのためぼくのなかに、もっとかれの唇に触れたいという渇望が生まれたのだが、その間も、かれの舌の先端はぼくの舌をじらしつづけ、一瞬、ぼくの口のなかに忍び込んだかと思うと、素早く、そこから滑り出るのだった。またその間、かれの両手はぼくの身体のもっとも敏感な部位をなでまわした。それも穏やかな夏の微風が滑らかな水面にさっと吹き渡るようなくらいに軽く。そしてぼくは自分の皮膚が喜びで打ち震えているのを感じるのだった。

ぼくはたまたまだが、寝椅子に置かれたいくつかのクッションの上に身を横たえていた。そのため、ティルニーがいる高さまで身体《からだ》は押し上げられていた。かれは素早くぼくの両脚を自分の両肩の上に載せた。そして自分の頭を下に向けて、まず接吻しはじめた。そしてつぎに、その舌のとがった先端をぼくの尻の穴に入れたので、ぼくはえも言われぬ快楽に身震いした。そしてかれは、立ち上がりながら、ぼくの肛門とその周囲を滑らかにすることで、肛門を整え、自分のファルスの先端を肛門のなかに押し入れようとしたが、どんなに強く押しつけても、うまく入れられなかった。

「ぼくが、それを、もう少し湿らせてあげる。そうすれば、もっとすんなりと入るよ」

そう言ってぼくは、ふたたび、それを口にくわえた。ぼくの舌は、そのまわりを巧みになめまわした。その根元まで口に入れてすすり、そのごくわずかな動きも敏感に感じとることができた。なにしろそれは固く屹立し、おまけにびんびん跳ねまわっていたからだ。

「さあ」とぼくは言った、「神々ご自身が、ぼくたちに教えるのを嫌がったりしなかった快楽をいっしょに楽しもうよ」

それを受けてぼくの指先たちも、ぼくの未開発の小さな穴の縁を最大限押し広げた。するとそれは、いま穴に近づいてきた大きな道具《もの》を受け入れようとぱっくりと口を開けたのだ。かれは亀頭をもう一度押しつけた。亀頭の小さな唇は開口部に突きあたった。その先端はなかに入ろうとしたが、周囲の丸っこい肉塊がふくれてそれを取り囲んだため、肉棒は、それ以上進めなくなった。

「大丈夫か、痛くないか」とかれは訊いてきた、「別の機会にして、いまはやめておいたほうがいいんじゃないかな」

「いや、だめ。あなたの身体がぼくのなかに入ってくるのを感ずるのがうれしいんだ」

そこでかれはやさしく、だが力を入れて突いてきた。アヌスの強い筋肉が弛緩した。亀頭は、かなりなかに入った。皮膚はかなりの程度引っぱられ、小さな赤い血の滴が数滴、引き裂かれんばかりの開口部の周囲に滲み出た。それでも、引き裂かれているくせに、ぼくが感ずる快楽は痛みを凌駕していた。

かれ自身はぴったり抱きしめられていてかれの道具《もの》を押すことも引くこともできなかった。いかんせん、それを無理やり押しこもうとすると、割礼されているような〔包皮が剝がれそうな〕感じがするのだった。かれは少し待った。そしてぼくに痛すぎることはないかと尋ね、それはないという返事を聞くと、渾身の力をこめてそれを押しこんだ。

ルビコン川は渡られた。肉棒は滑らかに入りはじめた。かれは心地よい動きをはじめることができた。ほどなくしてペニス全体が、すっぽりと入った。ぼくを苦しめていた痛みは軽減された。喜びは、それまでになく大きくなった。ぼくのなかで小さな神が動くのを感じた。それはぼくの存在の核をくすぐっているようだった。かれは、その全体を、根元まで押しこんだ。ぼくはかれのヘアがぼくのヘアに向けて押しつけられ、からまるのを感じた。かれの睾丸はぼくをやさしくこすっていた。

かれの美しい眼がぼくの眼のなか深くをのぞきこんでいることがわかった。なんと測り知れぬ眼なのだろう。大空のように、大海原のように、それは無限を反映しているようだった。燃える愛に満ちた眼に、鬱積した倦怠感に満ちた眼に、ぼくはこれから出会うことはないだろう。かれの眼差しは催眠術のようにぼくを呪縛した。それはぼくから理性を奪った。いや、それ以上のことをした――それは鋭い痛みを快楽に変えたのだ。

ぼくは忘我の喜びのなかにいた。ぼくの全神経は収縮しねじれた。かれは、自分自身をこのように抱きとめられ握られるままにしながら、震え、歯ぎしりをした。かれは、そのような強い衝撃には耐えられなかった。かれは両腕を伸ばし、ぼくの両肩をしっかりとつかみ、ぼくの肉に爪をくいこませた。かれは動こうとしたが、きつくはめこまれ包まれているので、自分自身をこれ以上引き上げることができなかった。そのうえさらにかれの身体から力が抜けはじめ、もう立っていられなくなった。

かれが再度引き上げようとした、まさにその瞬間、ぼくは肉棒全体を、筋肉のもてる力すべてを使って締めつけたので、かれの身体から激しくほとばしるものが、まさに熱い間歇泉の噴出物のように、どっとあふれ、それはぼく自身のなかを、焼けつく浸蝕性の毒のように流れていった。それはぼくの血液に火をつけた。血を、なにか熱い陶酔的なアルコールのようなものに変えた。かれの吐息は荒くふるえていた。かれはすすり泣いて喉を詰まらせた。かれは完全にはてた。

「死んじゃう」とかれはあえいだ。かれの胸は激情でふくらんだ。「もうだめ」、そう言うなりかれはぼくの腕のなかで失神した。

三十分の休息後にかれは目覚め、すぐにぼくに狂ったように接吻をしたが、その間、かれの愛しい眼は、感謝の念で輝いていた。

「これまで感じたことのないものを君は感じさせてくれた」

「ぼくだって同じです」とぼくは微笑んだ。

「自分が天国にいたのか地獄にいたのか、ほんとうにわからなかった。感覚をすべて失っていたんだ」

かれはそう言うと一息ついてぼくをみた。そしておもむろに――「どんなにぼくが君を愛していることか、カミーユ」とつづけ、ぼくに接吻の雨を降らせた。「ぼくは君を一目見たときから気も狂わんばかりに君に恋をしたのだ」

それを聞いてぼくもかれに語りはじめた、かれへの愛を克服するため、どんなに苦しんだかを、昼夜を問わず、かれのことが脳裏を去らなかったことを、そしてどんなにいま幸福になったのかを。

「それじゃあ、君はぼくがしたことを自分でやってみるべきだ。君が感じたことをぼくにも感じさせてくれなくては。今度は君が積極的になり、ぼくが受け身になる。それにぼくたちは別の体位をとらないとね。ぼくたちは疲れていて、立っているだけでも、ほんとうにつらいのだから」

「では、どうしたらいいのです。知ってのとおりぼくは新参者ですから」

「そこに座ればいいさ」とかれは答え、その目的のために造られたストールを指さした。「君が、ぼくのことを女であるかのように受けいれるとき、ぼくは君に馬乗りになろう。これは御婦人がたが大好きで、わずかなチャンスさえあればいつでも実践に及ぶ騎乗位というやつだよ。ぼくの母も、ぼくの目の前で紳士の上に乗っかったことがあるんだ。その時、ぼくは客間にいたんだが、母の友人というのが訪問してきた。このとき、もしぼくが外に追い出されたら周囲から疑惑の目を向けられていたかもしれない。そこでぼくは聞き分けのない悪い子だと母から言いがかりをつけられ、部屋の隅っこに追いやられ顔を壁のほうに向けているよう言われたんだ。おまけに母は、もしぼくが泣き叫んだり後ろを振り向いたりしたら、すぐにベッドに寝かしつけるからと脅すんだ。そして、もしぼくがいい子にしていたら、ケーキをあげるということだった。ぼくは少しの間言いつけを守っていたけど、聞きなれぬ衣擦れの音がし、大きな呼吸と喘ぎ声が聞こえたので、ぼくは、振り向いた。自分でもその時は理解できないものを見た。でも、なにが起こっていたのかは、歳をとればわかったけれどね」

かれはため息をつき、肩をすくめた。そして微笑むと、付け加えた——「さあ、そこに座って」

ぼくは命じられるままにした。まずかれは膝をつきプリアポスの神に祈りをささげた——それは教皇の痛風のつま先に接吻するよりは、ずっと上品な接吻だった——そして、その小さな神を、自分の舌でうるおしなめまわしたあと、かれはぼくの上にまたがった。かれはずいぶん前に、童貞《ヴァージン》を失っていたので、ぼくの肉棒は、かれがぼくにしたときよりもはるかに滑らかにかれのなかに入って行ったし、ぼくはかれに、ぼくが感じたような苦痛をあたえることもなかった。もっともぼくの肉棒も、決して小さなわけではなかったけれど。

かれは自分の穴を自分の手で押し広げた、先端が入った、かれは少し動いた、ファルスの半分が挿入された、かれは身体を下ろし、持ち上げ、また下ろした。二、三回しごかれたあと、怒張した肉棒はかれの身体のなかにすっぽり収まった。かれはしっかりくわえこむと、両腕をぼくの首にまわし抱きしめキスをした。

「自分自身をぼくに差し出して後悔していないか」とかれは、ぼくを失うのではないかと恐れているように、ぼくを震えながら押し抱いた。

ぼくのペニスは、かれの問いかけに答えたがっているかのように、かれの身体のなかでのたうった。ぼくはかれの眼の奥をのぞきこんだ。

「あなたは、ぼくが川底の泥濘に横たわっていたほうが、ずっと心地よかっただろうと思っているのですか」

かれはぶるっと震えてぼくにキスをし、それから咎めるように――「今まさにここで、どうしてそんな恐ろしいことを考えるかな。ミュシアの神〔プリアポスのこと〕へのほんとうに冒瀆だよ」

そういうなりかれはプリアポスにささげる騎馬レースを、熟練した手腕ではじめた。ゆっくりした並足から、速足へと変わり、さらに全力のギャロップになり、かれはつま先立ちになって背伸びした。と、そこからふたたび身体を下ろし、上下運動を次第に速めることになった。上下運動のたびにかれはもだえ、のたうった。と同時にぼくのほうも、自分自身が引っぱられ、握られ、上下に動かされ、吸われたのを感じていた。

神経の強い緊張が起こった。ぼくの心臓は脈打ち、息もできないほどだった。血管から血が、いまにも噴き出そうだった。ぼくの皮膚は、燃えるような熱気でぱさつき、血管を血液ではなく、ほのかな火が流れていった。

かれはなおも素早く上下に運動した。ぼくは快感をともなう拷問に身もだえした。ぼくは溶けかかっていた。それでもかれはぼくの身体《からだ》のなかにある生命をあたえる液体の最後の一滴を搾り取るまでは、決してやめなかった。ぼくの眼は眼窩のなかでぐるぐるしはじめた。重たい瞼が半分閉じそうになったのを感じた。苦痛《ペイン》と快楽《プレジャー》が混じる耐え難いみだらな感覚がぼくの身体をずたずたにして、ぼくの魂を押し殺した。そこからぼくのなかにあるすべてのものが萎えはじめた。かれは両腕でぼくを抱きとめた。ぼくはもう意識を失い、かれは、ぼくの冷たく生気を失った、このものうい唇に接吻しつづけていた。


このあとの幸福感も、デ・グルーのところにティルニーとの同性愛関係を暴露するという脅迫文が届くに及んで一挙に萎んでしまう。暗澹たる日々を送るデ・グルーだったが、ティルニーに打ち明けると、その脅迫文の主が簡単に特定される。つまりブレインコートだった。かれはティルニーではなく、デ・グルーに嫉妬していたのだが、いまや新しい愛人ができたために、嫉妬心も消えていた。それればかりか、みずから主催する同性愛者の宴会（シンポジウムと称している）に、ティルニーとデ・グルーを招待する。だが、饗宴の性的陶酔と倒錯的性行為のさなか、事故で死者が出る。またこのころ、ティルニーの浪費癖を心配したデ・グルーは、実業家としての立場から借金を肩代わりすることを申し出るが、ティルニーは、それを拒否する。だが借金問題が、最終的に悲劇を引き起こす。急な、そして不審な用件で街を発つことになったティルニーとの別れに意気消沈したデ・グルーは、たまたま立ち寄ったティルニーの住まいで、ティルニーの裏切りの場面を目撃する（これはティルニーが借金の肩代わりをしてもらうために、ある女性に身体を差し出したためだったが、ティルニーは、この時点で、デ・グルーが、すでに借金を返済してやったことを知らなかった）。デ・グルーはショックで自殺しようとするが、助けられ、入院することになる。退院してティルニーのもとを訪れると、ティルニーは、みずからの行為を恥じて自害したところだった。デ・グルーはティルニーを許すが、ティルニーを助けることはできなかった。そして、この事件がもとで、ティルニーとの関係がスキャンダルとなって、パリ中に知れ渡ることとなる。

デ・グルーはティルニーの死後、共通の友人だったブレインコートならびにデ・グルーの母親の性的冒険については、いずれ語ろうと、聞き手に述べて、小説は終わる。なお、ティルニーとの出会いから悲劇的な結末までが物語の中心となるが、それを回想して語るデ・グルーが、現在、何歳なのかわからない。小説の出版が一八九三年だとすると、語り手は九〇年代初頭に、二十年前の出来事を回顧しているともとれる。また、この回顧談の聞き手である人物は、おそらくデ・グルーの新しい愛人だろう。

訳注

＊1――プリアポス（プリアーポスとも表記）は、ギリシア神話における男性の生殖力を司る神。しばしばペニスそのもののかたちで示されることもある。古代のヘレスポントス地方（ダーダネルス海峡地域）にあるミュシアに端を発する豊饒の神とされる。そのため「ミュシアの神」とも言われる。

＊2――記述されている食材とアルコール飲料、ならびに陶器について。
カンカル牡蠣：カンカルはフランス・ブルターニュ地域圏のコミューンで、「カンカル牡蠣」の養殖で名高い。／ソーテルヌ・ワイン：ソーテルヌは、フランス・アキテーヌ地域圏ジロンド県のコミューンで、その近隣で造られる「ソーテルヌ・ワイン」は世界三大甘口ワインのひとつとして名高い。／ペリゴール：フランス旧州の名で、アキテーヌ地域圏北部に相当する地域。フォアグラで名高く、またトリュフの産地としても伝統的に名高い。／ハンガリー風スープ：牛肉やたっぷりの野菜を煮込んだスープ。グヤーシュ。／ピエモンテ・トリュフ：ピエモンテはイタリア北部の州（州都トリノ）で、その地で採れる白トリュフはピエモンテの宝石と呼ばれる高級品。／デルフト陶器：オランダ西部の都市デルフトで、十五世紀末頃からつくられた陶器で東洋磁器を模した青一色の色付けのものが主流。／サヴォナ陶器：イタリア北西部の港市サヴォナで中世から造られた陶器のこと。サヴォナは十七世紀には「マヨルカ陶器」の中心となる。／マヨルカ（マジョルカ）陶器：十六世紀頃からイタリアで造られた白地に鮮やかな彩色を施した装飾的陶器の総称。。

＊3――記述されている煙草とアルコール飲料について。
セビリャ・オレンジ：日本でいうダイダイにあたるヨーロッパ産（スペイン・セビリャが発祥の地）

のオレンジでマーマレードの材料となる。／マラスキーノ：マラスカ（野生サクランボ）の果汁を発酵させ蒸留して造る無色で甘い酒（リキュール）。イタリア北部、クロアチア、スロヴェニアで造られる。／ナルギレ：トルコの水煙草の名称（表記は多種あり）。本文でも説明しているように、ここでは水パイプのことを意味している。／ラタキア煙草：トルコ産の芳香のある高級煙草。

＊4——アラックは中近東や北アフリカで、ココヤシの汁、米、糖蜜などを発酵させて造る蒸留酒。ヨーロッパにも伝えられ、独自の製法でも造られた。

ポールの場合——気質の研究

Paul's Case: A Study in Temperament

ウィラ・キャザー／利根川真紀 訳

ポールはその日の午後、ピッツバーグ高校の教師たちの前で、これまでの不品行の数々に対して申し開きをすることになっていた。一週間前から停学処分になり、父親は校長室を訪れて息子を扱いかねていることを認めていた。ポールは柔和な笑みを浮かべながら教員室に入ってきた。服は小さくなりかけ、前を開いた外套の襟には黄褐色のベルベットがついていたが、縁が擦り切れて古びていた。だがそれにもかかわらず、彼にはどこかダンディなところがあり、きちんと結ばれた黒のタイにはオパールのピンが留められ、ボタン穴には赤いカーネーションが挿されていた。この花の飾りは、停学処分中の生徒にふさわしい悔恨の情を示しているようには、教師たちにはどうにも感じ取れなかった。

ポールは年齢のわりに背が高く、ひどく痩せており、両肩は吊り上がって胸板は薄かった。目はヒステリックな輝きを帯びて際立ち、始終芝居がかったやり方で意識的に視線を動かしていたが、若い少年だけに、それが見る者を不快がらせた。瞳孔は異様に大きく開き、あたかもベラドンナ剤[*1]を服用しているかのようでもあったが、その薬とは無関係なガラスのようなきらめきも認められた。

校長からあえて来校した理由を尋ねられると、ポールは学校に復学したいと丁重に答えた。これは嘘だったが、ポールは嘘をつくことにすっかり慣れており、衝突を避けるためにはそうせざるをえないことを実感していた。教師たちは各自、彼の罪状を指摘するように求められた。彼らの指摘には根深い恨みと不満が込められ、これが通常の場合《ケース》とは異なることを示していた。規律違反と無礼が取り沙汰された罪の一部だったが、教師ひとりひとりが感じていたのは、ポールの問題の真の原因をはっきりと言語化することはほぼ不可能だということだった。真の原因は、この少年のヒステリックな挑戦的な態度に、すなわち彼が自分たちに対して抱いていると彼らが確信している軽蔑にこそあり、しかもその軽蔑を隠そうとする気配が少年にはいっこうになかった。一度、彼が黒板でパラグラフの要約を書いていたとき、国語の女性教師がそばに行き、彼の手を取って導こうとした。ポールは身震いしながら後ずさりすると、両手を乱暴に後ろに引っ込めた。驚いた教師は、まるで彼に殴りかかられでもしたかのように傷つき狼狽した。この侮辱は本能的で完全に個人的なものだったので、女性教師は忘れることができなかった。なんらかのやり方で、男女を問わずすべての教師に、彼は同様の生理的嫌悪を感じていることを意識させてきた。ある授業では、彼はつねに目の上に手をかざして座っていたし、別の授業では、課題の暗唱のあいだずっと窓の外を見ていたし、また別の授業では、講義内容にふざけた口調でいちいち論評を付け加えた。

教師たちはこの午後、彼の態度のすべては、肩をすくめる仕草と不真面目な赤いカーネーションに象徴されていると感じ、国語教師が先陣を切るかたちで、情け容赦なく彼に襲いかかった。その間彼は、色の薄い唇から白い歯を見せて笑みを浮かべつづけていた（唇はぴくぴく引きつり、眉を上げる癖は軽蔑に満ちていて、相手をこの上なく苛立たせた）。ポールより年上の少年でも、こんな砲火の洗礼を浴びたら、落ち着きを失い、涙を流しただろう。だが、彼のこわばった笑みは一瞬たりとも消えることなく、居心地の悪さを示す兆候は、外套のボタンをもてあそぶ指の神経質な震えと、帽子を持っているもう一方の手が時どきぴくっと動くことだけだった。ポールはつねに笑顔で、つねに周囲に目を配っており、まるで人びとが彼を観察して、何かを探り出そうとしているのではないかと恐れているようだった。この自意識に満ちた表情は、少年らしい陽気さとはかけ離れていたので、たいてい傲慢さや「抜け目のなさ」ゆえとみられていた。

取り調べが進み、教師のひとりが少年の生意気な発言を繰り返し、校長が、それは女性に対してふさわしい言葉遣いだったと思うかね、と少年に尋ねた。ポールはかすかに肩をすくめ、眉を引きつらせた。

「わかりません」と彼は答えた。「礼儀正しくしたつもりも無礼にしたつもりもありません。たんにぼくの無頓着なものの言い方のせいだと思います」

校長は思いやりのある人だったので、その言い方というのはやめたほうがいいとは思わんかね、と少年に尋ねた。ポールはにやりと笑い、思いますと答えた。もう行ってもよいと言われると、彼は優雅に頭を下げてから出ていった。彼のお辞儀のしかたは、赤いカーネーションの非常識ぶりをたんに上塗りするものだった。

教師たちは意気消沈した。あの少年には自分たちの誰にも理解できないものがある、と図画の教師が言い出したときには、教師たちの思いを代弁したかたちになった。彼はつづけた。「あの子の笑顔は傲慢さだけから来ているとは、どうしても思えないね。あの笑顔にはどこか取りつかれたようなところがある。そもそも、あの子は丈夫じゃないしね。たまたま聞いたんだが、彼はコロラド州で生まれて、生後二、三か月で、長患いしていた母親を亡くしているんだ。あの子にはどこかおかしいところがあるよ」

ポールを見ていると、白い歯とわざとらしくよく動く目が強くきわだつことに図画の教師は気づいていた。ある暖かい午後、少年は画板に顔を寄せて眠ってしまい、その青い血管が透けて見える白い顔を見て、教師は驚いた。目のあたりは老人のようにやつれてしわが寄っていたし、唇は眠りの中にあっても引きつり、神経質にこわばって、あいだから歯がのぞいていた。

建物を後にしたとき、教師たちは不満で惨めだった。少年相手にこれほど怒りを感じ、辛辣な言葉でそれを表明したこと、節度のない非難攻撃という恥ずべきゲームに、いわば互いをけしかける結果になったことが、ひどく悔やまれた。何人かは、哀れな野良猫がいじめっ子たちに取り囲まれ、追い詰められている光景を思い出していた。

一方ポールはというと、オペラの『ファウスト』[*2]の中の「兵士の合唱」を口笛で吹きながら丘を駆け下りて行き、時おり大きくふり返っては、教師たちが彼の晴ればれとしたようすを見て身もだえしていないかどうか確かめるのだった。すでに午後も遅く、ポールは夕方からカーネギー音楽堂で案内係の仕事が入っていたので、夕食を食べに家に帰るのはやめることにした。音楽堂に着いたとき、ドアはまだ開いていなかった。外は寒かったので、二階の画廊に行こうと思った。この時間はいつもすいているし、パリの街路を描いたラファエリ[*3]の陽気《ゲイ》な絵が何枚か、またヴェネチアの青い空が広がる風景画が一、二枚あり、それらを見るといつも彼の心は高揚するのだった。画廊には誰もいなかったので、彼は嬉しくなった。年とった警備員がひとり部屋の片隅に座っているだけで、膝に新聞を置き、片方の目には黒い眼帯をし、もう片方は閉じていた。ポールはその場所を独り占めし、小さく口笛を吹きながら我が物顔であちこち見て回った。そのうちに、彼はマルティン・リコ[*4]の青い絵の前に座り、我を忘れた。思い出して時計を見たときには七時をすぎており、彼は急いで立ち上がると一階に駆け下り、石膏室から顔を覗かせているアウグストゥス帝の像にむかって顔をしかめ、階段ではすれ違いざまに、ミロのヴィーナス像に不機嫌な仕草をしてみせた。

ポールが案内係用の更衣室に着いたとき、六人ほどの少年がすでに到着しており、彼は胸を躍らせながら急いで制服を着込んだ。制服は、かろうじて彼にサイズが合った数少ない服のひとつであり、ポールはそれが大いに似合っていると思っていた。とはいうものの、ストレートな線を強調したタイトな上着は、彼がとかく気に病んでいる胸板の薄さを際立たせてもいた。着替えるときには彼はいつでも気分が高揚して、音楽室から聞こえる弦楽器の音合わせやホルンの華やかな練習音に合わせて鼻歌を歌いつづけた。だが、この日の彼はすっかり調子に乗って、まわりの少年たちをからかったりうるさがらせたりしたので、少年たちはしまいには、こいつ狂ってやがると言いながら、彼を床に組み伏して上にまたがった。

ポールは押さえつけられてどうにか落ち着き、早くも到着し始めた客を座席に案内しようと、受付ロビーへ飛び出していった。彼は模範的な案内係で、愛想よく笑顔を浮かべて通路を行ったり来たりした。彼には手に余るということがなく、まるで人生最大の喜びであるかのように、メッセージを届けたりプログラムを取ってきたりした。担当座席の客たちは皆、彼のことを魅力的な少年だと思ったし、彼が自分たちのことを覚えてくれ、憧れてもいると感じていた。客席が埋まるにつれて、彼は、いっそう活気づき、頬や唇にも血の気がさした。あたかもこれが盛大な歓迎会で、ポールが主人役をつとめているかのようだった。演奏者たちが舞台上で着席し始めたとき、彼の国語教師が、ある著名な工場経営者が購入したシーズン・チケットを持って現れた。当惑を見せながら彼女はポールにチケットを渡し、それから気取って尊大な態度を示したが、すぐに彼女はそれを後悔した。ポールは一瞬驚き、彼女を締め出したい衝動に駆られた。ここにいる素晴らしい人たちと陽気《ゲイ》な彩りに、彼女はどんな関わりがあるというのだろう？　彼は彼女の上から下まで目を走らせ、こいつはふさわしい服装をしていない、こんな服装で一階席に座ろうなんてどんな料簡《りょうけん》だろうといぶかった。たぶんチケットは親切から贈られたもので、ここに座る権利が彼女にないのは自分にないのと同様だ、と彼女のために椅子を押さえてやりながら彼は考えた。

交響曲が始まると、ポールは最後部座席に身を沈めて安堵の長い溜息をつき、リコの絵の前にいたときのように我を忘れた。交響曲それ自体がポールに特に何かを意味したわけではなく、楽器の最初の柔らかな音色が、彼の中の何か喜びに満ちた力強い魂を解き放ったかのようだった。『アラビアンナイト』の漁師が見つけたボトルの中の精霊のように、彼の中で自由になろうともがく何かがあった。彼は突然、生きることの沸き立つ喜びを感じた。光が目の前で踊り、音楽堂は思いもよらない華麗さに光り輝いた。ソプラノのソロ歌手が登場すると、ポールは教師がそこにいることの不快さも忘れ、そのような名士がつねにもたらす特有の興奮に自身をゆだねた。ソロ歌手はたまたまドイツ人で、ういういしい若さを失って久しい、多くの子を持つ母親だった。それでもその女性は豪華なドレスと宝石の頭飾りをまとい、とりわけ何かを成し遂げた人だけが持つ名状しがたい雰囲気を漂わせ、世界の輝きを一身に集めており、ポールの目には、華やかな伝奇物語《ロマンス》の女王そのものに見えた。

コンサートが終わると、ポールはいつも眠りにつくまで、苛立ちと惨めさを味わったが、今晩はいつにもまして落ち着かなかった。緊張を解くことができず、唯一の生の証ともいうべきこの贅沢な興奮を、手放すことなどできないように感じていた。最後の曲の途中で彼は席を立ち、更衣室で急いで着替えると、ソプラノ歌手の乗る馬車が止まっている脇の通用口にそっと出た。そこで彼は歩道を足早に行ったり来たりしながら、歌手が出てくるのを待っていた。

むこうには、シェンリーホテルの巨大な静寂が、こぬか雨の中、高くどっしりとそびえ立っていて、十二階建ての窓々には明かりが灯《とも》り、クリスマスツリーの下に並べられた厚紙細工の家々の窓のようだった。一流の俳優や歌手は、街に来ると皆そこに宿泊したし、地元の大手製造業者たちの多くも冬のあいだはそこに長期滞在していた。ポールはよくそのホテルの周辺をぶらつき、人びとが出たり入ったりするようすを眺めては、そこに入っていって学校の教師たちやくだらない心配事を永久に忘れ去ってしまいたいと願うのだった。

ついに歌手が出てきて、付き添ってきた指揮者が手を貸して彼女を馬車に乗せ、やさしくドイツ語で「さようなら」と告げ、馬車の扉を閉めた。ポールはそれを聞いて、彼女は彼の昔の恋人だったのではないかと空想した。ポールはホテルまでその馬車を追いかけ、歩調を早めたので、歌手が降り、シルクハットと長い外套姿の黒人が開けたガラスの自在ドアのむこうに消えていくときに、その入口の近くまで来ていた。ドアが反動で半開きになったとき、ポールは自分も中に入ったように感じた。彼女につづいて階段を昇り、暖かく明るい建物の中に、異国情緒漂う、きらきらした輝きと安楽に包まれた熱帯の世界に、自分も入っていくように感じたのだ。ダイニングルームに運ばれてくる神秘的な料理の数々や、氷の深鉢に入った緑のワインボトルに彼は思いをめぐらせた。そうしたものは、『サンデー・ワールド』紙の付録にあった晩餐会の写真で見たことがあった。突風が吹き、雨粒が突然激しく叩きつけ、ポールは自分が依然として外にいて、砂利道のぬかるみに立っていることに気づいて驚いた。ブーツには水が染み込み、小さめの外套は濡れてまとわりつき、音楽堂の正面の照明は消え、彼が見上げるオレンジ色の窓の光と彼とのあいだに、どしゃ降りの雨が激しく吹きつけていた。あそこに自分の欲しいものがあるのだ——目の前に確かなかたちで存在し、それはまるでクリスマスのパントマイム劇のお伽噺《とぎばなし》の世界のようだったが、ただどのドアも、あざけるような精霊たちに見張られているのだった。暗い夜につねに外から震えながら見上げているのが自分の運命なのかと、ポールは雨に顔を打たれながら思った。

彼はしぶしぶむきを変え、路面電車の軌道のほうに歩いていった。終わりがいつか来なければならない——階段の上に立つ寝巻姿の父親、言い訳にならない言い訳、決まって不首尾に終わる急ごしらえのでっちあげ、二階の彼の部屋と身の毛のよだつ黄色い壁紙、がたがたきしむ化粧ダンス、その上には付け襟を入れる脂じみたビロードの箱、ペンキの塗られた木製ベッドの頭上には、ジョージ・ワシントンとジャン・カルヴァンの肖像画、母親が赤い毛糸で刺繍した「わたしの子羊を養いなさい」という聖書の言葉を収めた額縁。

三十分後、ポールは路面電車を降り、大通りから脇道のひとつへ折れてとぼとぼ歩いていった。それは上品めかした通りで、家々は同じ外見をしており、中流の会社員たちが子をもうけ、子だくさんの家族を養い、子どもたちは皆、日曜学校に行って小教理問答を覚え、算術に熱中していた。彼らは皆、住んでいる家同様たがいにそっくりで、生活自体の単調さをそのまま帯びていた。ポールは嫌悪の身震いをせずにこのコーディリア通りを歩くことができなかった。彼の家はカンバーランド長老教会の牧師の家の隣だった。今晩も、彼は家にむかいながら無力な敗北感に包まれ、醜悪さと平凡さの中に際限なく沈み込んでいくばかりという、家に帰るとつねに襲われる絶望的な思いに包まれていた。コーディリア通りに曲がった瞬間、彼は頭の上で水面が閉じるように感じた。生のああした強烈な体験の後では、彼はいつも、羽目をはずした後に訪れるありとあらゆる憂鬱症状を経験した。それらは、きちんとしたベッドやありふれた食事や台所のにおいがしみついた家への強い嫌悪、味気なく精彩を欠いた日常生活全体への身震いするほどの反発、ひんやりした快いものや柔らかい光やみずみずしい花への病的なまでの渇望、などだった。

家に近づくにつれ、彼はその光景全体に自分がまったく不釣り合いだと感じた。醜いばかりの彼の寝室、トタンの薄汚れた浴槽やひび割れた鏡や滴のたれる蛇口がある寒い浴室、階段の上で寝巻から毛深い脛《すね》を出し、毛織地のスリッパに足を突っ込んでいる父親。いつもよりだいぶ遅くなったので、きっと詰問と非難が待っているだろう。ポールは玄関の手前で足を止めた。今晩は、父親にいろいろ言われるのは我慢ならなかった。惨めなベッドでまた寝返りを繰り返すことが耐えられなかった。入っていくのはやめよう。父親には、電車賃がなく雨も激しかったので、仲間の家にいっしょに行き、一晩そこにいたと言おう。

そうはいうものの、彼はずぶ濡れで寒かった。家の裏手にまわり、地下室の窓を試したところ、ひとつ開いていたものがあったので、慎重にそれを押し上げ、地下の壁を伝って床に降りた。そこに立って息をひそめ、自分が立てた物音に身をすくめていたが、頭上の床は静まり返っていて、階段のきしみも聞こえなかった。石鹼用の木箱があったので、暖房炉の戸口から漏れるかすかな明かりの輪の中にそれを運んでいき、腰を下ろした。彼はネズミがひどく怖かったので眠るどころではなく、暗闇に疑わしげな目をむけながら、父親を起こしはしなかったかとまだびくびくしていた。今晩のように、退屈な毎日が連続する中でメリハリのある一日を体験した後では、その反動から五感の働きが鈍くなって、ポールの頭はつねに異様に冴えわたった。ぼくが窓から入る音を聞いた父が降りてきて、泥棒とまちがえてぼくを撃つかもしれない。父がピストルを手に降りてきて、ぼくが間一髪のところで叫び声をあげ、一歩間違えば息子を殺すところだったと考えて父が恐れ慄《おのの》くとしたら、と考えてみたりもした。父がこの晩のことを後から思い出す日が来て、彼の手を押しとどめる警告の声が聞こえさえしなかったならばと願うとしたら、とも考えた。この最後の可能性について、ポールは夜明けまであれこれ夢想してすごした。

翌日の日曜日は晴れていた。湿り気を帯びた十一月の冷え込みは、最後の小春日和の輝きによって小休止をえた。朝いつものように、ポールは教会と日曜学校に行かなければならなかった。天候にめぐまれた日曜の午後には、コーディリア通りの中産階級の小市民たちはいつも玄関前の「階段つきポーチ」に座り、左右のポーチの隣人と話をしたり通りのむこう側の住人に声をかけたりして、近所づきあいをした。男たちはたいてい、家から歩道に降りる階段に派手《ゲイ》なクッションを敷いて座り、女たちはよそいきの「流行りのブラウス《ウェイスト》」を着て、狭苦しいポーチの揺り椅子に、すっかりくつろいでいるふうを装って座った。子どもたちは通りで遊んでいたが、その数のあまりの多さにそこは幼稚園の運動場のようだった。階段の男たちは皆シャツ姿で、ベストのボタンをはずしたまま両脚を開いて座り、気持ちよさそうに腹を突き出し、近頃の物価の話をしたり、社長たちや実業界の大物たちの賢さを物語る逸話を披露したりした。彼らは時おり、言い争いをしている大勢の子どもたちを見やり、子どもたちの鼻にかかった甲高い声に愛情深げに耳をかたむけ、自分たちの癖が次の世代に受け継がれているのを見て微笑み、鉄鋼王たちの偉業を語りながらも、息子たちの学校での手柄話や算数の成績や貯金箱のお金の額についての話も、その中に織り込むのだった。

十一月のこの最後の日曜日、ポールは午後のあいだずっと「階段つきポーチ」の一番下の段に腰かけて道を見つめていた。彼の姉たちは揺り椅子に座って、隣の牧師の娘たちと、先週ブラウスを何着作ったかとか、この前の教会の慈善食事会で誰が何枚ワッフルを食べたかといった話をしていた。天候も暖かく、彼の父親が特に陽気なときには、娘たちはレモネードを作ったが、それはいつも青エナメルの忘れな草の飾りのついた赤いガラス製ピッチャーに入れられた。それは娘たちの自慢の器だったが、隣人たちはいつもそのピッチャーの怪しげな色について冗談を言うのだった。

この日、ポールの父親は一番上の段に座り、ぐずる赤ん坊を左の膝から右の膝にとあやしている若い青年と話していた。それはポールの手本として、日頃から引き合いに出される若者で、父親の一番の願いは息子がこの青年を見習ってくれることだった。青年は血色がよく、赤い唇はきりっと結ばれ、薄い色の目は近眼で、金色のつるのついた分厚い眼鏡をかけていた。彼は大きな鋼鉄会社のある実力者の下で事務員として働いており、コーディリア通りでは将来が期待される若者とみられていた。囁《ささや》かれていた話としては、五年ほど前のこと——彼は今やっと二十六歳になったばかりだった——彼はやや自堕落な生活を送っていたのだが、自分の肉体的欲望を抑制し、若気の道楽による時間と体力の浪費を避けるため、彼の上司が部下たちに日頃から繰り返していた助言に従って、二十一のとき、苦楽をともにしようという説得に応じてくれた最初の女性と結婚した、ということだった。それはかなり年上のぎすぎすした女性教師で、やはり分厚い眼鏡をかけ、彼とのあいだに今では四人の子をもうけていたが、いずれも母親に似て近眼だった。

若い青年は、自分の上司が、地中海でクルージング中にもかかわらず仕事の詳細をすべて把握しており、まるで自国にいるかのようにヨットの上で業務に勤《いそ》しみ、「ふたりの速記者をてんてこ舞いさせるほどの仕事をてきぱき捌いている」ことを語っていた。彼の父親のほうは、勤め先の会社が検討中の計画を話していたが、それはエジプトのカイロに電気鉄道工場を作るというものだった。ポールは歯を嚙みしめ、自分の出番が来る前に、人びとがそのチャンスを奪い尽くしてしまうのではないかとやきもきしていた。だが彼は、日曜ごと、祝日ごとに語られる鉄鋼王たちの偉業の逸話を聞くのはかなり好きだった。ヴェネチアの大邸宅、地中海のヨット、モンテカルロの大博打についての数々の話は、彼の想像を刺激したし、店の使い走りになる気はまったくなかったものの、使い走りの少年が成功して有名になる手柄話には関心があった。

夕食後に皿拭きの手伝いを終えると、ポールはおずおずと父親に、幾何の勉強を教えてもらいにジョージの家に行ってもよいかと尋ね、さらにおずおずしながら電車賃も要求した。二つ目の要求は二度繰り返さなければならなかったが、それというのも、彼の父は原則として、金額の大小にかかわりなく金をせびられるのが嫌いだったからだ。もっと近くに住む友だちのところに行くことはできないのかと父はポールに尋ね、日曜まで学校の宿題を残しておいてはだめじゃないかと言ったが、それでも十セント硬貨をくれた。父は金がないわけではなかったが、立身出世するという大そうな目標を持っていた。ポールが案内係をするのを彼が許した唯一の理由は、男子たるものわずかなりとも自分で稼ぐべきだと考えたからだった。

ポールは階段を駆け上がり、皿洗い水の脂臭さを消そうと、嫌なにおいのする石鹼でごしごし両手をこすり、それから引き出しに隠してある小瓶からスミレ香水を数滴指先にふりかけた。幾何の本をこれ見よがしに腕にはさんで家を出たが、コーディリア通りを出て繁華街行きの電車に乗るとすぐに、想像力を麻痺させる二日間の無気力をふり棄てて、ふたたび息を吹き返した。

繁華街にある劇場の常任専属劇団の主演若手俳優は、ポールの知り合いで、彼は日曜の夜のリハーサルにはいつでも来てよいと言われていた。一年以上も、ポールは暇さえあればこのチャーリー・エドワーズの楽屋でぶらぶら時をすごすようになっていた。彼はエドワーズの取り巻きの中でも一目置かれていたが、それはこの若手俳優が衣装係を雇う余裕がなかったために彼を重宝がっただけでなく、彼がポールの中に、聖職者がいうところの「天職《ヴオケーション》」に近い何かを認めていたからだった。

ポールがたしかに生きているのは、この劇場とカーネギー音楽堂にいるときだけで、他は眠りと忘却にすぎなかった。そこはポールのお伽噺の世界で、彼にとって秘めた恋さながらの魅力に満ちていた。舞台裏のガスやペンキ塗料や埃のにおいを吸い込むとき、彼は自由をえた囚人のように呼吸し、すると彼は、何か異彩を放つ、才気ばしった、詩的なことを行なったり言ったりすることができる気がしてくるのだった。不揃いのオーケストラがオペラ『マルタ』の序曲を打ち鳴らし、『リゴレット』のセレナードを一斉に奏で始めるや、*5 愚かで醜いことがすべて忘れ去られ、彼の五感は心地よく敏感に研ぎ澄まされるのだった。

美には、なんらかの人工的な要素が不可欠だとポールが考えたのは、おそらく、彼の世界にあっては、自然なものはほぼいつも醜い衣をつけていたからだった。彼にとって、この人工的な存在がまばゆく、流行の服装をした男女が魅力的で、舞台照明のもと星の輝くリンゴ園に四季を通じて咲く花が感動的に思えるのは、おそらく、それ以外の場での彼の人生が、教会の日曜学校のピクニックとか、けちくさい倹約とか、人生でいかに成功するかについての大真面目な助言とか、つねに漂う料理臭といったものに満ちみちていたためだった。

この劇場の舞台の入口が、ポールにとっては華やかな伝奇物語《ロマンス》の世界への玄関口そのものなのだと、いくら言っても言いすぎることはないだろう。もちろん、劇団員は誰もそんなことは考えてみたこともなかったし、ましてやチャーリー・エドワーズが考えたことはなかった。その世界は、かつてロンドンで囁かれていたユダヤ人の大富豪たちについての数々の噂話のようだった。彼らは地下にいくつもの大広間を持ち、そこでは椰子の木や噴水が柔らかなランプの光に包まれ、豪華な衣装を身にまとった女性たちがいて、彼女たちは魔法を消し去るロンドンの昼の光など一度たりとも目にしたことがないのだという。ポールもまた、煤《すす》に覆われたこの街で、数字と汚い骨折り仕事に余念のない人びとのただ中にあって、自分だけの秘密の礼拝堂、自分だけの魔法の絨毯、陽光が絶えず降り注ぐ青と白の自分だけの小さな地中海の海岸を持っていたのだった。

教師たちの中には、ポールの想像力が俗悪な小説に歪められたのだと主張する者もいたが、実際には彼はほとんど読書をしなかった。家にある本は若者の心を魅了したり堕落させたりする類のものではなかったし、友人たちから薦められた小説を読むかといえば、結局のところ、彼は望むものを音楽から——オーケストラであろうと小型の手回しオルガンであろうと、どんな音楽からでも——はるかに素早く手に入れた。あの初めの閃光が、想像力が五感を支配するときのあの言葉にしがたいときめきが、ありさえすればよかった。そうすれば、彼は自分自身で筋や情景を作り出すことができた。同様に、彼は熱狂的な芝居好きというわけでもなかった——少なくとも、その表現が通常示すような意味では。彼は俳優志望ではなかったし、ましてや演奏家志望でもなかった。こうしたことをする必要を感じたことはなく、彼が望んだのは、見ること、その雰囲気の中にいて、その波に漂い、青い広がりを何リーグも何リーグも運ばれていき、いっさいのものから遠ざかることだった。

楽屋で夜をすごした翌日は、教室は彼にとっていっそう嫌悪感を呼び起こすものとなった。敷物のない床、むき出しの壁、フロックコートを着たこともスミレをボタン穴に飾ったこともない味気ない男たち、冴えない服をまとい、甲高い声で、与格名詞を従える前置詞について憐れむべき真剣さを見せる女たち。こうした人たちを彼がまともに相手にしていると、他の生徒たちに一瞬でも受け取られるのは耐えがたかった。自分がこうしたすべてをくだらないとみなしていること、そもそもこの場にいるのは冷やかしにすぎないことを、クラスメートたちにはわからせなければならない。彼は専属劇団のすべての団員からサイン入りの写真をもらっていて、クラスメートにそれを見せては、にわかには信じがたい話を語り聞かせた——劇団員と親しい間柄だとか、カーネギー音楽堂に来たソロ歌手とも知り合いだとか、彼らと夕食をともにしたとか、彼らに花を贈ったといったことだ。こうした話の効果が薄れてきて聞き手が退屈し始めると、彼はやけっぱちになり、みんなに別れを告げるのだった。しばらく旅に出ることになってさ、ナポリに行くんだ、ヴェネチアに、エジプトに行くんだと告げたりした。そして次の月曜日になると、こっそり学校にやって来ては、わけありげに神経質に微笑みながら、姉が病気になっちゃってさ、旅行は春まで延期になったんだ、などと言うのだった。

学校では、事態はポールにとって悪化の一途をたどっていた。いかに自分が心底から教師たちや彼らの退屈なお説教を軽蔑しきっているか、いかに自分がよそでは高く評価されているかを、思い知らせたくてたまらなくなり、自分には数学の定理に費やす時間などないのだと一、二度言ってみた。さらに、眉を引きつらせ、教師たちをあれほど当惑させた神経質な虚勢を張りながら、自分は専属劇団の手伝いをしていて、彼らは昔からの友だちなんだと付け足してもみた。

結局のところ、校長がポールの父親に会いに行き、ポールは退学させられて働くことになった。カーネギー音楽堂のマネージャーは、彼の代わりに別の案内係を雇うように言われ、劇場の守衛は彼を中に入れないように通告を受け、チャーリー・エドワーズは自責の念に駆られながら、二度と彼に会わないことを少年の父親に約束した。

専属劇団の団員たちはポールの作り話のいくつかを知ったとき、大いに面白がった。特に女たちは、身を粉にして働いて、困窮した夫や兄弟を養っている者がほとんどだったので、自分たちがこの少年をそんな熱情的で華麗な作り話に駆り立てていたことを知って、思わず苦笑いした。ポールがかなり重症《バッド・ケース》だという教師たちやポールの父親の意見に、彼女たちも同意した。

一月の吹雪の中、東部行きの汽車はのろのろと進んでいった。ニューアークから一マイル付近で機関車が汽笛を鳴らしたとき、どんよりとした夜明けが灰色に薄れはじめていた。ポールは座席に体を丸めてうとうとまどろんでいたが、急いで起き上がると、息で曇った窓ガラスを手でこすって外を眺めた。白い低地に雪が渦を巻きながら舞っていて、野原やフェンス沿いにすでに深い吹き溜まりができ、ところどころ長い枯れ草や乾いた茎がその上に黒く突き出していた。点在する家々に明かりが輝き、線路脇に立っている人夫の一団が手にしたカンテラをふっていた。

ポールはほとんど寝ていなかったし、体が煤けて不快に感じていた。普通客車に夜通し揺られてきたのは、この格好で高級なプルマン寝台車両に行くのが恥ずかしかったからでもあり、ピッツバーグの実業家に見つかり、デニー・アンド・カースン事務所の者だと気づかれることを恐れていたからでもあった。汽笛に起こされたとき、彼は胸のポケットを急いで押さえ、おぼつかない笑みを浮かべて周囲を見回した。だが、泥まみれの小柄なイタリア人たちはまだ眠っており、通路のむかい側の身元の怪しげな女たちは口を開けたまま夢見心地で、よく泣く薄汚い赤ん坊たちでさえ、そのときばかりは静かにしていた。ポールは座席にもたれると、もどかしさを抑えようと懸命に努力した。

ジャージーシティ駅に到着すると、彼は明らかに居心地が悪いように見え、周囲に鋭く目を配りながら、そそくさと朝食をすませた。ニューヨーク乗り入れのフェリーで二十三番ストリートの波止場に着くと、辻馬車の御者に命じて、朝、店を開けたばかりの紳士用装身具店に連れていってもらった。二時間以上そこにいて、長々と迷い、細心の注意を払って買い物をした。新しい普段着用のスーツを試着室で身につけ、フロックコートと礼装用の衣服はシャツ類といっしょにまとめて馬車に運ばせた。それから彼は帽子屋と靴屋に行った。その次の行き先はティファニー宝飾店で、銀細工と新しいスカーフ留めをここで選んだ。銀細工に名前を入れてもらうのを待つ時間はないんだ、と彼は言った。最後に、ブロードウェイの鞄屋に行き、いくつもの旅行鞄に自分が購入したものを荷造りしてもらった。

ウォルドーフホテルに乗りつけたときには、一時を少し回っていて、馬車の勘定をすませると、彼は受付に行った。宿泊者名簿にワシントンからと記入し、父と母は海外にいて、彼らの乗る汽船が到着するのを出迎えるために来たと話した。この作り話をもっともらしく語り、前金で払うことを申し出たため、なんの問題もなく寝室と居間と浴室のついた部屋を借りることができた。

一回どころか何百回も、ポールはこのニューヨーク行きを計画してきた。チャーリー・エドワーズにその細かな手順を何度も話したし、自宅には新聞の日曜版から切り抜いた、ニューヨークの各ホテルの紹介を貼りつけたスクラップブックもあった。八階の部屋に案内されると、彼には一目で、すべてがあるべき場所に収まっていることがわかった。頭に思い描いた光景からひとつだけ欠けているものがあったので、彼はベルボーイを呼び、花を届けさせた。ボーイが戻ってくるまで、彼は神経質に歩きまわり、新しいシャツ類を引き出しにしまい、そうしながら指でその感触を味わっていた。花が届くと、急いで水に浸し、それから熱い浴槽に自分の身を浸した。まもなく、新しいシルクの下着にまばゆいばかりに身を包み、赤い部屋着の飾り房をもてあそびながら、彼は白い浴室から出てきた。窓の外では雪が激しく舞っていたので、通りのむかい側はほとんど見えなかったが、部屋の中の空気は甘美で柔らかく、芳香に満ちていた。彼は長椅子の脇の低い小卓にスミレとスイセンを飾り、身を投げだすと深い息を吸い、ローマふうの手織り毛布にくるまった。彼は疲労困憊していた。過去二十四時間、大慌てで極度の緊張に耐えながら、かなりの距離を旅してきたので、これまでどんななりゆきだったのか、自分でよく考えてみたかった。風の音と、暖かい空気と、花のひんやりする香りに誘われて、彼は眠りに似た深い回想の中に沈み込んでいった。

すべてが不思議なほど単純だった。彼らが彼を劇場と音楽堂から締め出したとき、彼から喜びを取り上げたとき、すべてが事実上決定されたのだった。残りは、たんなる機会の問題にすぎなかった。唯一彼を驚かせたのは、自分自身の勇気だった——というのも、彼はつねに恐怖、一種の破滅の予感にさいなまれていることをはっきり意識していて、最近では、自分がついた嘘の網が周囲にじりじりと狭まるにつれて、体中の筋肉が日に日に強く締めつけられていたからだ。今にいたるまで彼は、何かを恐れていなかったときを思い出すことができなかった。小さな少年だったときでさえ、恐れはつねにそこにあり、彼の後ろに、前に、あるいは両方にあった。つねに薄暗い片隅があり、自分からあえて覗こうとしないものの、そこから何かが自分をつねにじっと監視しているような暗い場所があった。そして自分が、見られれば立派だとは言えないことをしてきたことを、ポールは自覚していた。

だが、今や彼は不思議な安堵を感じていて、あたかも片隅にいるその何かに対してついに手袋を投げつけ、挑戦を宣告したかのようだった。

それにしても、彼が毎日の仕事という鎖に繋がれてふさぎこんでいたのは、ほんの一日前にすぎず、つい昨日の午後、デニー・アンド・カースン事務所の預入金を持って彼は銀行に使いに出されたのだった。これはいつものことだったが、このときは計算してもらうために預金通帳を置いてくるように言われていた。小切手で二千ドル以上あり、紙幣が千ドル近くあったが、この紙幣を彼は預金通帳のあいだから抜き取り、自分のポケットにそっと移し替えた。銀行で、彼は預入伝票を新しく作成し直した。彼の神経は、事務所に戻ることができるほど落ち着いていて、そこで仕事を終えると、翌日の土曜日に丸一日休みを取りたいと、しごくまともな理由を添えて申し出た。預金通帳は月曜か火曜まで戻ってこないことがわかっていたし、翌週は父親が出張で留守にすることもわかっていた。紙幣を自分のポケットに滑り込ませた瞬間から、ニューヨークへむかう夜行列車に乗り込むまで、ポールは一瞬たりとも躊躇を感じなかった。危険海域に漕ぎだすのは初めてのことではなかった。

すべてがなんと驚くほど簡単だったことか。彼は今ここにいて、事はすんでしまった。そして今度は、目覚める必要もなく、階段のてっぺんの父の姿もないのだ。彼は雪片が窓の外を舞うのを眺めながら眠りについた。

目を覚ますと、午後三時だった。彼は慌てて飛び起きた。貴重な時間のうちすでに半日がすぎてしまった! 鏡の中で入念にひとつひとつ点検しながら、一時間以上かけて身支度を整えた。すべてが申し分なく完璧だった。今彼は、いつもなりたいと思っていた少年そのものになっていた。

下に降りると、ポールは四輪馬車に乗って、五番街をセントラルパークへとむかった。雪は幾分弱まって、四輪馬車や配達用の荷馬車が冬の黄昏《たそがれ》の中を音もなく左右に急いでいた。ウールのマフラーをした少年たちが戸口の雪かきをし、何台もの乗合馬車が白い街路の風景にカラフルな彩りを添えていた。曲がり角にはあちこち売店があり、ガラスケースの中には花園の如く花が咲き乱れて、ケースの脇には雪片が張りついては溶けていた。スミレ、バラ、カーネーション、スズラン――こんなふうに雪の中で不自然に咲いているので、どこか余計に愛らしく、魅力的だった。セントラルパークそのものが、舞台の上の素晴らしい冬景色のようだった。

彼が戻ったとき、黄昏の静止したようなひとときは終わり、街路の色調は変わっていた。雪は激しさをまして、嵐のなか十二階もの高さに頭を突き出し、荒れ狂う大西洋からの風に挑むホテル群からは明かりがまたたいていた。四輪馬車の長く黒い列が大通りに押し寄せ、そこここで別の流れと交わっては左に右に進んでいった。彼のホテルの玄関前にはたくさんの辻馬車が並んでいて、彼の乗った馬車の御者も待たなければならなかった。歩道を覆って延びたひさしの下を、制服姿のボーイたちが走って出たり入ったりし、玄関扉から道路まで敷かれた赤いベルベットの絨毯の上を行ったり来たりしていた。上も、まわりも、中も、自分と同様、熱く楽しみを求める何千という人びとの不安な呟きと笑いのさざめきがあり、動揺と興奮があり、周囲一帯、富の無限の力へのまばゆいばかりの信頼が空高く湧き上がっていた。

少年は不意に気づくと、歯を食いしばって両肩をこわばらせた——自分のまわりには雪片のように、あらゆる芝居の筋、あらゆる伝奇物語《ロマンス》の語り、あらゆるセンセーションの材料が舞い踊っているのだ。彼は、強風の中の薪《ファゴット》の束の如く燃えたった。

ポールがディナーをとりに降りていくと、オーケストラの音楽がエレベーターの空間を伝って下から昇ってきて、彼を出迎えた。人で混み合った廊下に踏み出すと、彼は頭がくらくらして、壁沿いの椅子のひとつに身を預け、息がつけるようになるのを待った。照明、話し声、香水、驚くほど多彩な色の洪水——彼は一瞬耐えきれないと感じた。だが、それも一瞬のことで、この人たちは自分と同じ仲間なんだ、と彼は自分に言い聞かせた。ゆっくりと廊下を進み、書き物机の部屋、喫煙室、大広間と抜けていき、それはまるで彼だけのために作られ人が配された魔法の城を、部屋から部屋へと見てまわっていくかのようだった。

ダイニングルームに着くと、彼は窓の近くのテーブルに座った。花々、白いテーブルクロス、色とりどりのワイングラス、女性の華やか《ゲィ》な装い、コルクを抜くポンという低い音、オーケストラが奏でる『美しき青きドナウ』の寄せては返す旋律、すべてがポールの夢をめくるめくばかりの輝きで満たした。シャンパンのバラ色がかった色合い――グラスの中で繊細な泡を立ち昇らせる、そのひんやりした高価な発泡性の飲み物――が、これに追加されると、ポールにはこの世にそもそも正直者がいるということ自体が不思議に思えてくるのだった。これこそが、世界中が手に入れようと躍起になっているものなのだ、と彼はしみじみ思った。これをめぐってこそ、あらゆる争いが展開されているのだ。彼は自分の過去が現実だったのだろうかといぶかった。コーディリア通りという場所、朝早い路面電車に乗る疲れきった会社員たちのいる場所を、彼が知っていたことなどあったのだろうか？　ポールには、彼らが機械の留めねじにすぎないように見えた――こうした吐き気を催させる男たち、外套に子どもたちの髪の毛をくっつけ、服に食事のにおいが染み込んでいるような男たち。コーディリア通り、ああ、それは別の時代と別の国の出来事としか思えない。自分はつねに今のようだったではないか、記憶にある限り昔から、夜な夜なここに座っていたではないか、物思いに耽りながら、こうしてちらちら揺れ動く衣装を眺め、こんなワイングラスの脚を親指と中指にはさんでゆっくりと回していたではないか？　彼はそうだったと思い込みたかった。

彼は少しもきまり悪さや寂しさを感じなかった。こうした人びとと知り合いになりたいとか懇意になりたいとかいう特別な願望は、彼にはなかった。彼が求めたのは、観察して夢想すること、この壮観を眺める権利だけだった。舞台装置や小道具のみをひたすら求めていたのだ。夜もふけていって、メトロポリタン歌劇場の特別ボックス席に座ってからも、彼は寂しくなかった。今では彼は、神経質な不安、見せかけの攻撃性、周囲から自分自身を際立たせようとする切迫した欲望から、すっかり自由になっていた。今や、周囲こそが自分を説明してくれると感じていた。誰も彼の高貴な紫衣を問題にしなかったので、彼はそれを黙って身にまとうだけでよかった。自分の衣装を見下ろしさえすれば、ここでは誰からも屈辱を与えられないのだと確信することができた。

その晩は、美しい居間を離れてベッドに寝に行く決心がなかなかつかず、長いこと張り出し窓から荒れ狂う吹雪を眺めて座っていた。眠りについたとき、寝室の明かりはつけたままだった。昔ながらの臆病さのためでもあったし、夜目覚めたときに、一瞬たりとも惨めな疑いにさいなまれたくないため、ベッドの上に黄色い壁紙やワシントンやカルヴァンの肖像画があるのではないかと疑うような恐ろしい目にあいたくないためでもあった。

日曜の朝、街はほとんど雪に閉ざされていた。ポールは遅い朝食をとり、午後にはサンフランシスコ育ちの豪胆な青年と知り合ったが、彼はイエール大学の一年生で、日曜日の「ちょっとした冒険」をするために遠出してきたということだった。若者は、ポールに夜の街を案内しようと申し出て、ふたりは夕食後に出かけていき、ホテルに戻ったのは翌朝七時になってからだった。シャンパンを求める友人同士のひそかな興奮に包まれて出かけていったのだが、エレベーターで別れたときには、変によそよそしかった。大学生は気を引き締めると汽車に間に合うように出ていき、ポールはベッドにむかった。午後二時に目覚めたときには、ひどく喉が渇き目まいがしたので、ベルを鳴らして氷水とコーヒーとピッツバーグの新聞を持ってきてもらった。

ホテルの経営陣たちに、ポールが疑念をかきたてることはなかった。彼のために言っておくと、彼はニューヨークで購入した戦利品を威厳をもって着こなしていて、変に人目を引くことはいっさいなかった。軽く酔って、ワインを驚異を生み出す魔法の杖のように感じることはあっても、浮かれ騒ぐということはなかった。彼の貪欲さはひとえに耳や目に関するもので、それらは過剰摂取しても、人を不快にすることはなかったのだ。彼にとって最大の喜びは、居間ですごす灰色の冬の夕暮れどきであり、自分の花々、衣装、ゆったりした長椅子、タバコ、そしてみなぎる力の感覚を静かに味わうことだった。かつて自分自身にこれほど満足を感じた記憶はなかった。些細な嘘をつく必要、来る日も来る日も嘘をつきつづける必要から解き放たれただけで、彼の自尊心が戻ってきた。彼は学校にあってさえも、楽しみのために嘘をついたことはなく、自分を際立たせるため、賞賛されるために、コーディリア通りの他の少年たちからの違いを主張するために、嘘をついてきたのだった。今では大げさに虚勢を張る必要もなく、舞台関係の友人たちの言葉を借りれば、今では彼は「地位にふさわしい身なりをする」ことができたので、いつもより自分がだいぶ男らしく、正直だとさえ感じていた。後悔しなかったというのは、いかにも彼らしかった。彼の黄金の日々は翳《かげ》りひとつなくすぎていき、一日一日を彼はこれ以上ないほど完璧なものとしてすごした。

ニューヨークに到着して八日目、彼は事件の全貌がピッツバーグの新聞にすっぱ抜かれていることに気づいた。きわめて詳細にわたって書きたてられていて、それはセンセーショナルな地元の特ダネが枯渇していることを物語っていた。デニー・アンド・カースン事務所の発表によれば、少年の父親が横領された全額を弁償しており、事務所には少年を告訴する意思はないということだった。カンバーランド長老教会の牧師がインタヴューされ、母親のいないこの若者を今でも改心させたいと願っていると述べ、日曜学校の女の先生も、その目的のためにはどんな努力も惜しまないと表明していた。ニューヨークのホテルで少年の姿を見かけたという噂がピッツバーグに届いていて、息子を探して家に連れ帰るために、彼の父親が東部にむけて出発したと書かれていた。

ポールはディナーの着替えに部屋に戻ってきたところだったが、膝から力が抜けて椅子に座り込み、両手で頭を抱え込んだ。刑務所よりもひどいことになるだろう。コーディリア通りの生ぬるい水がついに永久に彼を飲み込もうとしているのだ。灰色の単調さが、希望もなく変化の予兆もなく彼の前に延びていた。日曜学校、キリスト教共励会、黄色い壁紙の部屋、湿ったふきん、すべてが吐き気を催させるほどふたたび鮮やかに彼に襲いかかってきた。オーケストラが突然演奏をやめたときのあの感覚、芝居が終わったときの気分が沈むあの感じがよみがえった。顔から汗が吹き出し、彼は急に立ちあがると、青ざめた作り笑いを浮かべてあたりを見回し、鏡に映った自分にウィンクした。子どもっぽい奇跡を信じて、課題にまったく手をつけないままよく教室に行っていたときのように、ポールは着飾ると、口笛を吹きながら廊下をエレベーターのほうへ急いだ。

ダイニングルームに入り、音楽の調子をつかむやいなや、その場その場を刹那的に味方につけ、気分を高め、万全なものにしてしまう昔ながらの順応力によって、彼の暗い物思いは押しやられた。周囲のまばゆい光ときらめきは舞台装飾にすぎないものだったが、今やふたたび、そしてこれを最後に、昔ながらの効果を及ぼした。勇敢だということを自分に証明して、物事に輝かしく決着をつけてしまおう。これまで以上に、彼はコーディリア通りの存在を疑い、初めて浴びるほどワインを飲んだ。結局のところ、自分は高貴な紫衣に生まれついた幸運の者ではなかったか、いまだに自分を失っていないし、自分にふさわしい場所にいるではないか？　彼はオペラの『道化師』[*6]の音楽に合わせて、指で神経質に伴奏をつけながら、自分のまわりを見回し、十分な見返りがあったのだと、何度も繰り返し自分に言い聞かせた。

音楽の高まりとワインの冷たい甘さに酔いながら、自分はもっと賢く立ちまわれたのではないかと、うとうとしかけながら彼は考えていた。外国行きの汽船に乗っていたら、今頃は彼らの追跡を遠くかわしていたかもしれない。だがあのときには、世界の裏側はあまりにもかなたに、あまりにも不確かに感じられたのだった。彼はそこに着くまで待っていることはできなかっただろう、彼の欲求はそれほど激しいものだったのだ。もう一度選ばなければならないとしたら、彼は明日も同じことをするだろう。今や金色の柔らかなもやがかかったダイニングルームを、彼は愛おしげに見回した。ああ、たしかに十分な見返りがあった！

翌朝、ポールは頭と足にうずくような痛みを感じて目覚めた。彼は服も着替えずにベッドに身を投げだし、靴もはいたまま寝てしまっていたのだ。手足も指も鉛のように重く、舌と喉はからからで燃えるようだった。そのとき、体が消耗して神経が疲れきったときだけに起こる、頭がはっきりと冴える瞬間が運命的に訪れた。彼はじっと身を横たえたまま、目を閉じ、事態が潮のように自分に押し寄せてくるがままにした。

父親はニューヨークにいるらしいが、「どうせどこかの安宿に泊まっているのだ」と、彼は自分に言い聞かせた。階段つきの正面ポーチで毎夏をすごした記憶が、大量の汚水のように彼にのしかかってきた。手元には百ドルも残っていなかったし、今やこれまでにもまして、金がすべてであること、金こそが、彼が嫌悪するものと彼が欲するものを隔ててくれる壁であることを痛感していた。事態は終局に近づいていた。ニューヨークに到着した輝かしい第一日目に彼はそれについては考え、糸をぷつりと切る手段も用意していた。それは今、鏡台の上に置かれていた。昨晩、酩酊してディナーから戻ってくると、それを取り出しておいたのだったが、その金属の光沢は彼の目をさし、その形状が彼には気に入らなかった。

彼は吐き気の発作に時おり屈しながら、苦労して立ちあがり、体を動かした。昔ながらの憂鬱が高まって、全世界がコーディリア通りになった。だが、どうしたわけか彼は何も恐れず、落ち着きはらっていた。おそらく彼はついに暗い片隅を覗き込んで、その正体を知ったのだろう。そこに彼が見たのは、たしかに耐えがたいものだったが、どうしたわけか長いあいだの彼の恐れそのものほど耐えがたいわけではなかった。今、彼にはすべてがくっきりと見えた。与えられた状況に自分が最大限対処し、生きるべきだった人生を生きたと感じて、腰を下ろしたまま半時間ほどその回転式連発拳銃《リヴォルヴァー》にじっと目を注いでいた。だが、これは違うと自分に言い聞かせると、彼は下に降りていき、辻馬車でフェリー乗り場にむかった。

ニューアークまで来るとポールは汽車を降り、ふたたび辻馬車に乗ると、ペンシルヴェニア鉄道の線路沿いに街はずれにむかうよう御者に指示した。雪は道路を深く覆い、野原一面に深く吹き積もっていた。ところどころ、枯れた葉や乾いた茎が突き出て、雪の上でひときわ黒々と見えた。郊外深くに入り込むとポールは辻馬車を引き取らせ、線路に沿ってつまずきながら歩いていき、頭には筋違いなことが次から次へと浮かんだ。その朝目にした映像が、彼の頭にはすべて鮮明に保存されているようだった。二台の御者、外套に飾る赤い花を彼が買い求めた歯のない老女、チケット売り場の人、フェリーでいっしょだったすべての乗船客、彼はそれらの人たちの顔のひとつひとつの細部まで思い出していた。目の前に差し迫った問題に直面することができないまま、彼の心は熱に浮かされた細やかさで、こうした映像を分けてみたりまとめてみたりした。それらは彼にとって、この世の醜さ、彼の頭の痛み、彼の舌の苦い熱さの一部をなしていた。歩いている途中でかがむと、彼はひとすくいの雪を口に入れたが、それもまた熱く感じた。小高い丘の中腹にくると、眼下二十フィートの切り通しに線路が走っているところで、彼は歩くのをやめて座り込んだ。

外套に挿したカーネーションが寒さでしおれてきていることに彼は気づいた。それらの赤い輝きはもう終わったのだ。最初の夜に彼が見たガラスケースの中の花々も、すべて、ずっと以前に同じ運命をたどっただろう、という思いがよぎった。花々はガラスの外の冬を大胆にあざけっていたにもかかわらず、それはつかのまの鮮やかな生にすぎなかったのだ。そしてこの世の退屈な教訓に楯突くこうした反逆は、結局は負け戦だったのだと思った。ポールは外套から花を一本丁寧に引き抜くと、雪の中に小さな穴を掘ってそれを埋めた。それから彼はしばらくまどろんだ。消耗がひどく、寒さに対しても感覚を失っているようだった。

近づく汽車の音が彼を目覚めさせ、自分の決心がとっさに頭によみがえって彼ははじかれたように立ちあがったが、もう遅すぎたのではないかと心配だった。彼は立ったまま、近づいてくる機関車を見ていた。歯がカタカタ鳴り、引きつった唇が歯を見せておびえた笑みをかたちづくり、あたかも自分が見張られているかのように、一、二度神経質に脇に目をやった。その瞬間がくると、彼は跳び込んだ。落下していきながら、早まって愚かなことをしたという思いが、やらずじまいになったことの膨大さが、容赦ない鮮やかさで頭に浮かんだ。かつてないほど鮮やかに、アドリア海の青が、アルジェリア砂漠の黄色が、彼の脳裏をかすめていった。

何かが胸に当たるのを感じ、体が宙にさっと投げ出され、ぐんぐんと、計り知れないほど遠くに速度をましながら飛び、手足からは緩やかに力が抜けていった。それから、映像を作りだす機能が壊れ、心を乱すすべての画像は暗転して、ポールは万物の無限の構図《デザイン》の中にふたたび吸い込まれていった。

訳注

＊1――植物ベラドンナには、痙攣緩和、瞳孔拡大の作用がある。鎮痛・鎮痙剤。

＊2――『ファウスト』（一八五九）は、フランスの作曲家シャルル・フランソワ・グノー（一八一八―九三）のオペラ。

＊3――ジャン＝フランソワ・ラファエリ（一八五〇―一九二四）はフランスの画家で、パリの街角を描いたことで知られる。

＊4――マルティン・リコ（一八三三―一九〇八）はスペインの画家で、後年はヴェネチアの風景に魅せられ、青い空を特徴とする絵を描いた。

＊5――『マルタ』（一八四七）は、ドイツの作曲家フリードリッヒ・フォン・フロートー（一八一二―八三）のオペラ。『リゴレット』（一八五一）は、イタリアの作曲家ジュゼッペ・ヴェルディ（一八一三―一九〇一）のオペラ。

＊6――『道化師』（一八九二）は、イタリアの作曲家ルッジェーロ・レオンカヴァッロ（一八五七―一九一九）のオペラ。

彫刻家の葬式

The Sculptor's Funeral

ウィラ・キャザー／利根川真紀 訳

カンザス州のとある小さな町の鉄道の引き込み線に、町民の一団が立って、夜行列車を待っていた。到着はすでに二十分遅れていた。雪がすべてを深く覆い、かすかな星明かりの中、町の南方に広がる白い牧草地を横切る崖の縁が、澄んだ空を背景に柔らかな薄灰色の曲線を描いていた。引き込み線の男たちは足踏みを繰り返し、外套の前を開けて両手をズボンのポケットに深く突っ込み、寒さに固く両肩を寄せていた。時おり視線を南東の方角にむけたが、そこでは鉄道線路が川岸に沿って湾曲していた。彼らは低い声で言葉を交わし、落ち着きなく動きまわり、自分たちに何が期待されているのか心もとないように見えた。その仲間の中でひとりだけ、なぜ自分がそこにいるのかよくわかっているように見える男がいた。彼は明らかに人びとから距離をおき、プラットホームの一番端まで歩くと、駅の戸口まで戻ってきて、ふたたび線路沿いに歩いていった。顎《あご》は外套の高い襟にうずめ、がっしりした肩は前にかがみ、足取りは重く断固としていた。やがて彼のほうに、北軍軍人会《グランド・アーミー》の色褪せた制服を着た、背の高い痩せた白髪交じりの男が近づいた。この男は一団からのろのろと離れ、敬意めいたものを示しながらやってきたが、首を前に突き出していたので、背中がジャックナイフを四分の三開いた角度に曲がっていた。

「汽車は今晩もかなり遅れてるようだな、ジム」と、彼はきしるような高音で言った。「雪のせいだろうか?」

「さあな」と、相手はややいらいらしながら答え、その声は、密集して四方に勢いよく伸びた、人目を引く赤い大滝のような顎ひげの中から聞こえてきた。

痩せたほうの男は、噛んでいた爪楊枝を口の反対側に移した。「東部からは誰も遺体といっしょに来そうにないな」と、彼は考え込むようにして言った。

「さあな」と、もう一方の男は前よりさらにぶっきらぼうに答えた。

「あいつがどこの結社にも属してなかったのは、残念なことだよ。俺の好みは、結社の葬儀だ。そのほうが名を成した人間にはふさわしいだろう」と、痩せた男はつづけ、甲高い声には譲歩しておもねるような響きがあった。男は爪楊枝をベストのポケットに大事そうにしまった。町で北軍軍人会の葬儀があると、彼はつねに旗を振って取り仕切るのだった。

がっしりしたほうの男は答えずに踵《きびす》を返すと、引き込み線を歩いていった。痩せた男は、落ち着きなく固まっている一団にのろのろと戻っていった。「ジムのやつ、いつものようにすっかり酔っぱらってやがる」と、彼は憐れみを込めて言った。

そのとき遠くから汽笛が聞こえ、プラットホームにはぞろぞろ動きまわる音がした。年齢もまちまちのひょろっとした若者たちが、雷鳴に目を覚ましたウナギの群れのように、急にするするっと現れた。待合室から出てくる者もいたが、彼らは赤いストーブのかたわらで体を温めたり、固いベンチでうとうとしたりしていたのだった。手押し台車から身を起こしたり、貨物用馬車からするりと降りてきたりする者もいた。引き込み線に背をむけて止めた葬儀馬車の運転席から降りてくる男もふたりいた。あの冷たく響き渡る音、男たちへの世界共通の呼びかけを耳にすると、響き彼らはみな前かがみになった肩を張って頭を上げ、一瞬活気がひらめいて彼らのどんよりした瞳を輝かせた。それはトランペットの音色のように彼らの心を揺さぶった。それはまた、今故郷に帰ろうとしている男の心を少年時代にしばしば揺さぶったものでもあった。

急行夜行列車は、赤い打ち上げ花火のように東の沼沢地から飛び出してくると、牧草地に見張り番のように並んで葉をゆらすポプラの長い列の下を、川に沿って湾曲しながら近づいてきた。立ち上る蒸気は灰色のかたまりとなって薄暗い空にたなびき、天の川を覆い隠した。まもなくヘッドライトの赤くまぶしい光が、引き込み線直前の雪をかぶった線路を照らし出し、濡れた黒いレールを光らせた。乱れた赤い顎ひげのどっしりした男は、プラットホームを足早に歩きながら帽子を脱ぎ、入ってくる列車に近づいた。彼の背後では一団の人びとがためらい、たがいに探るように目を見交わしあったが、男に倣って自分たちもそろそろと帽子を取った。列車は停車し、人びとがぞろぞろと貨物用車両にたどりついたちょうどそのとき、入口が勢いよく開き、北軍軍人会の制服の痩せた男は好奇心に駆られて頭を前に突き出した。荷物係が入口に現れ、つづいて丈の長い外套を着て旅行用帽子をかぶった若者が現れた。

「ミスター・メリックのご友人はいらっしゃいますか?」と、その若者は尋ねた。

プラットホームの一団は落ち着かなそうに左右に揺れ、脚を動かした。銀行家のフィリップ・フェルプスが厳かに答えた。「われわれはご遺体をお預かりするために参っています。ミスター・メリックのご尊父は、たいへん衰弱しておられて、出向くことができんのです」

「駅長を呼んできてくれ」と、荷物係が怒鳴った。「それから通信士に手を貸すように言ってくれ」

棺は粗末な箱から取り出され、雪に覆われたプラットホームに降ろされた。町民たちはそれが置けるように後ずさりすると、小さな半円形になって取り囲み、黒い覆い布の上に置かれた棕櫚《しゅろ》の葉を物珍しそうに眺めていた。誰も何も言わなかった。荷物業者は手押し台車の脇に立ち、荷物を受け取るのを待っていた。機関車は重たそうに蒸気を吐き出し、機関助手は黄色いカンテラと細長い油差しを手に、車軸の覆いをカチャカチャと開閉しながら、車輪のあいだを縫うように動きまわっていた。亡くなった彫刻家の弟子として、ボストンから亡骸《なきがら》に付き添ってきた若者は、途方にくれてあたりを見回していた。彼は銀行家のほうにむきを変えたが、それは彼だけが、この黒く落ち着きのない、肩をすぼめた一団の中で、唯一話しかけるに足る個性を備えているように見えたからだ。

「ミスター・メリックのご兄弟はどなたもいらしていないんですか？」と、彼は不安げに尋ねた。

赤い顎ひげの男が初めて近づき、輪の中に入ってきた。「来てない。彼らはまだ到着してないんだ。ご家族があちこちに散らばっていてね。ご遺体はご自宅に直接運ぶことになっている」と言い、彼はかがんで、棺の周囲にある取手のひとつを握った。

「勾配の緩い上り坂を行ってくれ、トンプソン、そのほうが馬たちに楽だろうから」と、貸し馬車屋が声をかけた。葬儀屋は自分の馬車の扉をバタンと閉じ、運転席によじ登るばかりになっていた。

レアードというのが、赤い顎ひげの弁護士だったが、よそ者のほうをもう一度むいた。「いっしょに誰か来るのかどうか、わしらにはわからなかったものでね」と、彼は説明した。「長い道のりだから、きみも貸し馬車に乗っていきなさい」と、彼は一台しかない使い込んだ乗物を指差したが、若者は堅苦しく答えた。「ありがとうございます、でも僕は葬儀馬車といっしょに行こうと思います。もしお邪魔でなければ」と、葬儀屋のほうをむいて言った。「ごいっしょさせてください」

彼らは馬車によじ登り、星明かりの中を出発し、長い白い丘を上って町にむかった。静かな村の明かりが雪をかぶった低い屋根の下からまたたき、そのむこうには四方に、大平原が柔らかな空そのもののように平和に悠々と無限に広がり、手で触れることのできそうな白い静寂に包まれていた。

葬儀馬車が、古びた飾りけのない木造家屋の前で、板を敷いた歩道に後ろ付けに止まったとき、駅の引き込み線で待っていたあの雑多な取り合わせの、特徴のはっきりしない同じ一団が、門のところで群れていた。正面の庭は氷の張ったぬかるみで、二枚の反った板が歩道から玄関口にかけて渡され、急ごしらえの橋になっていた。木戸はひとつしかない蝶つがいでぶら下がっていたが、それでもどうにか大きく開かれていた。スティーヴンズというのがよそから来た若者の名前だったが、彼は何か黒いものが、正面玄関のドアの取手に結ばれているのに気づいた。

棺が葬儀馬車から引き出される音がすると、それに応えて家の中から悲鳴があがり、玄関のドアが勢いよく開き、背が高くでっぷりした女が頭に何もかぶらずに雪の中に走りでて、棺の上に身を投げ出すと甲高く叫んだ。「ああ、ぼうや、わたしのぼうや！　こんな姿でわたしのもとに帰ってくるなんて！」

スティーヴンズが顔をそむけ、言いようのない忌まわしさに身震いしながら目をつむると、同じく背が高いものの、痩せて骨張り、全身黒ずくめの別の女性が、家から走りでてきて、ミセス・メリックの肩をつかんで鋭く叫んだ。「さあ、さあ、お母さん。そんなふうでは困りますよ！」彼女の口調は、銀行家のほうをむくと厳かに事に従う口調に変わった。「ミスター・フェルプス、居間の準備はできていますわ」

担ぎ手たちは、狭い板を渡って棺を運びいれ、葬儀屋は棺を置く台を持って前を急いだ。彼らは棺を火の気のない大きな部屋に運びいれた。その部屋はかび臭く、長く使用されていない空気の淀みと、家具の艶出し剤のにおいがした。棺を下ろすと、上方にはチリチリ音のするプリズム形のガラス装飾をぶらさげた吊りランプがあり、前方にはジョン・オールデンとプリシラを象った「ジョン・ロジャーズの群像彫刻」[*1]があって、サルトリイバラの花輪が飾られていた。ヘンリー・スティーヴンズは、どこかにとんでもない手違いがあり、自分がなぜかまちがった目的地にたどりついてしまったのだと確信して、不快感に襲われながら周囲を見回した。彼は苦々しく思いつつ、クローバーのような緑色をしたブリュッセル絨毯の上の、ふっくらしたフラシ天の布張り椅子へと目をやり、さらに手描きの瀬戸物の飾り額やパネル画や花瓶に目を走らせて、身元の特定につながる印を、つまりハーヴェイ・メリックにかつて属していただろうと思われるものを探し求めた。やがて、ピアノの上のクレヨン肖像画に描かれたキルト風スカートと巻き毛の少年が、ありし日の自分の恩師だと気づくと、彼はようやくここにいる人たちが棺に近づくのを許すことができるように感じた。
「蓋を取ってちょうだい、ミスター・トンプソン、ぼうやの顔をわたしに見せてちょうだい」と、年上のほうの女がむせび泣きの合間に叫んだ。今度はスティーヴンズは恐る恐る、ほとんど祈るような気持ちで彼女の顔を見やったが、固く黒く艶々した髪のかたまりの下でその顔は赤く腫れていた。彼は赤面して目を伏せ、それから信じがたい思いで再度目をやった。彼女の顔にはある種の力――ある種の野蛮な威厳とさえ言えるものがあったが、そこには暴力による傷と皺が刻まれており、激しい情熱によって染められて粗野になり、悲しみなどはその優しい指を一度も触れたことがないかのようだった。高い鼻は端のところが広がってこぶ状になり、両側には深い皺が刻まれていた。太く黒い眉はつながって額をほぼ横断し、歯は大きく四角く、ひどく隙間があき――食いちぎることができる歯だった。彼女は部屋を満たし、男たちはかき消されて、荒れ狂う水の中の小枝のように翻弄され、スティーヴンズでさえ自分がその渦の中に引き寄せられていくように感じた。

　背が高く骨張ばり、黒いクレープ地の喪服を着た娘は、長めの顔を一段と長く見せる喪章の髪飾りをつけていた。彼女はソファにかしこまって座り、大きな関節が目立つ両手は膝の上で組まれ、顔はじっとうつむき、棺が開かれるのを厳かに待っていた。戸口の近くには、明らかにこの家の召使とおぼしい混血女性《ムラトー》が立ち、おどおどした物腰で、やつれた顔は痛ましいほど悲しげで優しかった。彼女はサラサ模様のエプロンの端を目に押しあてながら静かに泣いており、時々長く震えるようなすすり泣きが漏れた。スティーヴンズは歩いていって彼女の脇に立った。

弱々しい足音が階段に聞こえ、背が高く華奢な老人が、ぼさぼさで梳《と》かしていない灰色の髪と、口のあたりが煙草のやにで染まった薄汚れた顎ひげをして、パイプ煙草のにおいとともに、よろよろと部屋に入ってきた。彼は棺にゆっくりと近づくと、両手で青い綿のハンカチをくしゃくしゃにしながらたたずみ、妻のあまりの悲嘆ぶりに心を痛め、当惑して、それ以外のことは何も意識できないでいるかのようだった。

「ほら、ほら、アニーや、おまえ、そんなに取り乱すでない」と、彼はおどおどしながら震え声で言い、震える手を伸ばして彼女の肘をぎこちなくなでた。彼女は泣き声をあげながらむきを変えると、彼の肩に乱暴に身をあずけたので、彼はわずかによろめいた。彼は棺のほうに目をやることもなく、ぼんやりとおびえて訴えるような表情で彼女を見つめつづけ、それはまるでスパニエル犬が飼い主の鞭を見ているかのようだった。彼のこけた頰はゆっくりと赤らみ、惨めな羞恥心で火照った。妻が部屋から走りでていくと、娘が唇をきっと結んで後を大股で追いかけていった。召使は棺に静かに近づき、つかの間その上にかがみこむと台所にそっと姿を消し、スティーヴンズと弁護士と父親だけが残された。老人は震えながら立ち、亡くなった息子の顔を見下ろした。その彫刻家の見事な頭部は、厳しい不動の中にあって、生きているとき以上にさらに高貴に見えた。黒髪は広い額にゆったりとかかり、顔は妙に長く見えたが、死者の顔によく浮かぶ美しさと静かな安らぎはそこにはなかった。眉は寄せられ、鉤鼻《かぎばな》の上には二本の深い皺が刻まれ、顎はあざ笑うように前に突き出していた。生の緊張が過酷で苦痛に満ちたものだったために、死がその緊張をゆるめ、表情を真に穏やかなものにすることができないかのようであり、あたかも彼が依然として何か貴重で神聖なものを守りつづけ、今でもそれらが彼から力ずくでもぎ取られようとしているかのようでさえあった。

老人の唇はやにで汚れた顎ひげの下で動きつづけた。彼はおずおずと敬意を込めて弁護士のほうをむいた。「フェルプスたちが、ハーヴの通夜をしに戻ってきてくれるんだね?」と彼は尋ねた。「ありがとうなあ、ジム、ありがとうなあ」彼は息子の額から髪を優しくかき上げた。「ジム、こいつは良い子だったよ。いつも良い子だった。子どものときは誰よりも優しくて、誰よりも思いやりがあった――ただ、わしらは誰も、こいつを理解してやれんかったんだ」涙が彼の顎ひげをゆっくりと伝い、彫刻家の外套に落ちた。

「マーティン、マーティンったら。ああ、マーティン! こっちに来てちょうだい」と、妻が階段の上から泣き叫んだ。老人はおびえたようにびくっとした。「ああ、アニーや、今、行くからな」彼はむきを変え、躊躇し、一瞬どうしてよいかわからず惨めに立ちつくし、それからまた手を伸ばすと、死んだ男の髪を優しくなで、よろよろと部屋を出ていった。

「かわいそうな老人だ、もう涙は残っていないと思っていたんだが。ずっと昔に、彼の目は干からびてしまっていたはずなのに。あの年齢では、何事もそれほど深く胸にこたえることはないものなのに」と弁護士が言った。

彼の口調の何かに反応して、スティーヴンズは目を上げた。母親が部屋にいたときには、この若者には他の人物がほとんど目に入らなかったのだが、今、ジム・レアードの赤らんだ顔と充血した目に気づいた瞬間、これまで見つけられずに絶望していたもの——ここでさえも誰かの心の中に存在していなければならない、あの感情、あの理解——をついに見つけたことがわかった。

その男の顔は顎ひげ同様に赤らんでいて、不摂生のためにむくんで輪郭がぼやけていたが、熱烈で燃えるような青い目をしていた。顔は緊張しており——努力して自分をコントロールしている男の顔だった——激しい後悔の念のようなものを込めて、自分の顎ひげを引っ張っていた。スティーヴンズは窓辺に座り、その男がまぶしい吊りランプの明かりを弱め、チリチリ鳴るそのガラス飾りを怒りに満ちた仕草で静かにさせてから、両手を後ろに組んで立ち、彫刻家《マスター》の顔を見下ろすようすを眺めていた。陶器の器ともいうべきこの彫刻家と、こんなに汚れた陶土のかたまりともいうべきこの男とのあいだに、いったいいかなる結びつきが存在しうるのかと、スティーヴンズは不思議に思わずにいられなかった。

台所からは騒々しい声が聞こえていて、ダイニングルームのドアが開くと、その意味が明らかになった。あの母親が、通夜の客に出すチキンサラダのドレッシングを作り忘れたという理由で、召使を罵《ののし》っていた。スティーヴンズはこういう叱り方はこれまでまったく耳にしたことがなかった。それは怒りにまかせた感情的で派手な罵倒で、並はずれた残酷さにおいて独特でまた完璧であり、二十分前の彼女の悲しみと同様に激しく、抑制のきかないものだった。弁護士が嫌悪の身震いをしながら、ダイニングルームに入っていき、台所に通じるドアを閉めた。

「今度はかわいそうなロキシーがやり玉にあがってる」と、彼は戻ってくると言った。「メリック家ではもう何年も前に、救貧院からあの女を引き取ったんだ。もし忠誠心が許しさえすれば、あの哀れな女はきみの血を凍らせるような話をしてくれるだろうよ。ほら、少し前に目にエプロンを押しあてて、ここに立っていた混血女だよ。ここの婆さんときたら狂乱そのものだ。これみよがしの敬虔さや巧妙な残酷さにかけては、彼女にかなう人はいないね。ハーヴェイが家にいたときには、彼女のせいであいつの人生は地獄だったし、あいつはそのことを心底恥じていた。あいつがどうやってあんなに魅力的な人間でいられたのか、わしにはちっともわからなかった」

「あの方は素晴らしかったです」と、スティーヴンズはゆっくりと言った。「素晴らしかった、ですが今晩になるまで、どんなふうに素晴らしかったかということを、僕は認識していませんでした」

「とにかく、ほんとうに永遠の驚異なのさ。それが、こんな掃き溜めのようなところからでも生まれるということが」と、弁護士は手で周囲を示す仕草をしながら叫んだが、その仕草には彼らを取り囲む四枚の壁のさらにずっとむこうまでが含まれているようだった。

「ちょっと空気を入れ替えられるかやってみます。部屋の空気が淀んでいて、気分が悪くなってきました」と言って、スティーヴンズは窓のひとつと格闘した。だが窓枠はくっついていっこうに開く気配もなく、彼はあきらめて腰を下ろし、襟元をゆるめはじめた。弁護士がやってきて、赤い拳骨で窓枠を一撃してゆらし、窓を数インチ上げてくれた。スティーヴンズは彼に感謝したが、この三十分ほど喉にこみ上げてきていた吐き気のせいで、彼には今たったひとつの欲求しかなかった——ハーヴェイ・メリックの形見の品をかき集めて、この場所から逃げ出さねばならない、という切迫した思いだった。ああ、師《マスター》の唇に何度となく浮かぶのを見たあの微笑みの無言の苦々しさが、今ならよく理解できる！

かつてメリックが故郷を訪問して戻ってきたとき、不思議に訴えかけるような含意に富む浅浮き彫り《バスレリーフ》を持ち帰ったことがあった。それは痩せ衰えた老婆が座った姿勢で膝の上に留めた何かを縫っていて、その脇では、サスペンダーを片方だけつけたズボンをはき、ふっくらした唇の血色のよいわんぱく小僧が、捕まえた蝶を見てもらおうと、女の衣服をもどかしげに引っ張っている彫刻だった。痩せて疲れた顔の表現がもつ優しさと繊細さに感動したスティーヴンズは、それは先生のお母さまですか、と尋ねたのだった。彫刻家の顔を染めた鈍い紅潮の色を、彼は覚えていた。

弁護士は棺の脇の揺り椅子に座っていて、頭は後ろにのけぞり、目は閉じられていた。スティーヴンズは真剣に彼を見やり、顎の輪郭に気づくと、そんなに優れた容貌をなぜ醜い顎ひげのかたまりの下に隠さなければならないのか、不思議に思った。あたかもその若い彫刻家の鋭い視線を感じとったかのように、弁護士は突然目を開けた。

「あいつはいつも牡蠣《かき》のように無口だったかい？」と、彼は出しぬけに尋ねた。「あいつはひどく恥ずかしがり屋の子どもだったんだ」

「はい。あの方は、あなたの言い方を借りれば、牡蠣のようでした」と、スティーヴンズは答えた。「たいそう人を好きになることもありましたが、いつもどこか距離をおいている印象がありました。激しい感情はお嫌いでしたし、内省的で、ご自分にもどこか自信が持てないようでした——もちろん、ご自分の作品に関してだけは別でしたけど。その点に関しては、あの方の判断はまちがいがありませんでした。男たちについてはかなり強く、女たちについてはさらにいっそう不信感を抱いていましたが、それでもなぜか、人を悪く思うこともありませんでした。実際、あの方は最善を信じるようにしていましたが、それを実地に試すことを怖がっているような感じでした」

「やけどをした犬は火に恐れをなす、ってね」と、弁護士はつっけんどんに言い、目を閉じた。

スティーヴンズはさらに空想をつづけ、惨めな少年時代全体を再構成していった。この粗野で強烈な醜さのすべてが、考えうる限界を超えて洗練された趣味の持ち主だったあの男の一部だったのだ――その男の心は、まさに美しい光景の無尽蔵のギャラリーであり、あまりの繊細さに、ポプラの葉のちらちらする影さえもが、その日なたの壁に彫り込まれ、永久にそこに留まることになるのだった。確かに、もし魔法の言葉を指先で操る人がいるとすれば、それはメリックだった。彼は手に触れるものすべてに、そのもっとも神聖な秘密を露わにさせ、悪夢から解き放ち、本来の魅力を取り戻させた。それはまるでアラビアの王子が、魔女と魔力を競いながら闘っているかのようだった。なんであろうと接触することになったものに対して、彼はその経験の美しい記録を残した――それはこの世ならぬ署名のようなものであり、彼ならではの匂い、音色、色彩だった。

スティーヴンズは今や師《マスター》の人生の真の悲劇を理解した。それは多くの人が想像したような、恋愛やワインではなく、幼い頃に降りかかってそれらのものよりも深く身に刻まれた打撃であり――彼自身の恥辱というわけではないが、それでも彼のものとしか呼びえない恥辱であり、ほんの少年時代から心中深くに隠されてきたものだった。しかも外では、辺境《フロンティア》の闘いが待っていた。新しさや醜さや下劣さという不毛の地に生きる運命となった少年の憧れは、洗練された古き良きもの、伝統ある高貴なものをひたすら求めたのだった。

十一時になると、あの黒いクレープ地の喪服を着た背の高い痩せた女が入ってきて、通夜の人たちが到着し始めていることを伝え、彼らに「ダイニングルームに足をお運びください」と頼んだ。スティーヴンズが立ち上がると、弁護士がそっけなく言った。「行きたまえ——きみにはきっと良い経験になるだろうよ。わしのほうは、今晩はあの連中には耐えられない、もう二十年もいっしょなんだからね」

後ろでドアを閉めながらスティーヴンズが振り返ってみると、薄明かりの中、弁護士は棺のかたわらに座ってじっと顎を手にのせていた。

貨物用車両のドアの前に立っていたのと同じ謎めいた一団が、ダイニングルームにどやどやと入ってきた。石油ランプの明かりのもと、彼らはひとりひとり独立した人間に見えてきた。牧師は白髪で、顎にブロンドのひげを生やし、顔色が悪く弱々しかったが、小さなサイドテーブルの脇の椅子に腰をおろすと、持ってきた聖書をその上に置いた。北軍軍人会の男は、ストーブの後ろに座ると、くつろいで壁側に椅子を傾け、爪楊枝を探してベストのポケットをまさぐっていた。フェルプスとエルダーのふたりの銀行家は、食卓のむこうの隅に離れて座り、高利貸し業についての新しい法律と、それが動産担保ローンに与える影響についての話に決着をつけようとしていた。不動産業者は、偽善的な笑みを浮かべた老人だったが、まもなくふたりの話に加わった。石炭材木ディーラーと牛の出荷業者のふたりは、無煙炭ストーブの両側に陣取り、脚をそれぞれニッケル細工の囲いの上に置いていた。スティーヴンズはポケットから本を取り出して読み始めた。彼のまわりで交わされる話が地元のさまざまな関心事に及ぶあいだ、家のほかの物音は静まり返っていった。家人たちが寝入っていることが明らかになると、北軍軍人会の男が両肩をぐいっと上げて長い脚をほどき、踵《かかと》を椅子の横木に引っかけた。

「フェルプス、遺言状があると思うんだが?」と、彼はか細い裏声で尋ねた。

銀行家は不快そうに笑い、柄に真珠のついたポケットナイフで爪を整え始めた。

「必要があるとは思えないだろう?」と、今度は彼が尋ねた。

落ち着きのない北軍軍人会の男はまた姿勢を変え、両膝をさらに顎に近づけた。「なんていうか、ハーヴは最近かなりうまくやっていると、親父さんが言ってたもんでな」と、彼は甲高い声で言った。

もうひとりの銀行家が口をはさんだ。「親父さんが言おうとしていたのは、ハーヴが教育を受けるために、もっと牧場を担保に入れてくれと、最近は頼んでこなくなった、ということだと思うな」

「俺の記憶じゃ、ハーヴが教育を受けてなかった時代まで遡るなんてことはできないな」と、北軍軍人会の男がくすくす笑いながら言った。

みんなが含み笑いをした。牧師はハンカチを取り出し、仰々しく鼻をかんだ。銀行家のフェルプスがパチッとナイフを閉じた。「親父さんの息子たちがもっと出世しなかったのは、本当におあいにくさまだな」と、彼は思慮深げに威厳をもって述べた。「彼らは、たがいに助けあうということがなかった。親父さんは一ダースの牧場で牛を飼うほどの金をハーヴにつぎ込んだが、サンド川《クリーク》に流しちまったほうがましだっただろうさ。もしハーヴが実家に残って、わずかながらの財産の管理を手伝い、親父さんの低地の牧場で家畜に精を出していたら、家族全員うまくいっていただろうにな。だが、親父さんは小作人たちにすべてを委ねるはめになって、次から次へと騙されたというわけだ」

「ハーヴには家畜を扱うことなど、できなかっただろうよ」と、牧畜業者が口をはさんだ。「あいつには抜け目のなさが欠けていた。サンダーのラバどもを八歳と思い込んで買ったときのことを覚えてるかい？　そのラバどもが、十八年前にサンダーの義理の親父さんが娘に結婚祝いとして贈ったものだったことは、町民なら誰でも知ってたし、それにその時分にはそいつらは、どう見てもすっかり成長しきってたというのにさ」

みんながくすくす笑い、北軍軍人会の男は子どものように大喜びして両膝を擦った。

「ハーヴは実際的なことにかけちゃ、大したことができないやつだったな。それに仕事はちっともしようとしなかった」と、石炭材木ディーラーが始めた。「最後に帰省したときのことを覚えてるが、やつがここを発つ日のこと、親父さんは納屋で、ハーヴを駅まで送ろうと使用人が馬をつなぐのを手伝っていて、キャル・ムーツは柵の修繕をしてたんだが、ハーヴは戸口の階段のところまで出てくると、貴婦人《レディ》が出すみたいなあの声で、歌を歌うみたいに叫んだんだよ――『キャル・ムーツ、キャル・ムーツ！　こっちへ来て、トランクに紐をかけておくれよ』ってね」

「ハーヴはいかにもそういうやつさ」と、北軍軍人会の男が上機嫌で相槌を打った。「長ズボンをはくほど大きくなった頃、やつが泣き叫んでいたのが今でも聞こえてくるよ。お袋さんが納屋で生皮でやつを鞭うってたんだ。牧草地から牛を連れ帰るときに、トウモロコシ畑で動けなくなる目にあわせたと言ってね。一度など、俺の牛をそんなふうに殺しちまったこともあった――純粋なジャージー牛で、俺が持ってた最高の乳牛をね、それで親父さんはそのジャージー牛を弁償するはめになった。そいつが逃げてくあいだ、ハーヴときたら、太陽が沼地に沈んでくのをじっと眺めていたんだ。日没が並はずれて美しかったというのが、やつの言いぶんだったね」

「親父さんのまちがいは、やつを東部の学校にやったことだな」と、フェルプスは山羊ひげをなで、慎重に判断を下すような調子で言った。「あそこでやつは、パリをほっつき歩くといった馬鹿げたことで頭を一杯にしちまったんだ。よりにもよってハーヴに必要だったことは、カンザス・シティの一流のビジネスカレッジで授業を受けることだったのにさ」

本の文字がスティーヴンズの目の前でぐるぐる回った。この人たちが理解していないということがありうるだろうか？　棺の上の棕櫚の葉が彼らになんの意味も持たなかったということが？　彼らの町の名前そのものが、ハーヴェイ・メリックの名前とのつながりで時おり言及されることがなかったならば、郵便総覧に永久に埋もれたままになっていたことだろうに。最期の日に、両方の肺が鬱血してもはや回復の見込みがなくなったとき、師《マスター》が自分に告げたことを、彼は思い出していた。彫刻家は自分の遺体を故郷に運んで欲しいと弟子に頼んだのだった。「世の中が動き、活動し、改革されていく時代には、あそこは横たわるのに心地よい場所とは言えないが」と、かすかな笑みを浮かべながら彼は言った。「だが、僕たちは結局は出てきた場所に戻っていくべきなんだろうな。町の人たちは僕を見るためにやってくるだろうが、彼らが言いたいことを言ってしまえば、神の審判もそれほど恐れることはなくなるだろうさ。あそこにある勝利の女神の翼は」と、彼は自分のアトリエのほうを弱々しく指しながら、「僕を守ってくれはしないだろうからね」と言ったのだった。

牧畜業者がフェルプスの講評を引き継いだ。「四十歳の死は、メリック家の者にしては早すぎるな。この家の人たちはたいていかなり長生きなのに。彼の場合、おそらくウィスキーが死期を早めたんだろう」

「彼の母方の親戚は寿命が長いわけでもなかったし、ハーヴェイは体が頑丈なほうではなかったからね」と、牧師が穏やかに言った。もっと何か言いたかったことだろう。牧師は彼の少年時代の日曜学校の先生でもあったし、彼のことを可愛がってもいたのだが、自分は今話す立場にないと感じていた。牧師自身の息子たちはみな出来が悪く、息子のひとりがブラック・ヒルズの賭博場で撃たれ、急行貨物用車両で最後の里帰りをはたしてから一年もたっていなかったからだ。

「それにしても、聖書の言葉どおり、『ワインが赤いとき』――どんな色のときにもだが――ハーヴがしょっちゅうワインを見てたってことはまちがいないし、それが原因でまったく馬鹿をみたもんだ」と、牧畜業者は教訓めいたことを言った。

そのとき、居間との境のドアが大きな音できしみ、みな思わず居ずまいを正したが、入ってきたのがジム・レアードだけだったので安堵した。彼の赤らんだ顔は怒りに震えており、その充血した青い目の火花を見ると、北軍軍人会の男は首をすくめた。彼らはみなジムを怖がっていた。彼は大酒飲みではあったが、カンザス州西部一帯で他の誰にも真似できないようなやり方で、依頼人の望みに合うように法律を曲げることができた——実際、多くの者が同じことをやろうとして失敗していた。弁護士は後ろ手でそっとドアを閉めると、それに寄りかかり、両腕を組んで頭を片側に少しだけかしげた。彼が法廷でこの姿勢を取ると、たいてい相手をひるませる皮肉の洪水が始まる前触れだったので、人びとは聞き耳を立てるのだった。

「わしはきみら紳士諸君と前にも同席したことがある」と、彼は淡々と平板な声で始めた。「この町で生まれ育った少年たちの棺の脇で、きみらが通夜をしていたときにね。そしてわしの記憶が正しければ、きみらはその少年たちのことをあれこれ吟味することにかけては、いささかも満足するということがなかったね。いったい全体、どういうことなんだ？　サンド・シティには、立派な若者がまるで百万長者のように珍しいのはなぜなんだ？　きみらの進歩的な町には、どうしたわけか何か問題があるように、よそから来た人にはきっと見えてしまうだろうよ。ルーベン・セイヤー、きみらが育てあげたあのとびきり優秀な若い弁護士が、大学からまっすぐ戻ってきたと思ったら、酒を飲み始め、小切手を偽造して、拳銃自殺しちまったのはなぜか？　ビル・メリットの息子が、オマハの酒場でアル中で体の震えが止まらずに死んだのはなぜか？　ここにいるミスター・トーマスの息子が賭博場で撃たれて死んだのはなぜか？　アダムズ青年が保険金欲しさに工場に放火して、刑務所に行くことになったのはなぜなのか？」

弁護士は言葉を切り、両腕をほどくと、握りしめた拳をテーブルに静かに置いた。「なぜだか、きみらに教えてやろう。彼らが半ズボンをはいていた頃から、きみらが彼らの耳に、金と不正なやり方だけを、叩き込んできたからだ。わしらの爺さんたちが、ジョージ・ワシントン大統領やジョン・アダムズ大統領を引き合いに出したように、きみらは彼らの手本として、ここにいるフェルプスやエルダーを引き合いに出しては、彼らのあら捜しをしてきたためだ、ちょうど今晩ここであら捜しをしているようにな。だがあいにく、あの少年たちは若く、きみらがやらせたがった仕事をするには不慣れだった。それに、いったいどうやって彼らがフェルプスやエルダーといったペテン師《アーティスト》と、金儲けで競争できるというんだ？ きみらはあの子たちに成功したならず者になって欲しかったんだ。ところがあの子たちは不出来なならず者になった――まさに雲泥の差さ。悪党根性と文明とのこの境界領域で育った少年で、破滅しなかった者がひとりだけいたのに、きみらときたら、負け組になった残りの少年たちを嫌う以上に、勝ち抜いたという理由でハーヴェイ・メリックをいっそう嫌う始末だ。ああ、なんと、きみらが彼を忌み嫌ったことか！ たとえばここにいるフェルプスは、その気になりさえすればいつでも、わしらを丸ごと買収したり売却したりできると豪語するが、やつの銀行だのやつが所有するすべての牧場一切合財だのに対して、ハーヴがまるきり無関心だってことを、ちゃんとご存じなのさ。そしてそんなふうに自分に敬意を払ってもらえなかったことが、フェルプスにはいたく心外だってわけだ。

そこにいるニムロッド爺さんは、ハーヴが大酒飲みだったと思っているが、ニムロッドやわしのような大酒飲みの口からそんな言葉が出るとは、いやはや！

エルダー先輩によれば、ハーヴが親父さんの金を自由に使いすぎた、と――たぶん、子としての孝行が足りなかったということだ。だけど、エルダー先輩が郡の裁判所で、まったく同じ口調で自分自身の父親を嘘つきだと罵っていたのを、わしらはみんな覚えているね。そしてわしらがみんな知っているのは、エルダーの親父さんが息子との共同経営を解消したとき、毛を刈られた子羊のようにすっからかんだった、ということだ。だが、少々個人攻撃になりかけているかもしれないから、言いたいと思っていることを、さっさと言ってしまうことにするよ」

弁護士は一瞬言葉を切り、どっしりとした肩を怒らせてつづけた。「ハーヴェイ・メリックとわしは東部でいっしょに学校に通った。わしらはまったく真剣そのもので、いつかきみらの誇りになりたいと思っていた。偉大な人になろうと心に決めていたんだ。わしでさえもだ、笑ってくれてかまわないが、紳士諸君、わしは偉大な人になろうと心に決めていたんだ。開業するためにここに戻ってきて気づいたのは、わしが偉大な人になるのを、きみらがこれっぽちも望んでいないということだった。きみらはわしがずる賢い弁護士になることを望んでいたんだ――ああ、そうだとも！　ここにいる在郷軍人さんは、消化不良を理由に年金を増やしてもらいたがった。フェルプスは郡の土地測量がやり直されるときに、ウィルソンの後家さんのちっぽけな低地農場が、自分の土地の南の境界線内に入るようにして欲しがった。エルダーは月五パーセントで金を貸して、金利を回収したがった。ここにいるスターク爺さんは、ヴァーモント州の老婆たちを口車に乗せて、その契約が書かれた紙きれほどの価値もない不動産のローンを組むために、彼女たちの年金を投資させたがった。ああ、きみらはわしを思いっきり必要としたし、これからも必要としつづけるだろうさ。そしてだからこそ、わしは今度ばかりは、恐れもせずにきみらに真実を叩き込もうとしているのだ。

さて、わしはここに戻ってきて、きみらが望むとおりのくそったれインチキ弁護士になった。きみらはわしに敬意なるものを持っているふりをしている。それでいて、立ち上がってハーヴェイ・メリックの顔に泥を塗ろうとする。きみらには魂を汚したり、両手を縛ったりすることができなかったあのハーヴェイの顔にね。ああ、きみらはなんて人を見る目のある立派な連中なんだ！　東部のどこかの新聞に載ったハーヴェイの名前を見ては、わしはよく鞭うたれた犬のように頭を垂れたものだ。そしてまた、わしはよく彼が、この豚が転げまわる泥地から離れて、はるか遠くの活躍の場に身をおいて傑作に取り組み、自らに課した爽快な昇り階段をのぼっているのだと考えては、喜んだものだった。

そしてわしらは、というと？　過酷で活気の失せた西部の小さな町で、失意のうちに足掻《あが》く者たちしか知らないようなやり方で闘い、嘘をつき、汗をかき、盗み、嫌悪したあとで、わしらはそれに見合う何を手に入れただろうか？　きみらが持っているものすべてを合わせて提供したとしても、ハーヴェイ・メリックはきみらの沼地に映える夕焼けのほうを選んだだろうし、きみらもそのことはわかっているんだ。憎しみと冷酷さが巣くうこの場所から、なぜそもそも彼のような天才が召し出されたのか、それは神の計り知れない叡智によるもので、わしの関知するところではない。ただ、このボストンから来た青年にわかってもらいたいのは、彼が今夜ここで聞かされているたわごとは、ここに臨席したサンド・シティの資本家たちのように、病んで道をはずし、やけどを負った犬畜生、土地貧乏の欲張りな連中から、真に偉大な男が得ることができる唯一の讃辞だったということだよ。サンド・シティを神よ憐れみたまえ、だ！」
弁護士は脇を通りすがりにスティーヴンズのほうに手を差し出し、玄関ホールで外套をひったくると家を出ていった。それからようやく、北軍軍人会の男がすくめた頭を上げ、長い首を曲げて仲間たちのほうを見回した。

翌日、ジム・レアードは飲みすぎで、葬儀に参列することができなかった。スティーヴンズは彼の事務所を二度訪ねたが、彼に会えないまま東部に出発しなければならなかった。もう一度話が聞けそうな予感があったので、弁護士の机の上に自分の住所を残してきた。だが、もしレアードがそれに気づいたとしても、彼からの連絡はなかった。ハーヴェイ・メリックが愛した彼の中の何かは、ハーヴェイ・メリックの棺といっしょに地下に葬られてしまったのだろう。なぜなら、その何かは二度とふたたび言葉を発することはなく、ジムはコロラド山脈を移動している途中で引いた風邪が原因で亡くなってしまったのだった。国有林を伐採して困った状態に追い込まれていたフェルプスの息子のひとりを弁護するためにむかっている途中で引いた風邪だった。

訳注

*1――ジョン・ロジャーズ（一八二九―一九〇四）はアメリカの彫刻家で、石膏製の彼の群像彫刻は大量生産され、廉価で人気があった。ここに取り上げられているのは、一八八五年の作品「自分の気持ちを話してごらんなさいな、ジョン」で、ヘンリー・ワズワース・ロングフェローの詩「マイルズ・スタ

ンディッシュの求婚」（一八五八）の一場面を描いたもの。ジョン・オールデンとプリシラは、いずれもプリマス植民地の実在の人物でもあった。

アルバート・ノッブスの人生

Albert Nobbs

ジョージ・ムア／磯部哲也　山田久美子　訳

一

アレック[*1]に「エデンの園[*2]」の物語を語った数日後、私は、彼が古い製粉所の壁の下のところにいるのを見かけた。彼は川を渡るのに安全な場所を探していた。川は水かさがそれほど増していないので、飛び石伝いに渡ることができるのにと私はつぶやいた。彼が新しい物語を私に語ってくれるために、わざわざ来てくれたと考えるだけで、私の胸は高鳴った。彼が高い土手に上ると同時に、今度語ってくれるのは長い物語なのか？　と私は尋ねた。彼の困惑した表情で、その答えはわかった。彼は、物語を語るために来たのではなかった。私が週末にウェストポート〔メイヨー州にある町〕から出て行くことを町で聞きつけて、別れのあいさつをするために来てくれたのだった。

今、お邪魔してもよろしいですか、ムア先生。また新しい物語を考えているところでしょう。物語をうまく考えるのに、音を立てて流れる川のほとりほどふさわしい場所はないとムア先生はおっしゃいましたが、なぜそう思うのですか？　物語は川の泡立ちや渦に負けないくらいのはやさで生まれてくるからですか？　とアレックは尋ねた。そのとおりだ、アレック。私は、ときどき、川のほとりで物語の創作をするのだよ。君が物語を語るために来たのではないというのは残念なことだな。物語を語る準備をしていないというのは本当かね？　ええ、先生、用意していません。実は、その逆で、先生にもうひとつ物語を聞かせてもらえないかって思いながらやって来たのです。先生から物語をお聞きしたい。出版社の人が、ポケットに札束を入れて探し回っているようなすごい物語をお願いしたいのです。出来立てほやほやの物語を、って思ってるんです。アレック、君は私のことを、注ぎ口を付けたら、すぐに中身がどくどくと流れ出るような樽だと思ってやしないかい？　吟遊詩人[*3]はみんなそのようなものです、とアレックは答えた。田舎の人たちは、暖炉にくべた泥炭が燃え尽きるまで、物語をねだり続けるものでしょう？　神も妖精も出てこない、悪魔や蛇や神父さえ出てこない真実の物語をかい、アレック。イギリスの物語か、アイルランドの物語か、アレック、どちらが聞きたいかね？　国にこだわりたくはないのですが、イギリスの物語よりもアイルランドの物語を聞くほうがくつろげます、とアレックが答えた。そうだね。君のようなアイルランド人は、アイルランドの物語を語るのに、それほどの努力はいらないだろう。というのも、君たちの頭の中には、伝承されている物語がたくさんあるにちがいないからな。先生は、長年この地を離れていましたね。ああ、そのとおりだ、と私は答えた。あまりにも長かったので、君のようなコナハト地方[*4]の吟遊詩人に私がアイルランドの物語を語るというのは気が引けるよ。コナハト地方から外に出たことがないのかね？　その中心のメイヨー州から私のように外に出たことはないのか？　と彼に尋ねた。私がアイルランドの物語を語るということは、ウエストポートの雄鶏に対抗する、バリンローブ〔メイヨー州にある町〕の雄鶏のようだね。アイルランドの物語を考え出すことは難しいかもしれない、ただ……。ただ、何ですか、先生？　ただ、古い記憶を呼び起こしてもいいのならできると思う。古い記憶を呼び起こすことで、最良の物語は音を立ててあふれ出てくるものです、と彼は言った。アレック、今、頭に浮かんできたよ。これから語る物語がアイルランド的というのは、すべての出来事がモリソンズ・ホテルで起こるというだけの理由だがね。先生が宿泊に使っていたホテルは、パーネルじゃなかったですか？　とアレックは口をはさんだ。確かにそうだ、と私は言った。その物語はずっと頭の中で考えていたものだ。だが語るときに舌がもつれないという自信はまったくない。アレック、このことを心に留めておいてくれ、今日初めてこの物語を語るということを。物語は口の中で熟成する、と言ったのは君自身だったな。確かに、そうです。舌こそは、物語の見栄えがするようにしてくれるものです。三回目か四回目に語るときには、舌がピンク色になるように、物語もよくなります。そのあとは、秋の収穫祭のクロイチゴが口の中で味わい深くなるのと同じように、物語も味わい深くなるのです。

二

ねえ、アレック、一八六〇年代に、私たち一家は、ダブリンに上京するといつも、ドーソン・ストリート[*5]の角にある家族向きの大きなモリソンズ・ホテルに宿泊していたのだよ。そして、そこは、アイルランド中の紳士が贔屓《ひいき》にしていたホテルだった。その紳士たちの宿泊代は、かなりの額になったものだった。私の父は、たびたびではなかったけれども余裕があるときに、六か月分まとめて宿泊代を支払うようにしていた。というのは、厩舎の維持でお金が必要になったり、次々と選挙に出たりしたので、所有するムア・ホール[*6]の資金繰りがうまくいっていなかったからだ。今ふり返ると、ムア・ホールと同様にモリソンズ・ホテルがはっきりと目に浮かぶよ。六段の石段を上って建物の正面に着く。そして、正面玄関を開けると短い廊下があった。実に暗い入口であった。薄暗がりの向こうに喫茶室のガラスのドアが見えた。そして、宿泊客の目の前には、三階の部屋の廊下に上って行く大階段があった。大階段はそれほど高くなかったと思う。階段のてっぺんは少し弧を描いていたように思えた。それは、確かにまちがいない。階段の手すりによじ上らないようにと、私はいつもうるさく言われていた。よじ上ってみたかったが、調子に乗って一階の床まで一直線に落ちるといけないので、いつも怖くてまたがることができないでいた。階段を上ったところからつながる長い廊下が建物の奥深くまで続いていて、迷子になるのが怖くて進んで行く勇気がなかった。廊下の端に小さな階段があったように思う。その階段はどこにつながっているのだろうかと不思議に思っていた。モリソンズ・ホテルは、とても大きな建物だった。いろいろな方向に通じる廊下があり、人目につかないすべての隅に階段があり、宿泊客は部屋に入るのにその階段を上らなければならなかった。三階も四階も同じだった。しかし、三階より上は、気にしないでいられた。というのは、私たちは、いつも、カレッジ・グリーン〔トリニティ・カレッジの正門から西に延びる通り〕を見下ろす三階の大きな居間にいたからである。私は、そのホテルの廊下をよく覚えているが、廊下よりも対になった窓やレースのカーテンや横畝織〔畑の畝のように、横方向に高低をつけた織物のこと〕のカーテンのほうが記憶に残っている。さらに、その窓よりも記憶に残っているのが、窓ガラス越しに石炭の荷車が通りすぎるのを興味深く見つめている自分自身の姿だった。通りをジャンジャンと音を鳴らす馬のはみに付けられたベルと、馬車のながえの上に足をだらりとさげて座り、注文があるかどうかを確認しようと窓を見上げている石炭運搬人が記憶に残っている。りっぱな馬が石炭の荷車につながれていて、私たちの馬車と同じぐらい威勢よく動いていた。私は、ただ過去をふり返る楽しみのためだけに、このような話をしているのだよ。今、鮮明に向こうの山を見ることができるが、私は、それに負けずに鮮明に居間や自分自身の姿を頭に描くことができる。そして、アレック、今、私が君を見ているほどはっきりではないけれど、私たちに仕えていたウェイターの姿も思い浮かべることができる。でも、もし君が私の話を本当に信じてくれるなら、私は、彼のことを今のほうがよく理解しているといえる。私は、部屋の窓から外を見て、石炭運搬人の生活を夢想していた。そのウェイターが私の背後に来たときに、私は恐怖を感じて、夢想からわれに返ったことを今でも思い出す。そのとき、彼が何を言ったか忘れてしまったけれど、彼の甲高い声は耳に残っている。彼は、いつも、黄色の長い歯を見せ、私に笑いかけているようだった。私は、居間のドアを開けるのが怖かった。いつも彼が右肩にタオルをかけて、踊り場で待っていたからである。彼が私を抱えて、私にキスをしてくるのが怖かったのだと思う。私の話のすべては、そのウェイターにまつわるものなので、たぶん、もっと詳しく彼のことを説明しておいたほうがよいだろう。彼は、背が高く、やせこけた男で、大きな尻が出ていて、首は長く細かった。非常に高い鼻、淡いブルーの、とても小さく、奥深く、憂鬱な目にはぞっとしたが、何よりもまして怖かったのが、彼の首だった。彼は年をとっているわけではないだろうけれど、年齢不詳という感じだった。子どもにとって、大人はみんな年寄りに思えたからである。彼は、私が読んだおとぎ話に出て来るどの醜い男よりも醜い男だった。私は、居間にひとりにしないでと父と母によく懇願したと思う。もちろん、もうひと部屋借りてくれるように何度も頼んだ。しかし、聞き入れてもらえなかった。というのは、父と母は、このウェイターのアルバート・ノッブスを気に入っていたからだった。宿泊客も気に入っていたし、当然、ホテルの女主人も気に入っていた。彼が、ホテルの中でもっとも信頼できる使用人だったからである。彼は、パブをはしごすることはなく、ウィスキーやタバコの臭いをつけて帰って来ることもなかった。またポケットに臭いの強いパイプを入れていることもなかった。とりわけ、メイドといちゃつくことはなかった。アルバートが彼女たちの誰かと出かけるのを見たといううわさを誰も聞いたことがなかった。アルバートは、メイドたちにとって、いっしょにいるところを見られたくないおかしな《クィア》化け物のようなものだった。しかし、それでも、彼がメイドをひとりも誘わないことは、彼女たちには奇妙に思えた。仕事以外に楽しみを持たずに生きている男を理解するのは難しいことだとポーターが言ったのを聞いたことがある。アルバートは、一度も休暇がほしいと言ったことがなかった。ホテルの女主人であるベイカー夫人が一週間海に行くことを勧めたときも、彼は断る口実を何とか見つけ出そうとしていた。彼は、ブレイク様、ジョイス様、そしてラトリッジ様が上京して来るのは本当ですかと尋ね、この方たちは私の馴染みのお客様ですし、私もお客様方に親しみを感じているので、ホテルを離れたくありませんと言った。睡眠時間を削って、生活のあらゆる時間をホテルの客のいるところで過ごしていたが、彼の生活は、奇妙で神秘的でもあった。彼はぐっすり眠れるタイプではなく、睡眠時間も長くはなかった。朝起きてから夜眠るまで、階段を駆け上がったり下りたりした。まるでひとつの注文が彼にとって、半クラウン[*7]のチップをもらうのと同等の価値があるかのように、いつも上機嫌で注文を取り、喜んでそれに応えることによって、他人への関心がほとんどないことの埋め合わせをしていた。彼が、頼まれたことを拒否したり、頼まれたことができないための言い訳をしたりするのを、誰も聞いたことがなかった。実際、彼が喜んで職務をはたすことは、ホテルではよく知られていた。だからであろう、彼がヒューバート・ペイジとひとつのベッドで寝たくないなどと口ごもりながら次から次へと言い訳を繰り出すことは、ベイカー夫人には、まったく思いもよらないことであった。というのは、ヒューバート・ペイジにとって、その夜ベッドで寝ることは、体を伸ばす唯一の機会だとベイカー夫人が話したあと、アルバートが断るための言い訳をあれこれしゃべり始めたからだ。他のウェイターたちは全員既婚者であり、妻が待つ家に帰った。アレック、知っているだろうけれど、パンチェスタウン[*8]で競馬が開催される。その週にダブリンで宿屋を見つけることは、クローパトリック山[*9]の斜面でダイヤモンドを見つけるのと同じくらい難しいことだ。でも、先生はまだペイジが何者かを話していません、とアレックが口をはさんだ。私は一本取られたように思った。ちょうど彼のことに触れようと思っていたところだと答えた。ヒューバート・ペイジは家屋塗装工だ。ベイカー夫人は、彼をよく知っていて、彼のことはお気に入りだった。彼は毎年やって来て、モリソンズ・ホテルではいつも歓迎されていた。彼の態度は好感が持てるので、ペンキのいやな臭いも忘れるくらいだった。ヒューバート・ペイジが仕事を終えてしまうと、ホテルの男も女もみんな、寂しがった。というのは、ふらふらと怠けたような足取りで、ホーランド織[*10]のスーツに、大きなボーンボタンが付いただぶだぶの長いコートを着て廊下を行き来し、あちこちで仕事をしているこの若者のさわやかな姿は、目を引き付け、見ていて楽しいものであったからだった。もし男がベッドをシェアする人を選ぶとすれば、ヒューバート・ペイジは、大抵の男に気に入られるような若者だった。しかし、どうやら、アルバート・ノッブスにとって、彼はいっしょに寝るには耐えられない男だった。ベイカー夫人は、彼がなぜペイジを嫌っているのか理解できず、アルバートが困り果てている姿をじっと見つめて立っていた。アルバートは、ヒューバート・ペイジとベッドをシェアすることがいやだという言い訳をまだ探していた。あなたはじゅうぶんにわかっていると思うけれど、ペイジは午前の列車でベルファストに発つ予定で、ペイジが働いているホテルには空き部屋がなく、わざわざこちらまで頼みに来られたのよ、とベイカー夫人は言った。重々承知していま す、とアルバートは答えた。でも、こう思うのです……。彼は再び言葉に詰まってしまった。さあ、どう思うの？　とベイカー夫人はかなり厳しく問い詰めた。ベッドのマットがでこぼこなのです、とアルバートは答えた。マットがでこぼこですって、と女主人は声を上げた。あらあら、あなたのマットレスは六か月前に張り替えられ、ボタンも付けられ、客室のマットレスと同じくらいによくなったというのに。何を言うのかしら。そうでした、マダム、そのとおりでした、とアルバートは小さな声で言った。次の言い訳を見つけるのに、しばらく時間がかかった。自分は眠りが浅く、誰か他の人がいると全然眠れないのです。まちがいなく、まぶたを閉じることができなくなるのです。そのことが問題だと言っているのではありません。私の眠りが浅いことで、ミスター・ペイジを眠れなくさせてしまうことが問題なのです。ミスター・ペイジは、私のベッドよりも、喫茶室のソファのほうが体をしっかりと伸ばすことができるのではないかと、私は考えていたのです、ベイカー夫人。喫茶室のソファのほうが体をしっかりと伸ばすことができるのですって？　とベイカー夫人は怒ったように、オウム返しで言った。何を言っているのかわからないわ、ちっともわからないわ。彼女は対照的な二人の男をじっと見つめたまま、立っていた。ちょっとよろしいですか、マダム、自分のことで、ミスター・ノッブスに迷惑をかけたくありません、と家屋塗装工が言った。今夜は天気がいいです。早歩きすれば体が温まりますし、列車は朝早く出発します。ペイジ、そんなことをする必要はありません、と彼女は答えた。ベイカー夫人がとても怒っているのを見て、アルバートは折れるのは今しかないと考えた。ミスター・ペイジ、喜んでベッドをシェアします、と二人に対してすぐに切りだした。当然のことでしょう、とベイカー夫人は口をはさんだ。でも私は眠りが浅いのですが、と彼は付け加えた。アルバート、もう聞きあきました。もちろん、ミスター・ペイジが喜んでベッドをシェアしてくれるなら、私もうれしいです、とアルバートは続けた。もしミスター・ノッブスが私とひと晩いっしょにいるのがいやならば、私は……。もう何も言わないでください、とアルバートはささやいた。マダムを敵に回すだけです。すぐに上の階に行きましょう。気にしないでください。ついて来てください。

お休みなさい、マダム。ご迷惑を……。全然迷惑ではないですよ、ペイジ、とベイカー夫人は答えた。ミスター・ペイジ、こちらです、とアルバートは大声で言った。部屋に着くとすぐにアルバートは次のように言った。私が言ったことで、気分を害されていないといいのですが。ベイカー夫人が述べたようなことは、まったくないのですよ。あなたとごいっしょできて、とても喜んでいるのです。でも今まで、誰かがいっしょにいると、熟睡できたことがないのです。おそらく、ひと晩中寝返りを打つので、あなたが眠れなくなるでしょう。そういうことならば、出発するまで、椅子で寝てもかまいません。あなたにご迷惑はかけられません、とペイジは答えた。迷惑なんてことはありません。私のほうがご迷惑をかけることになるかもしれません。このことはじゅうぶんにお話ししましたが、私たちは、好むと好まざるとにかかわらず、いっしょに寝なければならないのです。私たちがいっしょに同じベッドで寝なかったことを、もしベイカー夫人が聞きつけたならば、すべて私の落ち度にされるでしょう。即刻ホテルから追い出されることになります。しかし、ばれるでしょうか？　とペイジは大声で言った。ある意味では、もう解決済みですので、これ以上蒸し返すことはやめましょう。

アルバートは、白いネクタイをほどきながら、静かに眠るようにします、と言った。そして、服を脱ぎ始めた。ペイジは、アルバートといっしょに寝るかどうかを決めなければならないことから解放されて、とてもうれしかった。彼はひどく疲れていたので、誰といっしょに寝ようがどうでもよくなっていた。何日も仕事場まで歩いて行き、十二時間から十三時間働いていたので、それ以外のことは考えられなかった。睡眠だけが大切なことだった。アルバートは、ペイジが服の下に着ていた長いシャツのままでベッドにもぐり込んで壁際で寝るのを見ていた。反対側で寝てほしかったとアルバートは思ったが、ペイジが急に不機嫌になってベッドから起きて来ると困るので、何も言わないことにした。しかし、繰り返しになるが、ペイジはとても疲れていたので、ベッドのどちら側で寝ようとも気にしてはいなかった。すぐに彼は熟睡した。アルバートは、立ったまま寝息を聞いていた。緩められたネクタイが垂れ下がっていた。ベッドから聞こえる寝息で、彼が熟睡していることがわかった。念には念を入れて、彼に気づかれないようにベッドに近づき、ペイジを見下ろして言った。かわいそうに。私のベッドで寝てくれてよかった。ぐっすり眠れるだろう。眠たそうだったから。事態は、望んだ以上の結果になったと考えながら、彼は服を脱ぎ始めた。

三

アルバートはすぐに深い眠りに落ちたにちがいない。というのは、急に目覚めてもすぐに事態がのみ込めなかったからだ。ノミだ！　しかも強い奴だ。横にいる家屋塗装工から出てきたにちがいない。ノミはいつも人の体にくっついてやって来るものだ、と彼はつぶやいた。彼は、昨日、ノミが人間の肌を好むと同じくらい、男はメイドの肌が好きであるとメイドたちに話したばかりだった。メイドたちが顔に困惑の表情を浮かべたことを、彼はベッドで寝返りを打ったときに思い出した。その話は真実なので、アルバートは、同じノミが自分を見つけ出すのにどうしてこんなに長い時間がかかったのか理解できなかった。ノミは私を気に入ったように、ヒューバートを気に入ったにちがいない。むだにした時間を取りもどそうとして、ほら、またノミが出てきた。そして、アルバートは足を出した。彼が起きてしまう、と彼は言った。しかし、ヒューバートは、ベッドで寝返りを打っただけで、なおもぐっすりと眠っている。彼がひどく疲れていて本当によかった、とアルバートは言った。もし疲れていなかったなら、私が飛び上がったことで、彼が起きてしまっていただろう。

　アルバートが再びノミに食われた瞬間、別のノミに食われたのか、同じノミに食われたのかはわからなかった。アルバートは別のノミにちがいないと思った。食われ方がとても激しかったからだ。ノミに食われたところを爪でかかないようにするのに苦労した。かいたら、さらにひどくなるだけだと彼は思った。静かに寝ようと努力した。しかし、苦痛は激しすぎた。起きなければいけないと思い、静かに体を起こし、聞き耳を立てた。マッチを擦るぐらいでは、彼を起こすことはないだろう。マッチ箱を置いた場所を思い出すとすぐにマッチに手を伸ばした。マッチがぱっと燃え上がり、彼はろうそくに火をつけた。そして、ベッドに寝ている男を見下ろして、しばらく立っていた。大丈夫だ、と彼は言った。それから、ノミを捕まえる仕事に取りかかった。ノミは私のシャツの裾にいる。私から吸った血でほとんど動けなくなっている。石鹼だ。血で満たされた虫に石鹼をぬりつけようとしたときに、ペイジは大あくびをして目を覚まし、向きを変えた。おや、これは、一体どういうことだ。君は女なんだ！　と彼は言った。もしアルバートが、肩をシャツで隠し、君は夢を見ているのだと答えるほどの冷静さを持っていたら、ペイジは向きを変えて、再び深い眠りに落ちたことだろう。そして、朝になれば、そのことをすべて忘れているか、夢を見ていたと思ったことだろう。しかし、アルバートは、ひとことも声に出せなかった。ついに、彼女は泣き始めた。ミスター・ペイジ、告げ口をして、哀れな男を破滅させないでくれ。お願いしますと、ひざまずいて頼んだ。立ち上がってください、お姉さん《マイ・グッド・ウーマン》とヒューバートは言った。お姉さん《マイ・グッド・ウーマン》！　とアルバートは復唱した。というのは、彼女は男として長く生きてきたのでマイ、女であることを思い出すのはときどきでしかなかったからだった。お姉さん《マイ・グッド・ウーマン》、とヒューバートは繰り返し言った。立ち上がってください。どのぐらいの期間、男を演じてきたか話してください。子どものころからです、とアルバートは答えた。ミスター・ペイジ、告げ口をしないでくれますか。哀れな女が生活していけなくなったりしないようにしてくれますか。とんでもない、告げ口をすることなど考えてもいません。ただ、どうしてこんなことになったのかを聞きたいだけです。どうやって、男として働き、生計を立ててきたかということですか。そうです。あなたのことを聞かせてください、とヒューバートは言った。私はとても眠たかったけれど、今、眠気は消えてしまった。そして、私はあなたの話を聞きたい。でも話の前に、あなたがシャツを脱いで何をしていたのかお聞きしたいのです。ノミです、とアルバートは答えた。ひどくノミに悩まされていたのです。ミスター・ペイジ、あなたが連れて来たに決まっています。朝になったら、体中斑点だらけになっているでしょう。そのことについては謝ります。でも男になって、どのぐらい経つのか教えてください。もちろん、ダブリンに来る前ですよね。ええ。ずいぶん前のことです。とても冷えますね、と彼女は言った。震えながら彼女は自分の肩の上にシャツをかけ、ズボンをはいた。

四

ロンドンにいたときのことでした。年老いた乳母が亡くなった直後のことでした、と彼女は始めた。ミスター・ペイジ、私はアイルランド人ではありません。もしかしたら両親はそうだったかもしれません。両親がどんな人だったかを知る人は乳母だけでした。乳母は一度も話してくれませんでした。一度も話してはくれなかったんだ！　とヒューバートは、話をさえぎった。はい、隠していても何の意味もないと言って何度も頼んだのですが、乳母は決して話してくれませんでした。死ぬ前に話してくれるつもりだったかもしれませんが、突然死んでしまったのです。あなたが誰であるか教えないで突然死んだんだ、とヒューバートは復唱した。最初から話してください。

どのように始めたらよいのかわかりません。始まりがないように思えるのです。とにかく、始まりがわからない。私は私生児でした。私を育ててくれた乳母以外は、私が誰だか知らないのです。乳母は、いつか教えてくれると言っていました。私の家族は著名な一族であったということを、一度ならず、それとなく言っていました。私の教育のために、乳母が、両親からかなりの報酬を受け取っていたことは知っています。両親が誰であったにせよ、私の養育と教育に対して、年百ポンドが乳母に支払われていました。両親が生きている間は、すべてうまくいっていました。しかし両親が亡くなると、報酬はもう支払われなくなり、乳母と私は働きに出なければなりませんでした。突然のことでした。ある日、女子修道院長が（私は女子修道院付属学校で教育を受けていました）、私の乳母であるノッブス夫人が迎えに来ている、と伝えてくれました。帰宅して最初に聞いた知らせは、両親が死んだこと、今後は自分で生計を立てていかなければならないことでした。仕事を選んでいる時間はありませんでした。家には、今月末まで食いつないでいけるものはありませんでした。だから、仕事を探しに出かけなければなりませんでした。最初に手に入れた仕事は、テンプル[*11]の弁護士事務所でお手伝いとして働くことでした。三人に仕えて雑務をしていたので、乳母と私で週十八シリングの収入になりました。バスの運賃は給料から出さなければならなかったので、一日六ペンスのバスの運賃を節約するために、テンプル・レーン〔インナー・テンプルの東側の通り〕で暮らすことにしました。乳母は、この地区をきらっていませんでした。乳母は一生働かなければならない女性でした。しかし、私は乳母とちがってこの地区をきらっていました。女子修道院付属学校からここの生活への変化はとても大きく、粗野な人びとの間で生活することよりも死んだほうがましだとよく考えるようになりました。この地区の人たちには何も悪いところはありませんでした。とても正直でしたが、貧乏でした。貧しくなると、生活は、動物のように下品になってしまう。私は、品位のない生活には、ほとんど耐えることができませんでした。そのように私は考えていました。それ以来、私はいろいろなホテルでの仕事をたくさん経験してきました。きつい仕事にも慣れましたが、今でもテンプル・レーンのことを思い出すと、鳥肌が立ちます。乳母の兄が職を失ったとき（その兄というのは、田舎で、楽団指揮者かラッパ吹きか、何か音楽にかかわることをしていました）、乳母は一日六ペンスを彼に渡さなければなりませんでした。十八シリングから十四シリング六ペンスへの収入の減少は、大きな損失でした。乳母は食料が買えなくなることを心配していましたが、私は、乱暴な男たちがいることのほうが不安でした。楽団員は私に手を出してきました。そして、乳母の兄か、別の楽団員に出会うと、私は捕まえられ、乱暴されるのではないかと思い、階段に人がいなくなるまで待つことが何度もありました。当時の私は今の私とはちがっていました。もしこの男たちの中でひとりでも荒々しくなかったら、そして、自分が私生児であることを知らなかったら、誘惑されていたかもしれません。自分がまっとうな人生を生きられたのは、他のどんなことよりも、私生児だったからです。というのは、貧しい少女にとって、妊娠していることがわかることほど大きな不幸はないと私は感じていたからです。人に降りかかるこれ以上の不幸はこの世にありません。私の状況は貧しいことよりも、もっと悪かったのです。この世界にまたもうひとり私生児をもたらすだけだということを意識していなければならなかったのです。

私は、路地、そして法廷弁護士が恋人を出入りさせていた弁護士事務所で、誘惑されないように気をつけていました。みんな愉快で、思いやりのある人たちでしたので、働くのは楽しみでした。四時にその日の仕事が終わると、暗い気持ちになりました。四時から夜寝るまで、酔っぱらった女の叫び声を聞くこと以外、私たちは何もすることがありませんでした。笑い声か悪態か、どちらのほうがよりいやか私にはわかりませんでした。

私たちが仕事をさせてもらっていた法廷弁護士のひとりは、コングリーヴ氏でした。弁護士事務所は、川を見渡せるテンプル・ガーデン[*12]にありました。きれいなものを損なうことなく、きれいなままに保つことが楽しみでした。それは、私と同様に乳母にとって、いや、乳母以上に私にとって、楽しみでした。当時私は確信がありませんでしたが、今ふり返ってみると、私はコングリーヴ氏をとても愛していたにちがいないと思うからです。それ以外に理由はありえません。私はりっぱな教育が受けられた女子修道院付属学校を出たばかりでした。そこではすべてが善良で、平穏で、洗練されていて、上品でした。コングリーヴ氏を見ていると、女子修道院付属学校のことをいろいろ思い出しました。彼は欠かさず教会に行っていました。彼が教会へ行かないのは、牧師が教会を休むのと同じくらい珍しいことでした。弁護士事務所にはたくさんの本があり、彼は私に何冊か貸してくれました。私が朝食を持って行くと、彼は新聞越しに私を見て、話しかけてくれました。そして彼は、女子修道院付属学校や尼僧について尋ねたりもしました。私は彼の前に立って、彼を見つめていると、時間感覚がなくなりました。今でもまるで目の前にいるかのようにはっきりと彼を思い浮かべることができます。とてもやせていて、優雅で、白い手は長く、着こなしが見事でした。朝着ていた古い服でさえも、変なところを探せませんでした。彼は、古い服を着ていても、新しい服を着ているテンプルの誰よりも優雅に見えました。私は、彼のスーツを熟知していました。スーツの手入れをして、ブラシをかけるのが私の仕事だったので、当然のことでした。ベンジンでしみを取り、五、六十本のいろいろなネクタイや七、八着の厚地のコートを整頓するのに、必要以上に多くの時間をかけました。本物のダンディ、確かにそういう人でした。でも、人に会釈もしないようなお高くとまっている人ではありません。彼が図書館に行く途中、時計台の下で、テンプル・レーンにもどる私と出会うといつも、彼は、微笑み、会釈してくれました。私は、縞のズボンと刺繍入りのベストを着ている彼の後ろ姿をじっと見つめていました。コングリーヴ氏は、テンプル・レーンの下品なところを相殺するような存在でした。彼は私に個人的な仕事をくれると約束してくれました。私はテンプル・レーンを去る日を数え始めました。ところがある日、あら、女性からの手紙だわ、と思わず声に出してしまったことがありました。コングリーヴ氏はテンプル・レーンの他の若い男とはちがっていました。ベッドでヘアピンを一度も見つけたことがありません。もし見つけていたならば、彼をそれほど高く評価しなかったでしょう。手紙を見て、ニースはフランスにあるわ、とつぶやきました。そして、ニースから次の手紙が来るまで、最初の手紙のことは忘れていました。彼女は彼に何を書いてきたのかしらと疑問に思いました。そして、三通目の手紙が届くまで、その手紙の内容に対する疑問は忘れていました。昨日のことはもう半分以上忘れているけれど、あの最後の三通目の手紙を受け取った朝のことは、ずっと私の記憶の中にあります。そして、二、三日経った朝、箱に入った花が彼に届きました。小包が届いていますと私が言うと、彼はベッドで身を起こし、私にですかと叫んで、手を伸ばしました。彼は、その手紙の筆跡を見た瞬間、花を花瓶に入れるようにと命令しました。彼はすべてわかっている、と私は感じました。そして、箱から花を取り出したとき、ひどくつらい気持ちになり、突然のめまいに襲われました。どうしたの、と乳母は尋ねました。乳母には想像もつかないことでした。私は理由を言いたいと思ったとしても、言うことはできなかったでしょう。そのとき、私には、すべてが終わったという感覚しかありませんでした。もちろん、コングリーヴ氏が私を見ているとは思っていませんでしたし、彼に見てほしかったのかどうかもわかりませんでした。しかし、他の女性にこの場所をうろうろしてほしくありませんでした。私には、あの瞬間から、何が起こるかわかっていたと思います。再び仕事に取りかかりながら、こう思いました。今、あの女は近づいて来ている。たぶん、列車の中だわ。ここの部屋はもはや私のものではなくなるのだわ。もちろん、一度も私のものだったことはありません。でも、言いたいことはわかってくださるでしょう。

一週間後、ある女性が昼食にここに来ることになっている、と彼は私に言いました。この言葉が私の胸を突き刺したことは忘れません。まだここにその痛みを感じます。アルバートは手を胸に置いた。私は、テーブルのところで昼食の給仕をしなくてはなりませんでした。二人は私のことなどまったく気にかけないで、座って、楽しそうに顔を見合わせていました。昼食はどうでもよい様子でした。二人は私にそばで給仕なんかしてほしくないのだと思いました。よくわかったわ、とひとりごとを言った。そして、男を罪に導くなんて、恥ずべきことだわ、邪悪なことだわ、とキッチンでつぶやきました。私の怒りのすべては、コングリーヴ氏にではなく、その女に向けられていたのです。彼は下心のある女の犠牲者にすぎないかのように私の目に映りました。女子修道院付属学校を出たばかりの子どもだったので、そのころはそのような見方をしていたのです。

当時、私ほど苦しんでいる人はいないと思っていました。今ふり返ると、すべて愚かに思えます。しかし、そのときは、苦しんでいることが嘘偽りのない真実でした。コングリーヴ氏は上品な紳士ですが、私は、彼に興味を持って見られることもなく、石炭を地下室に取りに行き、キッチンから朝食を持って来るだけの貧しい給仕にすぎません。こんなことを考えてひと晩中眠れなかったと言ったら、本当に愚かに思えることでしょう。私は、彼が私に恋することなど望んだことはなかったと思います。望むなんて思いもよらなかったのです。絶望感のため、枕の上で涙が私の頬を伝って流れました。乳母に聞こえないように、すすり泣きを抑えるためにシーツを口の中に詰め込みました。そのころ、乳母は体調がひどく悪かったので、ずっと寝ていました。すぐに乳母は亡くなり、私は、この世に友人もなく、ひとりぼっちになってしまいました。私が知っている人といえば、テンプル・レーンに住んでいる日雇い雑役婦と、乳母の兄のラッパ吹きだけでした。ラッパ吹きは、乳母からもらっていたのと同じ金額をもらう権利があると私を脅し始めました。一度、そのラッパ吹きは、階段で私を捕まえて、折れるのではないかと思うほど、私の腕をねじり上げました。乳母が亡くなった翌月からウェイターとして生計を立てるようになるまでが、私にはもっともつらい時期でした。そして、コングリーヴ氏のやさしさが、何よりも私を傷つけるように思えました。ただ、彼がやさしい言葉なんかをかけたり、彼の恋人のお世話に対して特別手当を支払うつもりだと言ったりしなければ、私がベッドメイクしたベッドで、二人が並んで寝ていることもそれほど気にならなかったでしょう。彼女は、化粧着とスリッパを弁護士事務所に持って来ました。それから、たくさんの旅行カバンが運ばれて来ました。コングリーヴ氏の恋人は、私がコングリーヴ氏に恋をしていると思っていたにちがいありません。というのは、二人が口論しているときに私の名前を聞いたからです。もうこれ以上我慢できない。来世がどのようであろうと、少なくとも私には現世よりも悪いはずがない、とひとりごとを言いました。テンプル・レーンとテンプル・ガーデンの弁護士事務所との間を行き来しているときに、私は、どうやって自殺しようかと考えました。ヒューバート、ロンドンのことをよく知っていますよね？知っているよ。私はロンドン生まれだ。ここには毎年仕事で来ているだけだ、とペイジは言いました。もしテンプルを知っているのでしたら、テンプル・ガーデンの窓から川を見渡せるのがわかりますよね。私は、よく窓辺に立って、橋の下の大きな褐色の川の流れを眺めていました。その間ずっと、川が流れ着く先の海のことを考えていました。川に飛び込めば、海まで運ばれるか、海にたどり着く前に拾い上げられるかのどちらかにちがいないと考えていました。苦しみが終わりさえすれば、どちらでもかまいませんでした。苦悩を終わらせることだけを考えていました。

私は、フランス女のこと、そして彼女がコングリーヴ氏といっしょに座っている光景をふり払うことができませんでした。彼女は、私がコングリーヴ氏に好意を寄せているのではないかと疑って、必要以上に私につらく当たってきました。彼女は、私に対していつも奥様面をしていました。他の何よりも彼女のお高くとまった態度に、私は背筋を必要以上に伸ばしました。もしベッシー・ローレンスに会っていなかったならば、私は自殺していたことでしょう。ベッシーは、以前、コングリーヴ氏の下で弁護士事務所のお手伝いをしていた女性でした。私たちは、キングス・ベンチ・ウォーク[*13]のそばにあるアーチの外側で、立ち止まって話しました。もしあなたがテンプルを知っているなら、そこがどこだか、わかりますよね。ベッシーは話し続けましたが、私は聞いていませんでした。ただ、ところどころ言葉を聞いていただけでした。あなたのような体形をしていたらという言葉を聞くまで、どうやって自殺するかという夢想から抜け出せないでいました。今まで誰も私の体形について話題にしたことはありませんでした。私の体形と何の関係があるの？　と私は言いました。私の話を聞いていなかったわね、と彼女は言いました。最後の言葉を聞き逃しただけだわ、と私は答えました。最後の言葉を聞き逃しただけですって、とベッシーは怒った。今夜フリーメイソンズ・タバーンで盛大な晩餐会があり、ウェイターの人数が足りないと私が話したのを聞いていなかったのね、と彼女はイライラして言いました。でもそれが私の体形とどう関係があるの？　と私は尋ねました。私の話を聞いていなかった証拠だわ、と彼女は非難しました。もし私のお尻と胸が出ていなかったなら、すぐに夜会服に着替え、ウェイターの仕事で十シリング稼ぐことができたのに、と言ったでしょ。でも、それが私の体形とどんな関係があるの？　と繰り返し尋ねました。あなたの体形は、ちょうどウェイターにぴったりよ。あら、一度もそんなこと考えたことはなかったわ、と私は言いました。私たちは、それ以上話しませんでした。しかし、彼女と別れたあとも、あなたの体形はちょうどウェイターにぴったりという言葉が、頭から離れませんでした。コングリーヴ氏に売るように頼まれ、私が預かってきた古着の包みを見るまで、その言葉が頭に残っていました。夜会服がその古着の包みの中にありました。コングリーヴ氏と私は、背丈と体格が大体同じでした。ズボンは少し詰める必要がある、と私は思いました。そして、仕事に取りかかりました。六時には、ズボンをはいて、フリーメイソンズ・タバーンに出かけ、質問に対して、給仕の仕事には慣れています、と答えました。

私がこれまでしてきた給仕の仕事といえば、コングリーヴ氏の夕食のローストチキンか骨付き羊肉をキッチンから居間に運ぶことだけでした。私の想像では、フリーメイソンズ・タバーンでの給仕の仕事もそれと大体同じだと思いました。給仕長は、少し疑うように私をじっと見て、晩餐会の経験があるか尋ねました。彼は私を断ろうと思っていたようですが、なにしろ、人手不足だったので、雇われました。それで、私がしたことといえば、みんなの邪魔になり、混乱を招いただけでした。しかし、私の不器用さは、好意的に解釈され、私は十シリングを受け取りました。それは、その夜の仕事にしては高収入でした。しかし、有益だったことは、私が稼いだ十シリングよりも、私が少しでも学べたことでした。三ペンス硬貨ほどの価値もないほんの少しのことでしたが、盛大な晩餐会で給仕として働くことで、自分が知らないことを学べると確信しました。私は同じような仕事がほしい、と給仕長に願い出ました。給仕長は、私にウェイターの素質があると認めてくれたと思います。というのもフリーメイソンズ・タバーンから出て来たとき、給仕長は私を引き止め、よい職が見つかればすぐにでも、この晩餐会のような個人の家の勤めをする気があるかと尋ねたからです。そこでの食事、晩餐会の刺激、お客様、照明、そして会話を、私は気に入っていました。そして、状況は以前より明確になったように思えました。気持ちと足は一致していました。どういうことかというと、テンプルの方向に向かって絶対に歩きたくなかったということです。ここと同じような仕事ができればうれしいです、と給仕長に答えました。まだ仕事はあまりできないが、君は誠実な若者だと思う。だから、君にはできる限りのことをしてあげよう、と彼は言いました。その瞬間、給仕長にある考えが浮かびました。この手紙をホルボーン・レストランに持って行きなさい。そこで晩餐会があり、ウェイターがひとりか二人足らないという話を聞いている。できるだけ早く行きなさい、と彼は言いました。

私は全速力で行きました。数秒の差で、仕事を求めている二人の男より前に、そこに着きました。私は仕事を得ました。さらに別の仕事の話が来ると、それから次々と仕事が舞い込んで来るようになりました。どの仕事も商売の方法を学ぶことができるうえに、十シリングの利益がありました。前にも述べたように、私にはりっぱなウェイターになれる素質があるので、一流のウェイターのように機敏で、洗練されていて、気配りのできるまでに、三か月以上はかかりませんでした。このような素質がなければ、誰だってウェイターとして成功しないでしょう。ロンドン、そして、マンチェスター、リヴァプール、バーミンガムなどのイギリス中の大都市の、最高級の店で給仕として働きました。バーミンガムでは、オールドヘンズ・アンド・チキン、クイーンズ、そしてプラウ・アンド・ハロウで、私の名は知られていました。私がここに来たのは七年前で、ここでは仕事を長く続けるだろうと思われていました。ベイカー家の人たちはよい人たちだったので、気持ちよく働くことができました。三年前によい仕事先を紹介されたときも、ここを離れたくはありませんでした。病気のときも、とても親切にしていただきました。同じ場所にいつまでも長く留まるべきではないと思いましたが、他の場所へ行くくらいなら、この場所にいたいと思いました。

モリソンズ・ホテルで働いてきた七年、三階を担当していたのですね、とペイジは言った。ええ、三階はこのホテルの中で仕事をするのに一番よい場所です。喫茶室よりも給料がいいのです。だからベイカー氏が私をこの場所に配置してくれたのです、とアルバートは答えた。私はここを離れたくはありませんでした。私がいなくなったらどうしよう、とベイカー氏が言ってくれていました。働いてきた七年間、とヒューバートはアルバートの言葉を繰り返した。階段を上り下りし、キッチンにドタバタと出入りする変化のない仕事ですね、とヒューバートが言った。ヒューバート、あなたが考えるよりもいろいろな仕事があるのですよ、とアルバートは答えた。宿泊客は、どの家族も同じではありません。だから、常に学ぶことがあります。七年間、男でも女でもない、ただ性別がわからない人間《パーハップサー》[14]だったのですね、とペイジは言った。彼は、ノッブスにというより自分自身にこの言葉をかけていた。彼は、その言葉は自分自身に当てはまり、不注意にも自分の正体を明かしてしまったと感じ、視線を上げた。ペイジの言葉は図星だった。アルバートの顔には、両方の性から見捨てられたという疎外感で、前よりももっと寂しさが表れていた。アルバートが自分の運命を受け入れるには、何と言ったらよいのかをヒューバートが考えていると、男でも女でもないというペイジの言葉を彼女は繰り返した。しかし、誰も今まで疑わなかったし、もしあなたがノミを連れて来なかったら、私が死ぬ日まで決して疑われることはなかったでしょう、と彼女は小さな声で言った。でもノミがどんな危害を君に加えたのだ？　体中食われましたよ、とアルバートは腿をかきながら答えた。ノミに食われたことは気にするな。ノミがいなかったら、このように話すことはなかっただろう。君の話を聞くこともなかったから、とヒューバートは言った。

アルバートの目から涙がこぼれそうだった。抑えようとしたが、目からあふれ出して、すぐに頬を伝ってすばやく流れ落ちた。あなたは私の話を聞いてくれました、と彼女は言った。私は、聞いてくれる人がいるとは思いませんでした。そして、二度と泣いてはいけないと思いました。ヒューバートは、きめの粗いナイトシャツ〔ひざまであるシャツ型の男性用の寝巻〕を身にまとい、やせた女がすすり泣いて震えているのを見ていた。今までこのように悲しいと思ったことがありませんでした。もしこんなに悲しいとわかっていたのなら、乗り越えることができませんでした。でも何とかここまで来ました、と彼女は付け加えた。私は、いつも陽気で、明るくふるまっていましたが、話す相手もいなくて、実際に誰にも話すことなく、大皿と小皿、ナイフとフォーク、そして、テーブルクロスやナプキンをくださいと言うだけでした。そして、自分以外の人間が通って来た人生を、時折呪っていました。というのは、大物であっても小物であっても、そのような感情が私たちを襲うのはしかたがないことだったからです。すべての苦悩は取り越し苦労で、何事もなく終わってしまう。もし思い切って進んでいたら、もっとよかったのかもしれません。でもなぜこんなこと考えているのでしょうか。ヒューバート、考えるきっかけをくれたのは、あなたです。すみません、もし……。後悔してもむだですね。このように泣くなんて、ばかですね。後悔はペチコートといっしょに消え去ったと思っていました。ところが、あなたが、私の中の女性を目覚めさせてくれました。再び呼び起こしてくれました。ただ、私がこんなふうに秘密を漏らすことは許されません。私のように男でも女でもない、年老いた性別がわからない《パーハップサー》人間にとっては、秘密を漏らすことは、愚かな行為です。でもどうしようもないことです。

彼女は再び泣き始めた。悲しみに暮れている最中に、思わず孤独という言葉を口走った。抑えられない感情の激発がおさまったとき、孤独、そう、孤独だと思う、とヒューバートは言った。そして、アルバートのほうに手を差し出した。ミスター・ペイジ、あなたはよい人です。だから私の秘密を必ず守ってくれると思っています。あなたが守ってくれるかどうかは、実際、どうでもよいことですが。さあ、二度とそのようなことを言ってはいけない、とヒューバートは言った。もう少し話をして、おたがいの気持ちがわかり合えるようにしよう。男なしで生きる、女なしで生きる、男のように考え、女のように感じるというのは、きっと孤独だと思う。ミスター・ペイジ、あなたはすべて理解してくれているようですね。以前、私は自分でそんなことを考えたことはありませんでした。あなたの言葉は、真をついています。ペチコートを脱いで、ズボンをはいたことは、まちがっていたと思います。そこまで言ってはいけない、とヒューバートは言った。その言葉はあまりにも予想外だったので、アルバートは、一瞬悲しみを忘れ、ヒューバート、なぜそんなこと言うのですか？　と問い詰めた。あなたが結婚するかもしれないと考えていたからです、と彼は答えた。しかし、私は女としては一度もよいことがありませんでした。昔も男性が私にふり向いてくれることはありませんでした。だから、中年女になった今では、男性は、絶対に私を気にかけることはないでしょう。結婚なんて！　誰と結婚すればいいのですか？　いいえ、私には絶対に結婚なんてありえません。男として生き続けなければいけないのです。人に告げ口しないですよね。ヒューバート、約束しましたよ。もちろん告げ口なんかしません。でも、なぜ結婚してはいけないのかわからないな。どういうことですか、ヒューバート、私をからかっているのですか。もしそうなら、意地悪ですね。君をからかっている？　とんでもない、とヒューバートは答えた。私は男と結婚すべきだと言ってはいない、女と結婚するかもしれない。女と結婚するって？　女と結婚？　とアルバートは、目を大きく開き、じっと見つめながら、言葉を繰返した。ええ、いずれにしても私は結婚したのです、とヒューバートは答えた。でもあなたは若い男性で、しかもとてもハンサムです。どんな女の子だって、あなたと結婚したいと思うでしょう。たぶん、あなたのほうが理想の女の子と出会うまで、女の子はみんな、あなたを追いかけるでしょう。私は若い男ではありません、女です、とヒューバートは答えた。今、はっきりわかりました、あなたは私をからかっているのですね、女ですって！　とアルバートは叫んだ。そう、女です。信じられないのなら、さわってみてください。シャツの中に手を入れてみてください、何も付いていないことがわかるでしょう。アルバートはショックを受け、身をそらし、本能的に離れた。私の言葉を信じてもらえないと感じたので、このように自分自身をさらけ出したのです。疑いはなくなったでしょう。ええ、信じます、とアルバートは答えた。疑いが晴れた今、おそらく私の話を聞きたいでしょう、とヒューバートは話し始めた。アルバートの返答を待つことなく、ヒューバートは不幸な結婚生活を語った。家屋塗装工である彼女の夫は、二番目の子どもが生まれたあと、彼女に対する態度がまったく変わってしまった。食費もくれないで彼女を放っておいて、二度も家を売却したのだった。ついに、私は別の身なりをすることに決めたのです、とヒューバートは続けた。ある日、夫の仕事着を見たとき、こんなふうに思ったのです。私はよく夫に作業着を着せられ、外に出て、仕事を手伝わされていたのです。今度は自分でその作業着を着て、きっぱりどこかへ行こうと決心しました。子どもと離れたくはなかったけれど、夫とはいっしょにいられなかった。でも結婚したのですよね？　とアルバートは尋ねた。誰もいない家に帰るのは孤独でした。君と同じように孤独でした。ある日、私と同じように孤独な女性に会い、いっしょにいてくれないか、と私は頼みました。私たちは、生活費を分担して、いっしょに暮らすように決めました。彼女も私も仕事を持っていました。私たちは、共同できちんとした生活をしました。誓って本当ですが、私たちは結婚してから一度も不幸な時間というものを知りません。世間でうわさになり始めたので、結婚しなくてはならなくなりました。私は君に私たちの家を見てもらいたい。私は、いつも楽しい気持ちで仕事を終えて家にもどり、暗い気持ちで家を出ました。

でも、わかりません、とアルバートは言った。何がわからないのですか？　とヒューバートは尋ねた。アルバートは何を考えていたにしても、意識が遠くなり、まぶたが落ちてきた。眠たいのですね。私も寝よう。午前三時だ。五時の列車に乗らなければならない、とヒューバートが言った。今、何を尋ねようとしていたか、思い出すことができません。でも朝になったら話してください、とアルバートはつぶやくように言った。そして、アルバートは寝返りを打って、ヒューバートが寝るための場所を空けた。

五

彼はどこへ行ったのだろう、とアルバートは目を覚まして言った。それから、ヒューバートが始発列車に乗ることを思い出した。記憶がよみがえり始めた。彼の列車はアミエンス・ストリート〔ダブリンのターミナル駅であるコノリー駅の西側の道〕から出発する。彼が、いや彼女が出て行くときに私が目を覚まさなかったからには、私はぐっすり眠っていたにちがいない。あるいは、彼女がこっそり出て行ったのだろう。でも、一体何時だろう？　まる一時間寝すごしたことがわかって、あわてて身支度を始めた。その間、ずっとブツブツ言っていた。これまで一度もこんなことはなかった。ホテルは満室なのに、なぜ呼びに来なかったのだろう？　女主人は、たぶん、ベッドをシェアした彼のことを考えて、寝かせてくれていたのだろう。彼女が出かけるまで寝ないと私は言ったのに。彼を彼女呼ばわり《シーイング》〔sheing〕するのが癖になってはいけない。女主人が何もかも知っていたらなあ！

まる一時間寝すごしてしまった。もし三階に誰もいなかったなら、すぐに誰かが来るだろう。急げば急ぐほど、動作が遅くなる。やはり服を見つけるのに手間取った。しかし、ほぼ二十分後には、アルバートは三階の自分の持ち場でいつものように働いていた。階段を駆け上がったり下りたりし、アルバートが担当している六部屋の客室にそれぞれ異なる朝食を準備した。今日は遅れてしまった。ホテルはお客様で満室だ。五十四号室がまだ準備ができていないとはどういうことだ？　三十五号室のベルが鳴ったかな？　とアルバートは言った。まあ、アルバート。下りてくるのが遅いからといって、気にしなくてもいいわ。たまに遅いときがあっても、たいしたことじゃないわ、とひとりのメイドが言った。ペイジさんと真夜中すぎまで話をして起きていたのよ。だから、私たちに食ってかかるのよ、と別のメイドが言った。真夜中すぎまで話をしていたのです、とアルバートは何度も言った。ベッドをシェアした友よ！　ミスター・ペイジはどこへ行ったのか？　出て行った音を聞いていない。もしかしたら、列車に乗り遅れたかもしれない。あなたの仕事がはかどりますように。私も仕事がうまくいきますように。アルバート、今朝はひどく不機嫌ね、とメイドはつぶやき、階段の手すりの上から見ていた二人のメイドと話をするために立ち去った。

アルバートが階段を駆け下りてきて、宿泊客を見送り、チップを受け取ったときに、ミスター・ノッブス、と主任ポーターは声をかけた。ミスター・ノッブス、ルームメイトはどうでしたか？　何の問題もなかったですよ。でも、人と同じ部屋に寝ることに慣れていないうえに、ノミまで連れて来たので、眠れませんでした。ようやく眠れたら、ぐっすり眠ってしまって、一時間も遅刻してしまいました。列車に間に合ったのならばいいのですが。しかし、主任ポーターがルームメイトのことを尋ねるとは一体どういうことだろう？　とアルバートは三階の持ち場にもどったとき自問した。ペイジは何もばらさなかったし、自分も何もばらさなかった。私たちは同じ境遇なのだから、私のことを告げ口すると、自分自身の正体もばれることになる。もしかしたら……。ありえない。アルバートは気が弱く、言葉をはっきり声に出すことはできなかった。彼女はまさしく女性だ。しかし、なんとずうずうしいのだろう、無邪気な女の子と結婚するとは。その女の子に秘密を明かしたのだろうか、それとも、女の子に正体を見破られるまで黙っていたのだろうか？

これは熟考すべき問題だ。昼食時までには、アルバートは、ヒューバートが事前に妻に告げていたと信じたい気持ちになっていた。妻に思いもよらないことが起こることを警告せずに、ずうずうしく彼女と結婚することはないだろう、とアルバートはつぶやいた。もしかしたら結婚する前に言ったかもしれないし、あるいは、言わなかったかもしれない。彼女は、私と同様に男を必要としていないので、伴侶としてのヒューバートと満足して暮らしているのだろう。アルバートは、ヒューバートが使った正確な言葉を思い出そうとした。はじめにある女の子といっしょに生活し、世間のうわさになったために、彼女と結婚した、とヒューバートが言っていたようにアルバートは思った。もちろん、二人は、夫婦としてしかいっしょに暮らすことができなかった。家に帰るときはいつも明るく、家を出るときはいつも暗いと、ヒューバートが言ったのを思い出した。ということは、この結婚は、ほとんどの人の結婚生活よりもうまくいっている、誰にも負けないぐらいずっとうまくいっているように思える。

ちょうどそのとき、三十五号室のベルが鳴った。アルバートは、それに応えるために急いだ。数時間が経過し、夢想するのに好都合の時間が再びやって来た。

宿泊客が劇場やコンサートに出かけている九時から十時ぐらいの夜遅くになると、まわりには二人のメイド以外に誰もいなくなった。むだ話に煩わされなくてすむ時刻となった。アルバートは肩にタオルをかけ、ぼーっとして、ヒューバートのアドヴァイスについて考えていた。結婚すべきだ、とヒューバートは言っていた。ヒューバートは結婚している。もちろん、それは本当の結婚ではないし、そうなることはありえない。しかし、とても幸せな結婚のように思える。女のほうは結婚したのは男ではないということを了解していたにちがいない。ヒューバートは結婚する前に告げたのだろうか、それとも結婚したあと告げたのだろうか？　どういう言葉だったのだろうか？　アルバートは、正確な言葉をどうしても知りたいと思った。結局、私は一所懸命働いてきただけだ、と彼女はつぶやいた。次第に、彼女の思考は、この二十五年間の自分の人生はどのようなものだったかという瞑想へと変わっていった。友人もいなくて、ひとつのホテルから別のホテルへただ漂流しているだけのように思えた。実際、親しくなりたいという男性や女性にときどき出会ったことがあった。しかし、アルバートは、自分の秘密を守るために、女性だけでなく男性とも離れて生活をしなければいけなかった。着る服によって、彼女の中の女性性が抑制された。女だったころのようには、もはや考えることも感じることもできなかったし、男のように考えることも感じることもできなかった。男だとか女だとかは、単なる外見上だけのことにすぎない。それ以上のことは何もない。アルバートが孤独であったとしても不思議ではなかった。ところが、ヒューバートは性を捨てたのだ。彼女がそう告げたとき、自分がからかわれているのではないかというアルバートの疑いは消えた。そして、ペイジの家庭はどのようなものだろうかという長い夢想に移っていった。どうしてもっと詳しく尋ねなかったのだろうか？

また五十四号室だわ。メイドのひとりが通路の向こう側から叫んだ。アルバートは五十四号室の注文を受け取り、その仕事を終え、持ち場にもどり、肩にタオルをかけ、再び夢想に耽った。彼女の妻は婦人帽を作って売っている婦人帽子屋であるとヒューバートが前に言ったように記憶している。婦人帽子屋という言葉をヒューバートは言わなかったかもしれない。もし彼女がそう言わなかったとしたら、その言葉が自分の心の中に浮かぶとはおかしなことだ。彼女の妻が婦人帽子屋ではない理由は何もない。もし婦人帽子屋だとしたら、まちがいなく、二人は、どこかの静かで名も知られていない通りに家を持つだろう。そして、未亡人、あるいは、二人の未亡人にダイニングルームや奥の部屋やキッチンを貸し、客間を仕事部屋兼ショールームにするだろう。ペイジと妻は上の部屋で寝ている。もう一度考え直してみると、もし婦人帽子屋が仕事ならば、ペイジ夫人は一階をショールームにするように、アルバートには思えた。三番目と四番目の間取りがアルバートの頭に浮かんできた。このことを何度も考えてみると、ペイジは、妻は婦人帽子屋だと言っていなかったように思えてきた。それはまちがいで、妻はお針子だと話していたかもしれない。もしそうならば、静かな通りでの洋裁師のささやかな仕事は、ヒューバートが家庭生活について話していた内容と一致する。しかしながら、もしアルバートが生活を共にしたいという女性に出会うとしても、その女性が、お針子をしていることはないだろう。菓子屋か新聞タバコ販売店に勤めている女を選ぶだろうと思った。

なぜ彼女は結婚して人生をやり直してはいけないのだろうか？　ヒューバートは再出発が難しいとは考えてはいなかった。アルバートは、その言葉を思い起こすことができた。君が男と結婚すべきだと言っているのではない、君は女と結婚すべきだと言っているのだと彼女は強調していた。アルバートはお金を貯めていた。貯めるためにどれだけ努力しただろうか。彼女は、人生の終わりを救貧院で迎えたくなかった。五百ポンド以上貯めた。小さな店を買うのにじゅうぶんなお金だった。不動産の投資に二回成功したことを考えると、彼女の心は躍った。六か月間で、六百ポンド貯めたいと思った。店と配偶者を見つけるのに二年かかるならば、少なくともさらに七十ポンドか八十ポンド貯めなければいけない。それぐらいあればよいだろう。儲からない店にお金をつぎ込むことはできない。もし配偶者が見つかったならば、ペイジのように結婚しなければいけない。結婚が、すべてのうわさ話を終わらせるからだ。モリソンズ・ホテルで仕事を続けることもできるし、あるいは、ホテルを辞めていろいろな仕事をすることもできる。自分のコネを利用して、仕事を選ぶことができる。ひと晩で十シリング六ペンス、それ以下はだめ。アルバートは、いろいろな場所を巡ることも想像した。ベルファスト、リヴァプール、マンチェスター、ブラッドフォードが心に浮かんできた。一か月か、おそらく二か月出かけて、家にもどる。そして、温かく迎えられることを期待する――心からの歓迎。世間に対しては、男であり続けているけれども、家で迎えてくれる愛しい人にとって、私は女だ。仕事を第一に考える結婚相手といっしょに、一年に二百ポンドも稼ぐかもしれない――一週間で四ポンドだ！　週四ポンドあれば、自分たちの家庭は、ダブリンで誰にも引けを取らないほど心地よい満足な場所になるだろう。二部屋とキッチンがある家をアルバートは心に描いていた。家具が少しずつ彼女の想像の中に入ってきた。暖炉のそばの大きなソファの張地はインド更紗[15]である。しかし、インド更紗は都会ではすぐに汚れてしまう。黒っぽいベルベット地のソファがぴったり合うかもしれない。かなりのお金がかかるだろう。五ポンドか六ポンド。この調子で購入すると、五十ポンドあっても、それほど物が買えないだろう。上等のダブルベッドサイズのマットレスが必要だ。贅沢をすれば、家具だけで、八十ポンドかかるだろう。うまくいけば、今後二年以内に、モリソンズ・ホテルで八十ポンドぐらいは稼ぐことができる。

　アルバートは、受け取ることになるチップを心に描いた。三十四号室のお客様は、明日出発する。あの人たちはいつも半ポンドくれる。明日もらう半ポンドは、大理石の炉棚かマホガニーの飾り棚に置く時計を最初に買う手付けとして貯めておくことを、すぐに決めた。数日後、出発する宿泊客から一ポンドもらい、そのお金は、きれいなひと組のろうそく立てと丸い鏡になった。チップはもはや死んだ国王やヴィクトリア女王の肖像が刻印された単なる白や黄色の金属ではなく、彼女を待ち受けている未来の象徴だった。思いがけなく二十五ペンス硬貨を受け取ったので、居間のカーテンの色についてあれこれ考え込んだ。自分の人生に変化が起きたことを、アルバートは突然意識するようになった。一見したところ、外見は同じだった――料理と皿を階上や階下に運び、お酒とタバコの注文を受けていた。しかし、その裏には、新しい生活が芽生えようとしていた――奇妙な私生活で、外側の職場の生活にとても関係している生活だ。外側の生活は、今や、心の内側の生活に敬意を表す隷属的な状態となった。彼女は、これまでのようなよい使用人ではもうなかった。彼女自身もそれがわかっていた。ときどきぼんやりしていた。しかし、いろいろなことの決断はできる、ただ、それだけのことだ。掃除道具を持って通りかかった使用人たちは、アルバートが一体どんなことを夢想しているのかといぶかり始めた。

ちょうどこのころ、二階の寝室と同様に、店の奥にある居間の家具の配置が夢想の中で完成した。アルバートは、別の夢想をし始めた。カウンターが二つある店の夢である。ひとつのカウンターでは、葉巻、刻みタバコ、パイプとマッチが売られ、もうひとつでは、あらゆる種類の砂糖菓子が売られている。店内のドアは妻がいる居間へと通じている。アルバートの想像の中で、妻の容姿は、金髪から黒髪に、ふっくらした体形から細身へと、変化している。妻がいろいろ変化することで、想像力もまた同じようにかきたてられる。あるときは、妻は三、四歳の少年を連れている。死んだ夫の息子だ。この夢の中では、アルバートは未亡人と結婚していた。別のもっと頻繁に見る夢では、子どもが生まれる前に捨てられたふしだらな女と結婚していた。この場合、アルバートは正しいことをしたと考えられる。道を踏みはずした女を正しく導くことで、その女をまっとうな人間にしたからだ。アルバートは、子どもの母親以外の世間の目には、父親のように映っていることだろう。ことわざで「一時の恥」と言うように、子どもの母親が、偶然まかれた種のことを忘れるのをアルバートは望んだ。

子どもは、二人にとって喜びとなるだろう。妊娠している女性は、未亡人よりも魅力的である。

兵士や不良少年やホテルのポーターが妊娠させたような女性を、アルバートは目を皿のようにして探していた。モリソンズ・ホテルで常にうわさになっている不幸な女性を、不安定な状況から救いたいと望んでいた。去年、数人がホテルを離れなければいけなかったが、今年はひとりもいない。いくつかの伝道集会が、ダブリンで開催されていた。多くの女性が集会に出席していた。もし私たちが偶然に出会うならば、不幸な女性にとっては運がよいことになるだろう。結婚後約三、四か月でこの世に生まれてくる赤ん坊の夢想へと彼女の思考は移っていった。赤ん坊の柔らかい手と表情豊かな目は、守ってほしいと訴え、そして、保護を求めていた。赤ん坊が私を父親と呼ぶか、母親と呼ぶかは、たいした問題ではなかった。それは、口から出る言葉にすぎない。愛は心の中にあり、愛だけが重要だった。

六

今、アルバートは一体何を考えているのかしら？　と仕事をしていないメイドが、はたきをふり回しながら、通りすぎるときにつぶやいた。恋をしているのかしら？　ありそうもないことね。結婚を考えているのかしら？　相手は私たちの中にいるのかしら？　たぶん、ホテルとは関係がない女性だわ！

アルバートが何かを考えていること、彼には心配事があるということが、ホテルの従業員のうわさのまととなった。その直後に、アルバートはいろいろな口実を作ってホテルの仕事をたびたび休んでいることがばれた。小さな通りで、家を見上げているアルバートの姿が目撃された。たくさんのお金を貯めていて、貯蓄の一部が不動産の投資に使われた。新たに不動産にお金を投資しているのではないか。だから、小さな通りに彼がいたというホテルの従業員の推測は説明がつく。そして、結婚の予定があるので、妻のために家を探しているという推測は、新たに想像を刺激するものであった。

アルバートは、アニー・ワッツと話をしているところを見られた。しかし、結局、彼女は妊娠していなかった。物欲しそうな目とやさしい声にもかかわらず、彼女は結婚相手として対象外だった。あの子は仕事のことを考えていない、とアルバートは言った。彼女はホテルの仕事を辞めることだけを考えている。彼女は店をもつのに向いている女性ではなかった。一方、ドロシー・キーズは仕事熱心な女性だ。しかし、背が高く、やせこけていて、少年のような体格で、白鳥のような首をしていることに、アルバートは我慢できなかった。魅力のない外見に加えて、彼女の態度はぶっきらぼうだった。次に、アリスは、小さくて、端正な姿をしていて、知性的で理解力がはやいために、仕事には適していた。だが残念なことに、アリスは短気だった。私たちは必ず口論することになる、とアルバートは声に出して言った。ひざから床に滑り落ちたタオルを拾い上げながら、上の階にいるメイドについて彼女は考えた。あの威厳のある容姿と歩き方で、メアリー・オブライエンは魅力的な女性店員になるだろうと考えた。しかし、もう一度考えてみると、メアリー・オブライエンはカトリックであり、プロテスタントのアイルランド人の経験によれば、カトリックとプロテスタントがうまくやっていくことができないことは明らかである。

彼女は、別のメイドのことを考え始めた。そのとき、ひとりのメイドの声が彼女の想像を中断させた。アルバートは視線を上げた。アルバートをいらだたせたのは、むだ話をして仕事をさぼるための言い訳ばかり考えているあの怠け女アニー・ワッツの声だった。アニーは、自分の声でみんなが迷惑していることがわかったので、神経質になっていた。それで、アニーは、一瞬、何を話してよいかわからなくなり、躊躇し、口ごもり始めた。やっとのことで、新しい調理番の下働きとしてヘレン・ドーズが入って来たといううわさ話を、ぎこちなく始めた。しかし、アニーは、そのうわさ話がアルバートの関心を引くとは夢にも思わなかった。アルバートの目が輝いたことに、アニーは驚いた。ヘレンを知っているの？　とアニーは尋ねた。ヘレンを知っているかって？　いや、知らない、でも……、とアルバートが答えた瞬間、客室のベルが鳴った。ああ、うるさい、とアニーが言った。アニーが手すりに沿ってのんびりと歩いて立ち去る間に、アルバートは廊下の向こうに走って行った。

　四十七号室の客は便箋と封筒がほしかった。さらに、ホテルの備え付けのペンは使えなかった。ボーイにＪペン〔インクを付けながら筆記に用いるペンの一種で幅広のペン先にＪ字が付いている〕を持って来るように頼んでくれないか、アルバート、と客が言った。かしこまりました。ボーイがＪペンを持って来る前に、便箋と封筒をご用意しましょうか、とアルバートは言った。Ｊペンが手に入るまで便箋と封筒はあってもむだだ、とその客は答えた。かしこまりました。ボーイがもどるまでの間に、アルバートはスイングドアを通り抜けて階下へ行った。白いエプロンと白い帽子を身に付けたシェフが、料理番の下働きや皿洗いとウェイターの間にある亜鉛メッキ加工された大きなカウンターに、料理を運んでいた。アルバートは、行き来しているたくさんの若い女性の中で新顔を探した。新人はここにいるにちがいない、とアルバートはひとりごとを言った。新人のヘレン・ドーズに会えることを期待してキッチンに入って行った。ようやく見つけたヘレン・ドーズは、想像していたヘレン・ドーズとはまったく似ていなかった。体格のよい、浅黒い二十三歳の女の子で、かなり背が低く、歯は白く、歯並びはよいのだが、不幸にも出っ歯で、うさぎのような顔付きをしている。目は濃い褐色のように見えるが、のぞき込むと、灰色がかったこげ茶色で、話をしている間に、大きくなり、驚くほどきらりと光る丸い目であることをアルバートは発見した。彼女の顔は輝いていた。彼女の声には、ところどころ執念深さが感じられた。彼女は何だか怪しげだとアルバートは思った。動揺すると同時に、気にもなった。声に執念深さが表れている！　どうしてそのようなことが心に浮かんだろうかと数日後に彼女は思った。ヘレンよりも思いやりのある少女を見つけることは難しいであろう。どうして私はそれほど愚かだったのだろうか？　ヘレンは、自分が引き受けた仕事はどんなことでもうまくやり遂げるような女性だとアルバートは続けた。タバコ・菓子屋を彼女がやっていけば、必ず成功するという夢はその直後から始まった。このことだけは確かだ。誰もヘレンを軽く扱うことができない。賢い女性は貴重だ、とアルバートは付け加えた。私が仕事で留守のときも、店はすべてが順調にいくと確信できる。

彼女が妊娠していないことは残念だ。店を走り回ったり、レモンドロップをおねだりしたりする小さな子どもがいるのは愉快だし、子どもが、お父さんお母さんと呼ぶのを聞くことは楽しいであろう。アルバートが息子を持つ望みを永久に断念することは、とてもつらいことだった。その瞬間、アルバートの頭の中に奇妙な考えが浮かんだ。結局、自分たちの生活が落ち着いたとき、ヘレンが妊娠することになっても、大きな問題ではないだろう。しかし、アルバートには、大きな問題にならないという確信はなかった。女たちの仲を裂き、長年の友情を無にさせるのは、いつも男である。もっとも子どものことはあきらめ、年輩の女性を選ぶほうが賢明かもしれない。それにもかかわらず、アルバートは、ヘレンを散歩に誘う衝動を抑えることができなかった。次に会ったときに、その言葉が口からつい出てしまった。私は今日三時に非番になります。もし予定がなければ……。私も三時に非番になります、とヘレンは答えた。何かする予定はないですか？　とアルバートが尋ねた。ヘレンはためらった。これまで皿洗いの男と交際していたし、今も交際していることは事実だった。たとえアルバート・ノッブスのような無害の男であっても、ヘレンが別の男といっしょに外出することを皿洗いの男はどう思うか、彼女にはわからなかった。アルバートは無害でポケットからお金があふれてくる感じがするとヘレンは思った。電車賃もない皿洗いのジョーとはかなりちがっていた。しかし、彼女はジョーに思いを寄せていた。だから、彼女は、ジョーに聞くまで、アルバートと会う約束をしなかった。お前と歩きたいだって？　もちろん、奴が、これまで男や女や子どもといっしょに散歩をしたということは一度もうわさになったことがない。なるほど、いい奴だ！　奴が何を狙っているか知りたいものだ。俺は嫉妬深くない。奴とデートすればいい。アルバートは害がない。俺は仕事が抜けられない。奴と散歩に出かければいい。奴を調べて、何を狙っているのか確かめろ。菓子屋に連れて行き、チョコレートをひと箱手に入れて来い。いっしょに食べよう。チョコレートが好きなの？　とヘレンは尋ねた。

ヘレンは、目を光らせ、ジョーをにらみつけて立っていた。ジョーは、彼女の怒りが込み上げてきているのがわかり、それをなだめたかったので、どこで彼に会うことになっているのか？　とあわてて尋ねた。曲がり角のところよ、と彼女は答えた。もう着いているころだわ。じゃ行けよ、と彼は言った。彼の口調は彼女の神経にさわった。待たせておけばいいわ、とヘレンは言った。まさか、俺のために待たせるのはだめだ。ばれるとまずいことになる。絶対にだめだ、と皿洗いのジョーは答え、自分の感情をごまかすように歌を口ずさんだ。

メイドたちに気づかれないことを期待しながら、ヘレンは立ち去った。ヘレンは、道路を横断しようとして、路面電車が通りすぎるのを待っていた。道の反対側にいたアルバートは、ヘレンを見つけて、心を躍らせた。私が来ないと思っていたの？　と彼女は尋ねた。アルバートは不意をつかれて、全然思っていない、と恥ずかしそうに答えた。これはヘレンにはどうでもよい返答だった。いやな沈黙から抜け出せることを期待して、アルバートは彼女にチョコレートが好きか、と尋ねた。口の中に何かあれば時間がつぶせるわ、と彼女は返答した。そこで、菓子屋を探した。一シリングか一シリング六ペンスでこの沈黙の時間を切り抜けられるとアルバートは考えた。すぐに、ヘレンは店全体を見渡した。絵が描いてある大きな箱を数個すばやく見たあと、彼女はひとつ買ってもいいですか、とアルバートに尋ねた。初めてのデートだったので、いいよ、とアルバートは答えた。しかし、高いねという言葉を抑えることができなかった。

ヘレンは顔を曇らせ、軽蔑して肩を震わせた。アルバートは、とても動揺し、ヘレンに無理やりもうひと箱受け取らせた――ひとつは時間をつぶすため、もうひとつは家に持って帰るため。

そのような善意に対して、ヘレンは応じなければいけないと感じ、歩いている間、チョコレートを食べながら、愛想よくしゃべり続けた。そして、街灯柱ごとに二つ食べた。アルバートは、ケチってひとつだけをゆっくりとなめたが、三シリング六ペンスを失ったことがとても気になって、まったく味わうことができなかった。ヘレンはアルバートの心配の原因を察したかのように、箱に描かれている少女の絵がすばらしいことについて求婚者に同意を求めた。しかし、アルバートは、お金のかかる彼女の嗜好が、頭から離れなかった。もし散歩するたびに三シリング六ペンスかかるならば、六か月で、家のための資金がほとんどなくなってしまうことになる。もし週に一度付き合うことになれば、いくらかかるかを計算し始めた。三掛ける四は十二、六ペンスの四倍が二シリングなので、ひと月で十四シリングになる。その二倍は二十八シリング。もしヘレンが一週間に二箱ほしいと言ったら、ひと月で二十八シリングになる。この調子でいくと、一年で十六ポンド十六シリング使うことになる。なんてこった！　しかし、おそらく、いっしょに出かけるたびに、チョコレートを二箱ほしいとは言わないだろう。もしチョコレートでなければ、他の物をほしがるだろう。宝石店を見たと同時に、突然現れた市電を避けようと蛇行する自転車がアルバートの目に入った。アルバートは、その自転車に気をつけるように、ヘレンに注意を促し、ヘレンの気をそらせようとした。しかし、アルバートはいつも運がない。ヘレンは、このところずっと、自転車がほしいと思っていた。しかし、ヘレンはアルバートに自転車を買ってほしいと頼まなかった。というのは、別の宝石店が視野に入ったからである。彼女は立ち止まって、宝石店をじっと見つめた。しばらくの間、アルバートは自分の心臓が止まったかのように思えた。へレンはチョコレートを食べ続けた。ヘレンは、本格的なプレゼントを買ってもらうときはまだ先だという考えに落ち着いたのだった。

ヘレンはダブリンの貧民街にほとんど興味がないので、アルバートは、サックヴィル・ストリート橋〔リフィ川に架かる橋。現在のオコンネル橋〕で引き返したいと思っていた。しかし、アルバートは、北部地域を彼女に見せたかった。彼女は、彼について疑問を感じ始めた。彼はこのあたりの通りのどんなところに興味があるのか、そして、なぜ彼は小さな新聞・タバコ販売店の前で見とれて立っていたのか。そこで、アルバートが貯蓄を不動産に投資していることを彼女は突然思い出した。これらは彼の家なのだろうか？　全部彼が所有しているのだろうか？　このようなことをよく考えた末、これらの店は一日どのぐらいの収益があるかを知るために、彼女は彼の説明を前よりもっと注意深く聞いた。

アルバートは、みんなが考えているよりもはるかに金持ちだけれど、ケチな男だわ。チョコレートひと箱でためらうなんてずいぶんなことだわ。私が教えてやるわ。ヘレンは、サックヴィル・ストリート〔サックヴィル・ストリート橋の北側に接続する通り。現在のオコンネル通り〕の大きな服地店の店先で、六つボタンの手袋を買ってほしいと彼に頼まなかったことを後悔し始めた。ヘレンは、自分がうっかりしていたことの埋め合わせをしようと心に決めた。次にデートをするときに、日傘をねだろう。日傘と数足の靴とストッキングもほしいわ。絹のハンカチも悪くはないわね。付き合って三か月がすぎたとき、腕輪をおねだりする時期が来たと彼女は思った。三ポンドでかわいいのが買えるわ。身に付けると本当にすてきだわ。これを付けていると、いつもあなたのことを思い出せるわ。アルバートは素直にヘレンの言うことに従って、支払った。「彼を落とした」とヘレンは心の中で言い、あとで、ジョー・マッキンスにもそう伝えた。

早く帰って来られたんだな、とジョーは言った。そして、ヘレンのことは放っておいて、変色してきたレムラード・ソース〔マヨネーズにマスタード、ピクルス、ケイパー、香草の刻んだものを加える〕をかき混ぜた。次はシェフをだましてやる、と彼は言った。でも、いいかい、奴はしぶしぶでもすぐに金を支払うのだから、俺にも何か持ち帰って来てくれ。最悪でも、ブライアーパイプ〔地中海沿岸で育つブライアーと呼ばれる木の根から作られるパイプ。軽量で、火に強い〕と一ポンド〔約四百五十四グラム〕か二ポンドのタバコぐらいは手に入れて来てくれ。買ってもらうには、アルバートにお金をせびらなければいけないわ、とヘレンは答えた。どうしてできないのだ、とジョーは言い返した。ちょっと頼めば、たくさん買ってくれるさ。難しいのは、最初の一ポンドだ。そのあとはいつでも、ねだりやすいさ。あの人が私にそんなに惚れ込んでいると思うの？　とヘレンは尋ねた。おや、そう思わないのかい。惚れ込んでいなかったら、どうしてこういったものをくれたりするのかい、とジョーは答えた。

彼女は考え込んだ。どう思っているのか？　とジョーは彼女に尋ねた。答えにくいわ、私は、以前、たくさんの男と付き合っていたけれど、アルバート・ノッブスのような男とは付き合ったことが一度もなかったわ、と彼女は答えた。どんなところが奴は変わっているのか？　とジョーは尋ねた。ヘレンは、アルバート・ノッブスが元気がないと話したとき、複雑な気持ちになった。つまり、奴は、お前を乱暴に扱わないということだな、とジョーは声を張り上げた。そういう人でもあるわ、と彼女は答えた。それでも、それがすべてではないわ、と彼女は続けた。前に、乱暴ではない男とも付き合ったことがあるけれども、あの人は何か悩んでいるように思えるわ。ほとんどいつも考え事をしているわ。ポケットに小銭があって、その小銭を取り出す手があるのに、それ以上何か問題があるのか、とジョーは尋ねた。ヘレンは、アルバート・ノッブスの愛をお金で表されるのがいやだった。ヘレンは、アルバートとはもう付き合いたくない、もうこんな仕事はうんざりという気持ちをジョーに伝えようとした。しかし、彼女の言おうとした言葉は、ジョーの発言によって、抑えられてしまった。次に奴と出かけるときに、少しその気にさせて、どんな奴か確かめて来いよ。毒牙を持っているのか、それとも、単なる去勢雄鳥なのか。去勢雄鳥ですって！　それって何なの？　と彼女は尋ねた。去勢雄鳥というのは、玉なしってことだ。そんな奴かもしれない。ヘレンは、次にいっしょに出かけるときは、真相を探ろうと決心した。アルバートは、プレゼントを喜んで買ってくれるけれど、キスをすることは望まないなんて、おかしなことだわ。本当にジョーが言ったとおりかもしれない。ママと出かけるのと変わりないわ。まあ、どういうことかしら？　私は当て馬にすぎないのかしら？　誰か他の女を……。じゅうぶん納得できる説明を考え出すことができないので、ヘレンはあきらめた。しかしながら、一度高まった気分を元にもどすことができず、彼女の浅黒い顔が醜くなるぐらい、腹立たしさがわき上がり、どうしようもなくなった。私は、彼に怒りを感じているのかしらと彼女は自問した。あの人は私に恋をしているのかしら、それとも……。ヘレンは、階段を下りながら、彼の目的を見つけ出そうとしてひとりごとを言った。今、私がジョー・マッキンスに熱をあげていることをアルバートは知っているにちがいない。彼が疑ってないなんてありえないわ。ああいやだ！

七

しかし、ヘレンがホテルを出るときのアルバートに対する疑いよりも、歩道の縁石で立って待っているときのアルバートのヘレンに対する疑いのほうがずっと強かった。彼女は、ヘレンがジョー・マッキンスと交際していることを知っていた。ジョーがヘレンに与えるものは何もないことも彼女は知っていた。彼女は、ヘレンに与えたお金の一部が、ジョーのパイプやタバコの代金として使われているのではないかと疑いさえした。抜け目のなさは、純真さと矛盾する。ヘレンがジョーと情事にふけることは、彼女にとってはそれほど苦痛ではなかった。彼女は、ヘレンが悪の道に落ちることを望んでいなかったが、結婚後よりも、結婚前に、遊ぶほうがまだましだと思った。一方で、たとえ結婚して得られる家庭が男から得られる快楽よりもよいとしても、性体験のある女性は、女と身を固めることには満足しないだろう。彼女は子どもがほしいと思うかもしれない。そのことは至極当然のことだ。彼女は普通の女と同じように子どもが好きだとアルバートは感じた。もしヘレンが子どもを望むなら、子どもの問題はなんとかなる。しかし、父親が店のまわりをうろつくことは決してよいことではない。ヘレンが妊娠したらすぐに、父親を追い出さなければならない。しかし、父親を追い出すことはできるだろうか？　もしジョー・マッキンスが父親ならば、それほど簡単なことではない。彼女はトラブルを予見して、父親は他の人のほうがいいと思った。他の人なら誰でもかまわない。しかし、ヘレンがジョーを捨てるかもしれないのに、ヘレンの子どもの父親のことで、どうして悩む必要があるのだろうか？　もし二人――ヘレンと彼女――が結婚するつもりならば、ヘレンはジョーを完全に追い出さなければいけない。今夜ヘレンに自分の性別を打ち明けるにせよ、あるいは先延ばしにするにせよ、彼女はどうしてもヘレンと結婚したかった。今夜でなければ、明日の夜はどうか、と自問した。しかし、どのようにヘレンに打ち明けようか？　だしぬけに言ってみようか。ヘレン、話したいことがある。私は男ではない。あなたと同じように女だ。だめだ、それではうまくいかない。ヒューバートは、自分が女であることをどのように妻に話したのだろうか？　聞いておけばこのような苦労をしなくてよかったのに。ヒューバートの話を聞いたあと、あなたに尋ねたいことがあると言うべきだった。しかし、眠気が二人のまぶたにとても重くのしかかっていて、もう考えられなかった。そして、二人とも眠ってしまった。何時間も話をしていたので、当然の成り行きだった。彼女は、彼女の妻がどのように真相を知ったかを教えてほしいとずっと思っていた。ヒューバートが妻に話したのか、それとも妻が尋ねたのか？　彼女は内気なために、この話題をそれ以上追及することができなかった。彼女は自分自身に目を向けた。彼女が女であることをヘレンが自然に見つけ出すようなことはあってはならないと思った。このことは確かだ、それだけは。ヘレンに話さなければいけない。しかし、結婚前に告白すべきだろうか、それとも、結婚初夜まで待って、婚礼の寝室のベッドの端に座って告白するべきだろうか？　もしヘレンの気性が激しくさえなければ。彼女は思いめぐらせた。私はナイトシャツを、彼女はナイトガウンを着ている。一方で、ヘレンは、感情が爆発したあとで落ち着き、この状況を受け入れることは自分の利益になると理解するかもしれない。特に、もし二年経ったらジョー・マッキンスの子どもを持ってもよいという期待をヘレンが抱くことができれば。ただ、彼女にそのときまで待つことを了承してもらわなければいけない。二年経てば、ジョーは別の女のあとを追いかけているかもしれない。しかし、もし彼女が怒って、私に危害を加えることになったら大変だ！　ヘレンは近所の人や警察に助けを求めるかもしれない。そうなったら、二人とも警察に連れて行かれるだろう。ヘレンはリヴァプールかマンチェスターに帰らなければならなくなる。彼女は同性との結婚がどんな罰になるか知らなかった。そのときは、どうしても朝一番の船に乗らなければならないだろう。

ダブリンの長所のひとつは、他の都市と同様に簡単に町から逃げ出せることである。汽船が、午前も午後も、いつも出ている。アルバートは何本出ているかは知らなかったが、たくさん出ているはずである。一方、もし彼女が誠実な態度を示し、結婚前に自分の性別をヘレンに打ち明けたならば、ヘレンは人に言いふらさないと約束してくれるだろう。しかし、約束を破るかもしれない。そうなったら、モリソンズ・ホテルでの生活は我慢できないぐらい大変になるが、彼女はそれに耐えなければいけない。非難ごうごうだ！　しかし、いずれにしても大変だ。ヒューバート・ペイジに聞くことができたらなあ。しかし、彼女は、そのとき、行って尋ねることは思いつかなかった。甲の薬は乙の毒だ。彼女は、ヒューバートの告白を聞いてしまったことを後悔し始めていた。あのノミさえいなければ、自分はこんな窮境に陥ることはなかっただろう。しかも、深くはまってしまった！　三か月の付き合いは一日とは異なる。モリソンズ・ホテルの全員が、彼女かジョーのどちらが勝利者になるかとうわさしていた。彼女が急がないと、ジョーがゴールめがけて駆けて来るとせきたてる者もいた。競馬の比喩は理解できなかった。理解できても半分ぐらいだった。何とかしてこの窮境から逃れることができたらなあ！　しかし、もう遅すぎた。自分はやり通さなければいけない。でも、どうやって？　まったくちがうタイプの女の子を探すほうがよかったかもしれないが、それでもヘレンのことが好きだった。ヘレンが戸口の上り段で少し足を開いて立つ姿、ヘレンが小売り商人をしかりつける姿、そしてベイカー夫人やシェフに敢然と立ち向かうヘレンの姿。さらに、何かを思いついたときの、ヘレンの目の輝き方も彼女は好きだった。彼女の陽気な笑い声は、他のどんなことも及ばないほど、アルバートの気持ちを温かくさせた。ヘレンに出会う前は、自分の心が冷たくなるのを恐れることがたびたびあった。ヘレンと同じくらいうまく、自分が心に描いている店を経営できる人物は、世界中を探しても、見つからないだろう。しかし、店は待ってくれない。その瞬間、アルバートは、昨日受け取った手紙のことを思い出した。来週の月曜日までに承諾しなければ、店の所有者は賃貸契約の話をなかったことにしてしまうだろう。

　今日は金曜日だ、とアルバートはひとりごとを言った。今夜を逃すともう機会はない。明日、ヘレンは一日中働いている。日曜日には、ヘレンは何か口実を作って、ジョー・マッキンスに会うために外出しようと企むだろう。結局、今夜決めなければいけない。避けられないことに対しては、勇敢に立ち向かうこと以外ない。長い階段の上の小さな家、庭に装飾的な木があるかわいい小屋、芝生がある家、少なくとも三面か四面ある畑の真ん中に立っているりっぱな家などを通りすぎて、ラスマインズ・アヴェニュー〔テレニュアからダブリン中心地に向かう道〕の長い道をガタガタと音を立てて市電が通って行った。アルバートは深く考えた。計画案が次から次へと頭の中に浮かんで来た。市電が右に曲がり、それから左に曲がり、ラトガー・アヴェニュー〔テレニュアからダブリン中心地に向かう道〕の長い勾配を一定の速度で上って行ったとき、アルバートの熱意はなくなっていた。自分が作り上げて来たすべての逃げ口上――結婚は、一夜限りの恋ではなくて、利益に基づく共同体であると考えるべきだという長い議論――は、すべての重要性を失ったように思われた。ラスマインズ・アヴェニューでのとても説得力があると思われた議論は、ラトガー・アヴェニューでは忘れ去られていた。そして、テレニュア〔ドダー川沿いのダブリン南部郊外の町〕で、事前に構想を練ろうと試みてもむだであるという結論に至った。つまり、夕暮れに、居心地のよい窪地の木の下で二人が話しているときに、自然に出て来た考えに従うほうがよいだろうということになった。窪地では、二人は男の子や女の子たちの声が聞こえない距離のところで長々と横になっているだろう。よそのカップルは、土手沿いで一日の労働を終えたあとのわずかな充実感の中でおたがいに話をあまりすることもなく、突っついたり押し合ったりいちゃついたり、何げない会話をしたりして満足しているだろう。

アルバートは、川の土手だと自信を持って求婚できるだろうという期待から、夕方、ドダー川〔ダブリンを流れる三本の川のひとつ。マス釣りの名所〕沿いで過ごすことをヘレンに提案した。アルバートはこの思いつきを最善だと考えていた。もし世界中で彼女の秘密を簡単に話せる場所があるとしたら、それはドダー川の土手しかないと確信した。窪地にあるセイヨウヒイラギカシの下だと秘密を話せる自信があった。しかし、彼女の口から言葉は出て来なかった。そして、二人を取り巻く沈黙は、不吉に思えた。彼女は、波や渦巻がなく、泥だらけの川底の上を流れる川を恐れた。ヘレンが彼女に何を考えているのかを尋ねたとき、彼女はびくっとした。君のことだよ。そして、君とこのように座っていることは、とても楽しいよ、とアルバートは答えた。この言葉のあと、沈黙が再び訪れた。アルバートは話をしようとしたが、口の中で舌の動きが鈍すぎて、話せなかった。息が詰まるように感じた。沈黙は数秒間続き、その一秒一秒が一分のように思えた。そのとき、男の子の声が聞こえた。ズロースにレースが付いているか確かめてみよう。だめよ、と女の子が答えた。いちゃついているカップルが向うにいるわ、とヘレンが言った。ヘレンはこの会話を幸先のよいものと思った。この会話が求婚を迫る勇気をアルバートに与えてくれる、とヘレンは期待した。

アルバートもこの会話が幸先のよいものと思った。アルバートはすべての女性のズロースにレースが付いているかどうか、尋ねようとした。アルバートは性別を告白できるような返答を考えていた。最後にズロースをはいてからかなりの時間が経っているという言葉は、アルバートの口の中で消えた。この言葉を言う代わりに、ドダー川のことに触れて、モリソンズ・ホテルからそれほど近くないことが残念だと言った。ヘレンはこう答えた。どこにあったらいいと思うの？サックヴィル・ストリートを下って流れて、リフィ川に注げばいいの？その場所では、ニシンと同じように動く隙間もないくらい私たちは密着しなければならないわね。そうじゃないと、おたがい口を開けば必ず他人に聞かれるわ。そのようですね、とアルバートは答えた。そしてアルバートは怖気づいて、十一時までにもどらなければいけない、もどるのに一時間はかかるから、と付け加えた。あなたがそうしたいのなら、今もどりましょう、とヘレンは怒ったように言った。アルバートは謝った。この苦境から脱け出せるようなことが起きないかと期待した。そして、モリソンズ・ホテルは概して使用人に親切だと述べた。しかし、ヘレンは返答しなかった。彼女はますます怒っているみたいだ、とアルバートは心の中で思った。そして、ほとんど絶望的に、ドダー川は河口までずっときれいだとは思わないかい？ と彼女は尋ねた。ヘレンは以前ジョーと散歩した場所を思い出し、こう答えた。染色工場のダートリー・ダイがあるダートリー〔ドダー川沿いのダブリン南部郊外の町。テレニュアの東にある〕まで森が続いていることをあなたは知らないでしょう。でもそんなにきれいな場所はないわ。リングス・エンド〔リフィ川の河口付近に位置する新開発地区〕は知ってますよね？ 一度行ったことがあります、とアルバートは答えた。ヘレンは何週間か前の日曜日に波止場の近くで見た三本マストの大型船について話した。君は、ジョー・マッキンスといっしょにそこにいたのかい？ いたとしたらどうなの？ つまりこういうことだ、女の子が二人の男と付き合うのは普通じゃないと思う、とアルバートは答えた。そして、思うに……。ええ、どう思うの？ とヘレンが言った。君は私のことをあまり気にかけていない。なぜ？ とヘレンは尋ねた。私たちはもう三か月も交際しているわ。そして、いつも話ばかりしていて、一度も女の子の腰に手を回したいと思わないなんて普通じゃないわ。それじゃ、ジョーは私とはちがうのだね？ とアルバートは尋ねた。ヘレンは笑った。軽蔑したような小さな笑い声だった。結婚したら、キスする時間はたっぷりある、とアルバートは続けた。あなた初めて結婚のことを口にしたわね、とヘレンは怒ったように言った。でも、私たちの間には常に結婚の合意があると思っていたよ。では、今すぐ、結婚を申し込もう。アルバートは、言葉を入念に選んだ。アルバートがぐずぐずしていることに対するヘレンの怒りは効果がなかった。早く言ってよ、とヘレンが言った。彼女のアルバートに向けた目と声は、明らかに執念深さを示していた。アルバートは、相変わらず自分の計画の話に夢中になり、ヘレンにはどうでもよいことを話し続けた。ヘレンは、再びジレンマに陥った。アルバートの結婚の申し込みを断るか、あるいは、ジョーと別れるかのどちらかに決めなければいけないことは、残念に思った。店について、あなたが言ったことは全部すてきなことだわ。でも、女の子には、それほど魅力的ではないわ。何だって？　結婚を申し込むことがかい？　とアルバートは口をはさんだ。そうね、最初にキスもしないではね。そんなに大きな声を出さないで。あそこのカップルが聞いている。今、笑いながら立ち去って行った、とアルバートは小声で言った。笑おうが、泣こうが、気にしないわ、とヘレンが答えた。私にキスをしたくないのね。愛してくれない男とは結婚したくないわ。アルバートはキスしたいと言って、体を曲げてヘレンの両頬にキスをした。これで君にキスをしたことがないとはもう言えないね。これがキスだというの？　とヘレンが問い返した。どんなキスを望んでいるのだ、ヘレン。何も知らないのね、とヘレンは言い、アルバートに激しくキスをした。ヘレン、放してくれ。そんなキスのしかたには慣れていないのだ。愛していないからよ、とヘレンは言い返した。愛していないからだって？　とアルバートは言った。私は乳母をとても愛していた。でも、そんなふうにキスをしたいとは一度も思わなかった。ヘレンはこの言葉に吹き出した。私は乳母と同じ扱いなのね！　さあ、これで！　早く言ってよ、とヘレンが言った。彼女は一瞬アルバートを不憫に思った。私を愛しているの、それとも愛していないの？　ヘレン、深く愛しているよ、とアルバートは言った。愛している？　とヘレンは繰り返した。前に付き合った男たちはみんな、私を愛してくれたわ。愛してくれたとアルバートは彼女の言葉のあとについて繰り返した。まちがいなく君を愛しているよ。私は男たちに愛してほしいのよ、とヘレンが答えた。でも、それじゃ動物みたいだよ、ヘレン。一体どうしてそんな不潔なことを考えるの？　家に帰るわ、と彼女は言い、立ち上がって、暗くなっていく野原を通り抜けている道を歩き始めた。私に腹を立てていないよね、ヘレン。腹を立てているかって？　いいえ、腹を立ててなんかいないわ。あなたはばかよ、それだけよ。でも、もし君が私のことをばかと思うなら、なぜ今夜あの木の下までついて来て、いっしょに座ったのかい？　そして、なぜこの三か月間、毎週いっしょに出かけ、付き合ってくれたのかい？　とアルバートは尋ねた。いつも私のことをばかと思っていたわけじゃないだろ？　いいえ、そう思っていたわ、と彼女は答えた。アルバートは自分を交際相手として選んだ理由をヘレンに尋ねた。何でも理由ばかり聞くのね、とヘレンは言った。しかし、なぜ君を愛することを許してくれたんだ、とアルバートは続けて言った。もし許したとしても、どうだというの？　付き合うとか付き合わないとかで、もう不満を言う必要もなくなるわね。ヘレン、もう付き合わないなんて、本気じゃないよね？　本心よ、と彼女はむっとして言った。これからは、ジョーと付き合うつもりなのだな、とアルバートは嘆くように言った。あなたには関係のないことだわ、と彼女は答えた。すでに、二人は野原の端にある踏み越し段〔牧場の柵に設けられた踏み板で、人間だけが越せて家畜は通れないようになっている〕の近くに来ていた。次の野原に行くには、通り抜けなければいけない生け垣と森があった。二人が歩いた小道の思い出があまりにも鮮明によみがえって来たので、ヘレンといっしょに歩くのはこれが最後であることをアルバートはどうしても信じられなかった。もう二度と付き合わないという言葉を取り消すようヘレンに懇願した。

八

市電には乗客がほとんどいなかった。二人は一番端に、ぴったりとくっついて座った。アルバートはヘレンに見捨てないでくれと懇願した。もし私が今日おかしかったとしたら、それはホテルの仕事で疲れていたせいだ、とアルバートは言い訳した。リスドンヴァルナ〔クレア州にある温泉町。百五十年以上の歴史を持つ縁結びのお祭りがある〕に到着したときには、私はちがった人間になっているよ。二人とも気分転換が必要だ。新しい気分になるには、クレア州〔マンスター地方にある州〕の海水と断崖に及ぶものはない。君も変わり、私も変わり、すべては変わるだろう。いやとは言わないで、ヘレン。お願いだから。私は、今週リスドンヴァルナで過ごすことを楽しみにしていたのです。しかし、ヘレンはリスドンヴァルナに行くつもりはなかった。アルバートはすでに予約していた宿代について力説した。私たち二人で宿の支払いをしなければならないね。仕立て屋からちょうどできて来る新しいスーツがあるのです。それを着て、君と浜辺を歩くのを楽しみにしていたのです。聞いたところ、波が断崖にぶつかり、そのまわりは緑の田畑が広がっているらしい。船が通りすぎて行くのを見て、船の行き先を二人で思いめぐらそう。ネクタイを三本と数枚のシャツも買いました。もし君がいっしょにリスドンヴァルナに来てくれないのなら、これらは何の役にも立たない。宿代を払わなければならない。かなりの額になります。私は二部屋ほしいとホテルへの手紙に書きました。でも、ひと部屋しかいらなくなる。こんな話をすべきではなかったかもしれません。リスドンヴァルナのことなんかはもういい加減にして、とヘレンは答えた。リスドンヴァルナには行きません。でも、君のために注文した帽子はどうなるの？　とアルバートは尋ねた。大きな羽根が付いたあの帽子。それに、ストッキングと靴も君のために買ったのです。教えてほしい、どう処分したらよいのか？　それと、手袋も？　ああ、お金を浪費して心が痛む！　帽子をどうしよう、とアルバートは繰り返した。ヘレンはすぐには答えなかった。ええ、帽子は私がもらうわ、と彼女は少し経ってから言った。ストッキングは？　とアルバートが尋ねた。ええ、ストッキングももらうわ。靴は？　ええ、靴もよ。でも、私といっしょにリスドンヴァルナに行かないのだね？　ええ、リスドンヴァルナにはいっしょに行かないわ、と彼女は言った。しかし、贈り物は受け取るのかい？あなたを喜ばせるために受け取ると言ったのよ。贈り物がむだにならずにすむほうが、あなたが満足すると考えたの。むだにならずにすむだって？　とアルバートは繰り返した。ジョー・マッキンスと出かけるときに、身に付けるつもりなんだろ。じゃあ、いいわ、贈り物は自分で取っておきなさい。それから、話題はちがう方向に進み、二人がドーソン・ストリートの上端で市電を降りるまで話は続いた。アルバートは、ドーソン・ストリートを歩いて行く間中ずっと見捨てないように懇願し続けた。ホテルから二十ヤードしか離れていないところまで来た。ヘレンが永遠に自分から去り、ジョー・マッキンスの腕の中に飛び込んで行くのだとわかったとき、ヘレンに見捨てないでくれ、とアルバートは頼んだ。こんな別れ方をしたくない、と叫んだ。よく話し合い、愚かなことをしないために、ナッソー・ストリート〔トリニティ・カレッジの南側に沿った道〕からクレア・ストリート〔ナッソー・ストリートの東側につながる道〕までを何度も往復しましょう。ねえ、君、とアルバートは話し始めた。君とブロードストーン[16]まで乗合馬車の屋上席に座って行き、そのあと、列車で行くことに決めていたのです。列車は美しい田舎を走り、見たこともない場所に到着する。断崖があり、断崖の向こうに太陽が沈んで行く。もう聞いたわ、とヘレンが言った。あなたとリスドンヴァルナには行きません、と怒って言った。そして、もし言いたいことがそれだけなら、もうホテルにもどったほうがいいわ。ヘレン、まだ話があります。まだ店のことを話していません。いえ、店のことはすべて聞いたわ。あなたは、この三か月、店のことばかり話しているわ。しかし、ヘレン、つい昨日、店についての新しい条件を提示する手紙を受け取ったのです。月曜の朝までしか、猶予はないと書いてあるのです。もしそのときまでに賃貸借契約に署名しなければ、店の話はなくなるのです。でも、店がうまくいくと考えているの？ とヘレンは尋ねた。多くの店は、最初はうまくいきそうだけれど、そのうち先細りになり、ついには、一日にひとりもお客が来なくなるわ。

ヘレンがこの事業に関心を持ち始めたことをアルバートはうれしく思い、ヘレンの気持ちがジョー・マッキンスから離れることを期待した。そしてアルバートは店の立地条件の評価や近隣で集めることができる顧客や、顧客を開拓する可能性について話し始めた。あの店を大成功させることができると思う。たくさんの人が私たちのところに遊びに来て、客間で私たちとお茶を飲むのです。みんなは私たちを羨み、私たちのようにこんな大きな幸運をつかんだ二人に今まで会ったことがないと言うでしょう。そして、私たちの結婚は……。どうなるというの？ とヘレンは尋ねた。とてもすばらしいものになるさ。本当にすばらしいものになるでしょうね、とヘレンは返答した。でも、あなたとは結婚しないわ、アルバート・ノッブス。雨が降って来たわ。もう外にはいられないわ。君は帽子のことを考えているのだね。もうひとつ買ってあげるよ。さよならを言うころね、とヘレンは答えた。アルバートは彼女が戸口のほうに行くのを見た。寝る前にジョー・マッキンスに会いに行き、彼の夢を見ながら寝るつもりなのだろう。私は自分のベッドで眠れずにいるだろう。私の思考は、コウモリのように、ひと晩中羽ばたき、あちらこちらジグザグにさまようだろう。

もし彼女がそのあとホテルに入って行ったなら、ヘレンとジョー・マッキンスに会うかもしれないことを忘れてはいなかったが、長い間ダブリン中を歩いたあとなので、ぐっすりと眠れることを期待して、彼女は急いでホテルへと走った。

九

クレア・ストリートの角で、客を探すためにぶらついている二人の女に出会った。十シリングか一ポンドか、いくらだろう？　とアルバートは自問した。すべての希望がくだかれて自暴自棄になっていたので、二人の女のうちのひとりになれたらいいのにと思った。少なくとも、彼女たちは女である、一方、私は性別のわからない《パーハップサー》人間にすぎない。悲嘆に暮れていると、彼女たちに話しかけたいという欲望がアルバートに起きた。しかし、もし話しかければ、彼女たちは当然私を誘って来るだろう。

それでも、アルバートは足取りを早めた。二人の街娼を追い抜いたとき、ふり返った。ひとりの女が注意を引こうとして言った。愛の夢のようなものよ。

愛の夢のようなもの？ とアルバートはひとりの女の言葉を繰り返した。君たち二人は何のことを話しているのかい？ アルバートのすぐ横の女が言った。あたいの友だちは、昨夜見た夢のことを話していたのさ。夢か、どんな夢だったのかい？ とアルバートは尋ねた。キティ[*17]は、愛の夢の話なんかよりも私のほうがずっといいわと私に話していたの。旦那、どう思います？ 直接キティに聞いてみよう、とアルバートは言った。彼女は亡霊よとキティは答えた。ただそれだけかい、とアルバートは言い返した。そして、二人でいっしょに道を横断した。

メリオン・スクエア・パーク[*18]の角で、伊達男が現れ、キティの友だちをひっかけに来た。そして、アルバートとキティだけが取り残された。

名前をまだ聞いていなかったね？ とアルバートは突然ひらめいたように言った。キティ・マッキャン、と少女は答えた。前に一度も会ったことがないというのは奇妙なことだ、とアルバートは、自分が何を言っているのかほとんどわからないまま口にした。私たちはこの通りにはあまり来ないの、と少女は言った。いつもはどこを歩いているのかい、特に夕方には？ とアルバートは尋ねた。グラフトン・ストリート[*19]か、カレッジ・グリーンあたりね。ときどき、川を越えるわ。サックヴィル・ストリートを歩くのだね、とアルバートは口をはさんだ。そして、彼女の生活のほうに、話題を導こうとした。旦那は、女子修道院であたいたちにただで服を洗わせようと考えているような人じゃないよね、と彼女は言った。私はモリソンズ・ホテルのウェイターだ。彼女がなれなれしく話し始めたので、アルバートはほっとした。モリソンズ・ホテルの名前がアルバートの口から出るとすぐに、自分のことについて話したことを後悔し始めた。たいしたことないさ。それに、この子は、ホテルの名前を覚えていないだろう。ホテルの賃金はいいの？　とキティは尋ねた。お茶を運んだだけで半クラウンももらえると聞いたけどさ。キティ自身のことについては話の中で少しずつ出て来た。アルバートは見栄を張らないこの少女の話に耳を傾けようとしたが、注意が散漫になった。キティは、頭が悪いわけではなかったので、アルバートが何か大きな悲しみの中にいると推測し始めた。私のことはどうでもいいことだ、とアルバートは彼女に答えた。キティはやさしい子なので、こう思った。もしこの人を私の家に連れて行くことができたならば、悲しみから救い出すことができるのに、たとえほんのわずかな間だけでも。それで、彼女はアルバートが自分への関心をなくさないように話を続けた。とうとう、フィッツウィリアム・プレイス〔リフィ川の南にあるフィッツウィリアム・スクエアの東側の道〕まで来た。そのときになって初めて、最後にもらったお金のうち残っているのは三シリング六ペンスだけで、家賃を明日払わなければいけないことをキティは思い出した。彼女は、この紳士といっしょでなければ、家に帰る勇気がなかった。女家主は、彼女にがみがみ言うだろう。彼女にとって大切な夜の時間は、ホテルの玄関先で別れるような男と話をしただけですぎた。ホテルはどこだと言っていたかしらと彼女は自問した。それから、大きな声で言った。あなたはウェイターよね？　どこのホテルか忘れちゃったわ。アルバートは答えなかった。相手の沈黙に困って、キティは話し続けた。遠回りをさせてしまったかしら。いいえ、そんなことはありません。どの道も私には同じことです。でも、あたいには同じではないわ、と彼女は返答した。今夜お金がいくらか必要だわ。少しあげましょう、とアルバートが言った。いっしょに家に来てくれないかしら？　と少女は言った。アルバートは躊躇したが、ふとその気になった。しかし、もしそうなったら、女であることがばれてしまうだろう。ばれてもかまわないじゃないか、とアルバートは自問した。この少女といっしょに家に行き、彼女の腕に抱かれて寝て、長年しまい込んでいた物語を話したいという衝動が再び起こってきた。そうなったら、二人でいっしょに思い切り泣くことになるだろう。望んでいるお金が手に入りさえすれば、少女にとってあとはどうでもいいことである。彼女は男がほしいと思っていない。彼女がほしいのはお金だった。それは、彼女にとって賄い付きの宿に泊まれることを意味していた。彼女は親切で、すてきな女の子だ、とアルバートは心の中で思った。キティの顔見知りの男が来たとき、キティは火遊びをしようとした。ちょっと失礼、とその男は言った。アルバートは二人がいっしょに歩いて去って行くのを見た。キティはもどって来て言った。ごめんね、古い友人に会ったの、また別の日の夜にね。アルバートは、相手をしてくれたことに対して少女にいくらかお金を払いたいと思って、ポケットに手を入れた。しかし、彼女はすでに友人のところにもどって行くところだった。男は、街灯のそばに立ったまま、彼女を待っていた。街娼には客が必要である。客に出会えば、その夜の心配はなくなる。私は好機を逃してしまった。あるがままに気楽に暮らすほうがいいのか、あるいは、厄介払いできない夫を持つほうがいいのか、という見当ちがいの疑問を感じて、アルバートは急に立ち止まり、悲嘆に暮れた。アルバートは、どこに向かっているかはまったく気に留めず、通りを何本も泣きながら歩いた。

十

アレック、町中を行ったり来たりしてから橋を渡り、悲しみで取り乱して目的もなくぶらぶらと歩き、最後にはモリソンズ・ホテルの玄関に疲れてたどり着いたかわいそうな人が目に浮かぶだろ。

おや、アルバート・ノッブスさん、こんな時間まで一体何をしていたのですか？ とポーターがつぶやいた。すみませんと答えた。階段をよろけながら上っていく途中で、二時をすぎたら、宿泊客でさえ、ポーターに愛想よく出迎えられないことを思い出した。ましてや、そんな時間に使用人が帰って来るとは。アルバートの思考は停止した。あまりにも疲れていたので横になったが、ポーターのことや自分自身のことなど何も、これ以上もう考えることができなくなった。仕事の時間が来たとき、気力なく起きた。

仕事をしていれば何も考えなくてすんだ。昼すぎに、昼食のテーブルが片付けられるときになって初めて、どうしてもヘレンに会って話がしたいという願望を抑えることができなくなった。しかし、ヘレンの顔の表情は、不機嫌そうで、人を寄せ付けない感じだった。アルバートは彼女に話しかけないで三階にもどった。まもなく、三十四号室のベルが鳴った。アルバートはキッチンに行くことができるような注文を期待した。知らん顔するつもりなの、ヘレン？ 昨夜、じゅうぶん話したでしょ、とヘレンは言い返した。もう話すことは何もないわ。下働きのために服装がひどく乱れているジョーが、山積みの皿を運んで通りすぎるときに、くすくす笑った。乳母が好きだったが、乳母にキスをするなんて考えたこともなかった、とジョーは言って、急に向きを変えて立ち去った。あまりにも急に向きを変えたので、数枚の皿がガチャガチャと大きな音を立てて落ちた。彼に降りかかった不幸は、当然の報いだ。アルバートは三階の持ち場にもどって、客室のベルが鳴るのを待った。メイドたちが、はたきを持って階段の一番上にやって来た。そして、恋の病にかかったウェイターから知的な会話が聞かれないとはどうしたことかしら？　とメイドたちは不思議がっていた。アルバートの失恋した顔つきを見て、彼女たちは陽気な気分を抑え、哀れみの気持ちを抱いた。そして、私は乳母を愛していたといったたぐいの言葉を口に出すのを控えた。

アルバートはあの子を愛している、とひとりのメイドがもうひとりのメイドに言った。さらに別のメイドが加わり、しばらく話を聞いていたあと、愛の苦痛にまさる苦痛はないと言って立ち去った。メアリー、アリス、そしてドロシーの三人のメイドは、アルバートに同情した。そして、くよくよ考え込まないように、三人はちょっとした会話にアルバートを引き込もうとした。というのは、女性はいつも恋愛の話に興味を持っているからである。まもなく、彼女たちの怒りは、ヘレンに対して向けられた。結婚するつもりがないならば、なぜ何か月もアルバートと付き合ったのだろう、と話し合いながら去って行った。

かわいそうに、彼が失望するのも当然よ。悲しみでうちひしがれているわ。彼を見てよ、私のはたきの色よりも血色がよくないわ、とひとりのメイドが言った。少しも食べてないのよ、ともうひとりのメイドが言った。残ったワインをグラスに注いであげたけど、彼は片付けてしまったの、と三番目のメイドが言った。愛って恐ろしいわね。彼はあの女のどこを見ていたのかしら？と別のメイドが言った。あの女は、ずんぐりとして、浅黒く、サンザシのやぶみたいにとげがいっぱいあるわ。三人のメイドは、アルバートが自分たちの中から選んだほうがはるかにいいのにと思い始めた。

すぐに、ホテルの従業員の間でアルバートの店のことが話題になった。ヘレンはいずれ自分の残酷さを後悔するだろうというのがみんなの一致した意見だった。残酷という言葉ではじゅうぶんではない。裏切りという言葉も出た。ヘレンの顔には裏切りの気持ちが表れている、と誰かが言った。彼女がここにいる限り、アルバートは立ち直ることはできないかもしれない、と別の人が言った。もし理想の女性がやって来なければ、彼は衰弱してしまうだろう。彼はひとりの女にすべてをかけてしまった、とそこにいた男が言った。以前女の子と付き合ったことがあると一度も聞いたことがない。彼は何歳だと思う？　私は四十五歳だと思う。その年齢で愛に取りつかれると、ひどいことになる。これは子どもの恋では決してない。おまえたちの誰もこの事態を改善することはできないだろう、とその男が女たちの顔を見回して言った。事態を改善しようとは思っていないわ、と女たちはみんな断言した。そして、はたきを動かしながら、アルバートは他の女性に目をくれたことがあるのかしらと話して、ばらばらの方向へ散って行った。

彼はもう一度恋愛する勇気を持てないだろうとみんなが感じた。実際、そのとおりであった。というのは、弱い心では決して美しい女性を勝ち取ることはできないと言われたとき、アルバートは、心が折れてしまったのです、と答えたからだ。責任を負って、暮らしていきます。しかし、私の中のばねは壊れてしまった。みんなの記憶に残り、あれこれ議論されたのは、こういう言葉であった。一方、私は乳母を愛していたという言葉で笑いはまったく起きなかった。まわりの人たちからの同情に元気づけられて、アルバートは仕事をした。アルバートにはもはや友だちがいないとはいえなかった。ホテルのほとんどの女性は、アルバートへの哀れみから彼女と結婚してもよいと思ったことであろう。しかし、アルバートにはもう冒険する気持ちがなかった。仕事以外何も考えられなかった。彼女は毎朝起き、職場に出かけた。そして、彼女の仕事が終わらなければいいと願った。というのは、座って休憩するとすぐに、精神的苦悩が再び始まるので、休憩時間を恐れるようになっていたからである。彼女は楽しみがもう何もないということをまた考え始めるようになった。彼女の人生はただ仕事の繰り返しである。一種の足踏み水車である。二度とリスドンヴァルナに行くことはないだろう。カウンターが二つある店。ひとつのカウンターでは、刻みタバコ、巻きタバコ、そしてマッチが売られている。もうひとつのカウンターでは、あらゆる種類の甘い菓子が売られている。リスドンヴァルナと同様に、その店も消え去り、彼女の心の中だけで存在している——それは、思い出、夢。しかし、彼女は完全にその店のとりこになっていた。店の奥にある客間に、新しい家具を何度も備え付け、炉棚の上に丸い鏡をかけ、ウィックロー・ストリート〔リフィ川の南にあるグラフトン・ストリートの西側につながる道〕で見つけ、店員に取り置きを頼んだ色とりどりのかわいい壁紙を張っていた。想像の中で窓のまわりにカーテンをかけ、暖炉の両側に椅子をひとつずつ置いた。自分自身とヘレン用に、ひとつは緑色、もうひとつは赤色のビロード張りである。客間もまた、リスドンヴァルナや店と同じように消え去ってしまった。思い出であり、夢であり、もう存在しない。彼女の人生には、小さな夢以外何もなかった。これからは、その夢さえもなくなってしまうだろう。幸せにこの世に生まれてくる人もいれば、何の理由もなく不幸な人もいるというのは、理不尽に思える。自分は私生児であった。両親は著名な一族であったが、名前さえ知らない。両親は、自分を養育するために、乳母に年百ポンド支払っていたが、お金も残さず死んでしまった。自分と乳母はテンプルに住み、毎朝雑役をするために出かけなければならなかった。コングリーヴ氏には、フランス人の恋人がいた。もしベッシー・ローレンスがいなかったならば、テムズ川に身を投げていたかもしれない。あの夜、もう少しで身を投げるところだった。もし溺死すれば、このすべての苦悩と苦痛は終わっていただろう。現在よりも当時のほうが決意は固かった。そして川のほうを向いた。しかし、ダブリンの川にしり込みした。おそらく、故郷の川ではないからである。もし溺死するならば、自分の国の川のほうがいい。外国に移住することはまちがいだ、と彼女は言った。しかし、なぜまちがいなのだろう？　自分のような性別がわからない人間《パーハップサー》にとって、どこの国も同じであった。国を出ても国に留まっていても、たいして重要でなかった。いや、重要だ。ヒューバート・ペイジがホテルにもどって来ることを期待して、ダブリンにとどまっていた。ペイジだけには、自分に降りかかった災難を打ち明けることができる。誰かに話したかった。三人でいっしょにやっていけるかもしれない。幸せな家族を築けるかもしれない。男の服を着た二人の女性とペチコートを着たひとりの女性。ペイジが乗り気でも、彼の妻が乗り気でないかもしれない。ペイジの妻が死んでいたらいいのに！　以前、ペイジがこんなに長い間顔を見せなかったことはなかった。ペイジがもどって来るかもしれない。誰かといっしょに暮らすことができる可能性は、提示することができる金次第である、とアルバートは考えた。

その瞬間から、彼女の生活は、半クラウン硬貨やクラウン硬貨や十シリング銀貨をチップとして受け取るのを期待することに費やされた。ヘレンへの贈り物で失ったお金を少なくとも元にもどさなければならないと感じた。月日や年月が経つにつれてますます大きくなる苦痛を感じながら、三か月間自分の人生に侵入し、ジョー・マッキンスのもとに行った残酷で薄情なあの女ヘレンに、約二十ポンドを浪費したことを思い起こしていた。今、二人は遠くロンドンに去って行ったことはありがたいことだった。

彼女は、夜、部屋でお金を数えるのが習慣になった。

半クラウン硬貨は褐色包装紙で、十シリング金貨は青色包装紙で、珍しい一ポンド金貨はピンクの包装紙で包んだ。これらすべての包みをあちこちの隅に隠した。暖炉の中に置いたものもあれば、じゅうたんの下に隠したものもあった。このように貯えるほうが、郵便局に預けるよりも安全だと思った。他に何も持っていないので、お金を手元に置いておきたかった。ヘレンに出会う前の状態と同じくらい再び裕福になったことがわかったとき、幸福感がよみがえって来た。

お金を隠すためには、床から板を取りはずさなければならないとわかり、ベッドの下の床板を選んだ。このときから、アルバートは貯えの上で安心して眠った。そして、ヒューバートがもどって来たら、自分の災難の物語を彼に打ち明けようと考え、眠れないまま横になっていた。しかし、ヒューバートはもどって来なかったので、彼に会いたいという気持ちは薄らいでいった。むしろ彼が寄り付かないほうが好都合だと考え始めた。というのは、ひょっとしたら、彼のような放浪者はあっさりお金を使い果たし、お金を無心するために、モリソンズ・ホテルにもどって来るかもしれないからだった。別の女のために使うお金を与えるつもりはなかった。別の女というのは、ヒューバートの妻のことだった。ヒューバートがもどって来たとき、もし彼女がお金を与えなかったなら、彼はアルバートの秘密を公表すると脅すかもしれない。それは、彼女にとって、恥ずべき考えであり、忘れてしまいたいような卑劣な考えであった。しかし、時が経つにつれて、ヒューバートに対する恐れが彼女の心の中を占領していった。結局、ヒューバートは自分の秘密を知っている。どういうわけか、彼女の秘密を暴露するときには、ヒューバートは自分自身の秘密も暴露することになるということに彼女は気づかなかった。アルバートは昔のように明快に考えることができなかった。ある日、彼女は、ベイカー夫人が気に入らないような態度で、返事をした。ベイカー夫人は、アルバートと話をしているときに、家屋塗装工に会ってからずいぶん時が経ったという思いが心をよぎり、ヒューバート・ペイジは、どうしているのかしら？　と言った。長い間、彼の消息を聞かないわね。あの人から便りがあったかい、アルバート？　なぜ私が彼から便りを受け取ると思ったのですか、マダム？　ただ聞いただけよ、とベイカー夫人は返事した。アルバートがこの放浪者について何かつぶやいていたのをベイカー夫人は聞いたことがあった。答えるときの口調は無礼そのものであった。ベイカー夫人はアルバートについて考えた。いくつかの点において、以前より今のほうが使用人としてりっぱではあるけれども、ベイカー夫人が気に入らないような欠点を持ち始めていた。たとえば、宿泊客がホテルを出発する準備をしているときに宿泊客に付きまとう態度は、ほとんど脅迫同然である。それ以上にひどいことは、アルバートが行なうサービスは受け取るチップの額にしたがって決まるといううわさが彼女の耳に入ったことである。彼女は信じられなかったが、もしそれが真実ならば、長年いっしょにすごしてきたけれども、ためらうことなく彼をホテルから追い出すことになるだろう。もうひとつある。アルバートは好かれているが、必ずしもみんなに好かれているわけではなかった。三階の赤毛の小さな少年が教えてくれたんだけど、とベイカー夫人が言った（夫人は、その子をブレイ[*20]まで連れ出した先週の日曜日のことを考えていた）。その子はアルバートを恐れていたわ。アルバートがその子を抱き上げ、キスを迫ったことを私にその子は打ち明けてくれた。なぜアルバートは、その子を放っておくことができないのかしら？　その子はアルバートが好きではないということがわからないのかしら？

しかし、ベイカー一家は心やさしい経営者だったので、ビジネスに私情をはさむことはしなかった。だから、アルバートは死ぬまでモリソンズ・ホテルにとどまったのです。

安らかな死に方でありたいものです、ムア先生。もし安らかな死に方に値する哀れむべき人がいるとすれば、それはまさにアルバートだと思います。アレックもそう考えるかね。失望した男は、幸福な男よりもこの世からお別れするときには、苦しみが少ないということですね？　おそらく、アレックの言うとおりだ。先生、そう思います、と彼は答えた。私はさらにアレックに続きを話した。アルバートは、ある朝、起きたが、呼吸が苦しい状態だった。そして、ベッドにもどり、ほとんど声を出すこともできずにベッドで横になっていた。そしてついにメイドがベッドメイクをするためにやって来た。メイドは、お茶を持って来るために再び走り去った。アルバートは、お茶を少しずつ飲んで、気分がよくなった、と言った。しかし、彼女は完全に目を覚ますことはできなかった。夕方、メイドはスープ一杯を持ってやって来たが、無理にスープを飲ませることはしなかった。アルバートが食べることも飲むこともできないことは明らかであった。彼女が死にそうであることもまた明らかであった。しかし、メイドはホテル中を大騒ぎさせたくなかった。明日医者に診てもらったほうがいい、と彼に言うだけでまずはよいと思った。メイドは朝早く起き、アルバートの部屋に行ったときに、そのウェイターが激しい息づかいで眠っているのがわかった。一時間後、アルバートは死んだ。火曜日に健康だった男がどうして木曜日の朝に死ぬのかと、そんなことがこれまでに一度も起こったことがないかのように、みんなが不思議に思っていた。たとえ何度そんなことが起こったとしても、不自然に思えるだろう。そして、アルバートが自殺したのではないかと、うわさされるようになった。卒中だと言う者もいたが、背が高く、やせた男が卒中になるのは、めったにないことだった。医者がアルバートは女であったという報告書を伝えたとき、死因についてのすべての憶測がみんなの心から追い払われた。それ以前も以降も、モリソンズ・ホテルがあの朝ほど大騒ぎになったことはなかった。なぜアルバートが男としてすごすことを選んだのか、どうやって誰にも疑われることなく長年うまく男として生活できたのかを、みんながたがいに疑問を投げかけ合った。女よりも男のほうがよい賃金がもらえると言う人もいたが、誰も賃金の問題を議論しなかった。女よりも男のほうが賃金がよいことは知っていたからだ。

しかし、もしヘレンがジョー・マッキンスと出て行かなければ、アルバートはヘレンとどうなっていたのかということに関して、みんなの想像力がかきたてられた。新婚の夜に、どんなことが起こっただろうか？　もちろん、何も起こらないさ。しかし、どのようにして男のふりができたのだろうか。男たちは一杯飲みながらくすくす笑い、女たちは紅茶を飲みながらあれこれ考えた。男は女に尋ね、女は男に尋ねた。その年の春に、ヒューバート・ペイジが、ペンキとブラシを持って、モリソンズ・ホテルにもどって来た。そのときも、その話題に対する関心はまったく衰えていなかった。アルバート・ノッブスは元気かい？　が彼女の最初の質問だった。それが一同に火をつけた。アルバート・ノッブスだって！　知らないのか！　知っているわけないだろ、とヒューバート・ペイジは返答した。ダブリンにたった今もどって来たところだ。何を知れというのだ？　新聞を読んでいないのか？　新聞を読んでいないのかだって？　とヒューバートは繰り返した。それじゃあ、アルバート・ノッブスが死んだことを聞いていないのだね。ああ、初耳だ。それは気の毒なことだが、結局、人間は死ぬ。何も不思議なことはないだろ。いや、新聞を読んでいたとしたら、アルバート・ノッブスが完全に男でなかったことはわかっただろうということだよ。アルバート・ノッブスは女だった。アルバート・ノッブスが女だって！　とヒューバートは、できる限りの驚きを声に込めて、返答した。じゃあ、全然知らないのだね。すると、あらゆる方向からいろいろな話が出て来た。みんなが口々に伝えようとした。とうとう、彼女は、みんなが一斉に話したら、全然理解できないよ、と言った。アルバート・ノッブスは女なのだ！

君が男であるのと同様にアルバートは女だったというのが返答だった。アルバートからのヘレンへの求婚、ヘレンがジョー・マッキンスを選んだこと、そして、ヘレンのアルバートに対する扱い、アルバートの悲しみなどの話が、少しずつ出て来て、長い物語になっていった。世界全体で一番大きなペテンだ、と皿洗いがシチュー鍋越しに叫んだ。もし二人が結婚したら、アルバートはヘレンを一体どう扱っていたのだろうか？　しかし、この問題は何度も口にされてきているので、完全に無視された。すると、ヘレンはジョー・マッキンスといっしょに立ち去ったのだな、とヒューバートは言った。そうよ、でも、あの二人は仲がよいようには思えなかったわ。恩知らずだから当然の報いよね、と料理番のメイドが言った。しかし、やはり、アルバートに女と結婚してほしくはないだろう、と皿洗いがペイジに答えて言った。もちろん、いやだな。確かに、だめだ。ある話題が別の声によって取り上げられた。アルバートが残した数百ポンドの有価証券は、価値がどんどん上がって来ている。約百ポンドの現金が紙に包んであった。半クラウン硬貨、十シリング金貨、一ポンド金貨で、彼の寝室にあった。彼の寝室——つまり、彼女の寝室に。彼女のことを男として考えることに慣れていたので、彼女と呼ぶことが難しかった。ホテルの従業員はいつもおたがいの言いまちがいを指摘していた。しかし、考えてみると、すべてのお金がアルバートにとってむだであった、とウェイターのひとりが言った。国庫に入ることになる八百ポンドというのは、政府にとって大きな利益だった。ペイジさん、二人は店を買い、いっしょに暮らすつもりでした、とアニー・ワッツが大声で言った。おしゃべりの場所は、キッチンから階を上がって二階へと移っていった。あなたにも関係のあることなのよ、言われてみれば、思い出したわ、とドロシーが言った。ペイジさん、他の誰よりもアルバートの性別をよく知っているのはあなたでしょ？　彼女といっしょに寝ましたよね？　私の頭が枕にのった瞬間に、私はぐっすり寝てしまいました、とペイジが答えた。ベイカー夫人が私をホテルから追い出せないほど私が疲れていたのを思い出してください。私は、一日十時間、十二時間、十四時間も働いていました。アルバートが私を部屋に入れてくれてから、私は服を脱ぎ捨て、ぐっすり寝てしまいました。そして、彼が目を覚ます前に出て行きました。不思議でしょうか？　女であり、その上ずる賢い女だ、とヒューバートは続けて言った。もし世の中にそういう人が存在するとすれば、彼こそが狡猾なずる賢い女だ。でも、かなり多くいると思う。さて、ご婦人方、私は仕事に取りかからなければならない。アニー・ワッツが立ってヒューバートの目をのぞき込むように見た。そのとき、彼女は何を考えていたのだろうか？　私を疑っていたのか、とペイジは椅子の上に座って自問した。ダブリンにもどって来たとき、アルバートが生存していないことを知るとは、何という不運なんだろう。

アレック、こういう事情だったのだ。ヒューバート・ペイジの妻ポリーは、アルバートより六か月前に死んでいた。そして、ヒューバートは、それ以来、アルバートとパートナーになることを考えていた。実際、ペイジは、アルバートと同様に、店のことを考えていた。ペイジはベッドに横になって、いろいろなことを考え始めた。私は、アルバートといっしょに商売を始めてもいいと、妻の死後ほとんど毎日思っていた。私たちのうちどちらかひとりが、店に専心するために仕事を辞めなければならないだろうと思った。その店は、私の考えというよりも、アルバートの考えから出て来たものだった。だから、たぶん、アルバートは給仕の仕事には希望を持っていなかったのだろう。そして、そのことは、私には好都合ではなかった。私は脚立に上って仕事をすることがいやになっていた。以前より平衡感覚がなくなってきている。ワイヤーにつられるクレーンの上で揺れながら仕事することは女には適していないのだ。おそらく、事態はありのままに落ち着くのがよいだろう。ヒューバートは寝返りを打ったが、眠れるどころではなかった。ベッドで誰もがするように、長い時間、特にこれとはなく、いろいろなことを考えながら横になっていた。ときどき、とても重要な事柄を考えていた。私の人生の結末はどうなるのだろうか？　残りの年月は、どんな新しいチャンスを私に用意してくれているのであろうか？

既婚女性であるヒューバートは何を考えたらいいのだろうか？　彼女の夫のこと以外、考えるべきことが他にあるだろうか？　今、夫は、彼女が置き去りにしたときとはちがう人間になっているかもしれない。十五年経てば、私たちはみんなまったくちがう人間になる、とヒューバートはひとりごとを言った。置き去りにした子どもたちのことを再び考えるようになったのは、おそらく十五年という言葉がきっかけであった。過ぎ去った年月の間に、彼女がときどきしか子どもたちのことを思い出さなかったわけではないが、あの夜ほど暗い気持ちで子どもたちのことを考えたことはなかった。ベッドから飛び出し、子どもたちのところに走って行きたかった。子どもたちがどこにいるのか知ってさえいれば、おそらく、彼女はそうしていたであろう。しかし、どこにいるのか知らなかった。だから、ベッドにとどまらざるをえなかった。一時間かそれ以上、幼いときの子どもたちのことを考えながら、横になっていた。今は、どんな人間になっているのかと思った。彼女が家を出たときは、リリーは五歳だった。今は年ごろの女性になっている。アグネスはわずか二歳だった。今は十七歳で、まだ少女だ、とヒューバートは思った。しかし、リリーは、若い男のことを気にしたり考えたりしているだろう。アグネスのほうも、それほど子どもではない。というのは、若い女性は、昔と比べて、今のほうがはるかに大人だから。私の残りの人生は子どもたちのものである。現在まで、父親が子どもたちの面倒を見ることができた。しかし今、子どもたちは、父親が対抗できないような若い男のことを考えているかもしれない。たぶん、夫も私を必要としているだろう。ビルは四十歳だ。四十歳になっても、私たちは、子どものことを昔知っていたころの幼い子どもとして考えている。夫は私のことを頻繁に考えているにちがいない。おそらく、私が夫のことを考えているよりも頻繁に考えているであろう。彼女は夫であるビルの虐待をすべて忘れてしまっていたことに気がつき、驚いた。夫といっしょにすごした楽しいときだけを覚えていた。私の残りの人生は、夫のもの、そして、娘たちのものだ、と彼女はつぶやいた。しかし、どうやって夫の元に帰ることができるのか？　実際、どうやって？　ビルは死んでいるかもしれない。そして、娘たちも。しかし、そんなことありえない。何とかして、あの人たちの消息をつかまなければいけない。家はあそこにある。壁にかけられた絵、座っていた椅子、ベッドカバーなど、すべてのものを暗闇の中で横たわったままで思い出した。ビルは放浪するような人ではない。もし生きていれば、同じ家で夫を見つけることができる、と彼女はひとりごとを言った。子どもたちはどうだろう？　子どもたちは私のことについて何か覚えているだろうか？　ビルは私の悪口を言っているだろうか？　夫が悪口を言うとは、彼女には思えなかった。子どもたちは私に会いたいだろうか？　会いに行く以外、真相を確かめることはできない。しかし、どのようにして、家に帰ろうか？　荷物をまとめ、男の服装をして家に帰り、玄関でビルに会い、そして言おう。ビル、私が誰だかわかる？　子どもたち、お母さんに会えてうれしいかい？　だめ、それではうまくいかない。彼女は女として帰らなければいけない。家族は誰も、彼女が送って来た人生を知るはずもない。しかし、どんな話を家族にしたらいいのだろうか？　十五年間の話を語るのは難しい。十五年は長い。遅かれ早かれ、彼女が嘘を言っているのがわかるだろう。彼らは彼女を質問攻めにするだろうから。

確かに、語るのに簡単な話ではない、とアレックが言った。それじゃ、アレック、彼女はどんな話をしたらいいのだろうか？　このあたりでは、夫のもとを去って、十五年後に帰って来た女は、森の中でさまよっている間に、妖精に連れ去られたと伝えられています、とアレックは言った。信じてもらえるかな？　信じなければいけないでしょう、先生。別の女と結婚し、そのあと幸せに暮らした女は、普通の女ではない。何か妖精じみたものがあるにちがいない。私は、先生が話してくれた出来事がすべてわかりました。メイドたちと給仕たちはアルバートの話について、それぞれがいろいろな見方をしています。この話で私が指摘したい唯一の難点は、いくつかのとてもよいところを省いたことです。私は知りたいのです。妻がもどって来たとき、夫は何と言ったのか、二人はその後もずっと別れたままなのか、夫は以前よりも妻のことがもっと好きになったのか、それともきらいになったのか？　そして、母親は二人の娘と夫にいらいらさせられ、いつも質問攻めにされ、それに対する答えを見つけるのに窮している、そんなところにすばらしい物語があるように思います。しかし、おそらく、いくつかの省かれた中でもっともよい場面は、ジョー・マッキンスにあたりをうろつかれたり、彼らの家を自分のもののように使われたり、上等のものを飲み食いされたりしてほしくないとアルバートが考え始める場面であり、喧嘩になったとき、二人に対して彼が見事に脅す場面でしょう。以前語った物語の中で、それに匹敵するような場面は、マリガン[*21]が夜に定期市に出かけ、人びとの頭上をぐるりと見渡し、次々と頭を攪拌させ、頭がい骨からケーキを作る場面です。確かに、まちがいなく、バリンローブの雄鶏が鳴きましたね。今、お告げの鐘が鳴っているのが聞こえました。夕食は壁炉の棚の上に用意されています。夕食からもどって来たときに、この物語の感想をお伝えします。今までにバリンローブを舞台にした中でもっともすばらしい話です。本当にそう思います。

訳注

*1――「アルバート・ノッブスの人生」は、『物語作家の休日』(一九二三)の第四五章から第五三章までの物語である。『物語作家の休日』は、ジョージ・ムアがロンドンからアイルランド、メイヨー州(アイルランド西部の大西洋に面した州)のウェストポートに行き、またロンドンにもどって来るまでの物語である。ムアがウェストポート滞在中に、語り部のアレック・トラッセルビィに出会い、ムアとアレックがおたがいに物語を語り合う構成になっている。「アルバート・ノッブスの人生」はムアがアレックに語る物語である。

＊2――『物語作家の休日』の第三三章から第四二章で、ジョージ・ムアがアレックに語る物語。
＊3――沼沢地や湿地に生育した樹木やコケ類などの植物が枯死・堆積して炭化した層。燃料や固形肥料として用いられる。
＊4――アイルランドは四つの地域、首都ダブリンがある東部のレンスター地方、南西部のマンスター地方、西部のコナハト地方、北東部のアルスター地方に大別される。コナハト地方は、ゴールウェイ州、スライゴ州、メイヨー州、レイトリム州、そして、ロスコモン州の五つの州で構成される。
＊5――ダブリンの中心地を流れるリフィ川の南にあるトリニティ・カレッジの南側からセント・スティーブンス・グリーンの北側へつながる道。
＊6――一七九五年にメイヨー州にジョージ・ムアの曾祖父によって建造されたビッグハウス。ジョージ・ムアもこの屋敷で生まれ育った。一九二三年、内乱の際に焼失。
＊7――一九七一年まで使用された通貨単位。五シリング硬貨。王冠が描かれているために、クラウンと呼ばれていた。半クラウンは二・五シリング。一ポンド＝二十シリング＝二百四十ペンスである。
＊8――アイルランド東部キルデア州にある競馬場。ダブリン近郊に位置する。一八二四年に初めてレースが開催され、障害レースの本拠地として知られている。四月から五月にかけての五日間で行なわれるアイリッシュ・ナショナル・ハント・フェスティバルは、一八六一年から開催されている。
＊9――メイヨー州のウエストポートにある標高約七六五メートルの珪岩の山。キリスト教の伝説によれば、聖パトリックが、四四一年にこの山を訪れ、四十日間かけて、ドラゴンや蛇や悪魔を追い払ったと言われている。
＊10――オランダ産の麻の平織物。綿と麻の交ぜ織りで、糊付けし光沢を付けている。厚地で緻密である。日よけ、家具カバー、カーテンなどに用いられる。

＊11――ロンドンには四つの法曹院があり、そのうちミドル・テンプルとインナー・テンプルが王立裁判所の南側にある。法曹院は弁護士組織であり、法学生の登録、法廷弁護士の資格付与および監督を行なっている。

＊12――テムズ川から北に延びるミドル・テンプル・レーンの東側にインナー・テンプル・ガーデン、西側にミドル・テンプル・ガーデンがある。

＊13――インナー・テンプルで現存する最古の建物。一六八〇年ごろに建てられた。セント・ポール大聖堂などを手がけたクリストファー・レンによって設計された。

＊14――perhapser。ジョージ・ムアによる造語。男でも女でもない、性別不明の人を意味する。

＊15――インドで作られる木綿地に、手描きや木版プリントで花や鳥などの模様を表した染め布。

＊16――一八五〇年に、ミッドランド・グレート・ウエスタン鉄道会社によって建てられたターミナル駅。一九三七年に駅としての役割を終えた。

＊17――『物語作家の休日』では、キティ・マッキャンはアニーと呼ばれたり、キティと呼ばれたりしている。そのため、同一人物であることがわかりにくい。ムアは、短編小説集『独身生活』に「アルバート・ノッブスの人生」を掲載しているが、この本では、キティ・マッキャンの呼び方をキティに修正している。本翻訳では、読みやすさのために、『独身生活』の表記を使うことにした。

＊18――ダブリンのリフィ川の南部、十八世紀初頭から十九世紀に建てられたジョージアン・ハウスが立ち並ぶ地区にある公園。

＊19――リフィ川の南にあるセント・スティーブンス・グリーンからカレッジ・グリーンまでの通り。ショッピング街として知られている。

＊20――ダブリンの南、約二十キロにある東海岸沿いの町。ダブリンのコノリー駅から鉄道で、約四十五分か

かる。休日にはダブリンから観光客が訪れるリゾート地である。

*21――『物語作家の休日』の第四一章で、アレックが自分の杖につけた名前。

解説

大橋洋一

英語において「クィア queer」という語には、大きく分けて二つの定義がある。ひとつは性的マイノリティ全般を示す総称としての「クィア」。いわゆるＬＧＢＴ（レズビアン・ゲイ・バイセクシュアル・トランスジェンダー）全体を指す。ＬＧＢＴ＝Ｑという関係である。一般に「同性愛」の範疇に属する特性や欲望や現象と結び付けて考えられる。

もうひとつの定義は、いかなる範疇にも属さない――ＬＧＢＴのどれでもない――名づけえぬ欲望を指す。それはＬＧＢＴそれぞれに横断的に所属するというだけでなく、ＬＧＢＴそのものを超えた欲望や現象の謂いでもある。これはＬＧＢＴ＝Ｑという関係式ではなく、ＬＧＢＴＱとして、つまりＱはＬＧＢＴを補完し併記されるべき要素となる。

本書は、最初『ゲイ短編小説集』（一九九九年刊）の続編として意図された。「ゲイ短編小説集」を「クィア短編小説集」と呼ぶのは、個別名称を、より一般的な名称に置き換えたことになる。しかし本書に集められた作品は、「ゲイ短編」と呼べるかどうか疑わしい越境的あるいは中間領域的な、端的にいって「不思議な」「奇妙な味わい」――いずれも「クィア」の原義――の作品ばかりで、どれも根底に「名づけえぬ欲望」を抱えている。それゆえ、いずれの作品も「クィア」と呼ぶにふさわしい特質を帯びていて、最終的に、「ゲイ短編小説集」というよりも「クィア短編小説集」の名称こそ、ふさわしい。

かつてオスカー・ワイルドの、いわゆる「同性愛裁判」において、少年愛（ひいては男性同性愛）について「あえてその名を口にしない愛 the love that dare not speak its name」という表現が使われた。以後、これは同性愛関連の言説において多用される名句ともなったが、この場合、口にするのがはばかられる愛とは、誰にもわかっているが、ただ口にできない愛のことである。これに対して「名づけえぬ欲望」あるいは「名づけえぬ愛」とは、既知の愛／欲望のほかに未知の愛／欲望を含意する。「クィア」は、この二つの欲望と関係する。

ただし「クィア」という語の使用には抵抗もある。もともとこの語は、「奇妙な」「不可思議な」という意味で使われるだけでなく、「変態（的）」「倒錯的（倒錯者的）」「おかま（的）」という差別的蔑称としても使われてきたため、記述用語としては避けるべきで、過去の用法と縁を切った無色透明な用語こそ好ましいとする考え方はある。ＬＧＢＴというのは好ましさの最前列に位置する用語かもしれない。だが対抗的・革新的な主張なり思想なり運動において、みずからに浴びせかけられてきた否定的な名称なり蔑称を、あえて引き受けてスローガンとして掲げることはよくある。自虐的ユーモアの発露ということだけではない。それ以上に迫害と差別の歴史を忘却しないためであり、また〈恥《シェイム》〉であった名称を〈誇り《プライド》〉に変えるダイナミズムを確保し、恥が誇りに変わる未来を信頼するためでもある。

ただ、ＬＧＢＴ表記が個別性を維持し並存させながら性的マイノリティの全体を顕在化させる名称だとすれば、そこに「クィア」という総称を、個別性を隠すかたちで付加することはいかがなものかという考え方もあろう。

これに対し、総称としての「クィア」は個別性の消去ではなく、境界横断的要素ゆえの総称であるともいえる。つまりこの「クィア」は、LGBTそれぞれの分野を横断し、複数の分野に同時に所属するという特質なり現象を示しているのである。たとえば本書に収録されたムアの「アルバート・ノッブスの人生」の物語を、私たちはどう分類できるのか。同性愛的関係を扱っている。しかし主人公は同性愛者なのか。彼／彼女は、異性愛者と同性愛者の、どちらでもあり、どちらでもないように思われる。男性としての主人公が女性を愛するとき、それは制度的に異性愛を遵守しているのか、同性愛へと傾斜しているのか不明である。そもそも主人公は男なのか女なのか。生物的に女性なのか。そのふるまいは、ある時点から、完全に男性型へとシフトしているし、精神構造も男性のそれを再生産しているようにもみえる、いや、そうみえるがゆえに、実は女性性は消えてはいないのか。タイトルは特定の男性の人生について語っている。だが、時に代名詞の誤用（意図的なものかもしれない）が、彼／彼女の基本的決定不可能性を示唆している。もしLGBT叢書のようなシリーズがあれば、この作品はそのなかの一冊として収録されるかどうか疑問が残る。だがLGBTQ叢書というシリーズがあれば、間違いなく収録される重要な作品となろう。

LGBTに付加されるQ。この場合のQ（＝クィア）は、横断的な要素をすべて指示する名称なら、ある意味、自分自身を要素に含む集合であり、またLGBTいずれにも属さない未知なる

Xということにもなる。これは、新たな分類を示唆する名称（「名づけえぬ愛／欲望」）なのだが、それはさらにまた分類の手をすりぬけ、あらゆる抽象化、あらゆる表象化をすりぬけ、最終的にはみずからの名称そのものをすりぬけるだろう――「クィア」と名称をつけられたその時点で、もはや「クィア」でなくなるような、表象可能性の極北にそれは位置する。まさに真に名づけられぬものをめぐるパラドックス。「クィア」とは、逃げ去り、決して補捉されぬもの、捕捉されたらその生命を一挙に終わらせる、文字通りとらえどころのないものなのだから、本書に収録された作品群を、あるいはなんであれ、それを「クィア」と形容する時点で、すでにクィア性は失われ、未知のXではなくなっていると、したり顔にいう論者も登場するかもしれない。その論者はさらにこう続けるだろう。クィアと名づけること、分類できないものを分類することこそ、名づけえぬ欲望に名称をあたえ分類し管理しようとする権力／知のはたらき以外の何物でもなく、それはまさにクィア性への裏切りであり、ひいてはホモフォビア（同性愛嫌悪）とかわりない、と。私たちは、こうした議論には激しく抵抗したい。

「クィア」の表象不可能性のパラドックスと戯れる者は、皮肉なことに、守旧派・反LGBT派との連帯関係にとりこまれてしまう。そもそも、クィア性に対する明示的な差別は消えつつあっても、暗示的な差別は根強い。本書の前身といってよいかもしれない『ゲイ短編小説集』は、英国の作家サキ（H・H・マンロー）の作品を収録し、その解説はサキがそのペンネームからもわかるようにゲイであることに触れている。だが、それ以降に日本で出版されたサキの作品の翻訳では、作者がゲイであることを触れないものがほとんどである。もちろん作者がゲイであることと、作者の独特の感性や作風との間には明確な因果関係があるわけではなく、ゲイは触れなくてもよい話題かもしれない。しかし多くの解説においてサキの「男らしい」面や逸話（その頂点に第一次世界大戦における戦死がある）が強調されていて、サキにおけるクィア的要素隠蔽の意図は明らかだ。おそらく同性愛者であることへの言及は、作者の価値を貶める（なんという差別的前提！）、そしてひいては読者を遠ざけると翻訳者や出版社が考えているからだろう（なんという読者に対する蔑視！）。クィア性は、今そこにあっても見て見ぬふりをされてきた。クィア解放運動の歴史は、強制された不可視状態からの脱却の歩みである。だとすればクィア性を逃げ去るものとする観点は、クィア性を無視する／無視したいホモフォビアの欲望と手を携えることになる、いや意図的に手を携えている。

なぜなら、表象パラドックス派も反LGBT派も、クィア性と関係する未知なるXが、あたかも世界の秘境、異次元の彼方、宇宙の彼方、クローゼットの暗闇、地下室の物置のどこか等々、みえないところに逃げ去ったかのように想定しているからだ。クィア性は、同性愛と異性愛との境界も超えることを留意すべきである。逃げ去るところは未知の領域ではなく、私たちの日常のなかである。海の彼方に逃げ去れるクィアなら守旧派も安心だろう。クィアが問題なのは、それが私たちの日常にまぎれこみ、日常生活そのものを未知なるXに変えるはたらきがあるからだ。

さらにもうひとつの無理解がある。それはクィア性の特定や名指しは、ホモフォビアによる暴力的な告発と弾劾と、最終的に同じふるまいであるという誤解だ。歴史的にみてホモフォビアのはたした役割もまた正しく評価されねばならない。その役割とは、ホモフォビアが、歴史のなかで「見えない火の所在を示す煙」となってきたことだ。ホモフォビアあるところ同性愛あり。直接名指しされることなく不可視の領域に追いやられるLGBT現象のありかを示す指標としてホモフォビアは歴史的に機能した。だからクィアの歴史は、ホモフォビアと連携する。もちろん同性愛差別であるホモフォビアは撲滅すべき悪なのだが、歴史的にみて、この悪なくしてクィアは存在を認知されなかった。いや現在においてもホモフォビアによる性的マイノリティを不可視性の領域へと追いやる試みは消滅していない。それどころか強化されている面すらある——「ヘイトスピーチ」で、性的マイノリティがやり玉に挙げられないことがあっただろうか。だが性的マイノリティの解放運動は、ただホモフォビアを恐れ嫌悪する（フォビアする）のではなく、それを利用してきた。「クィア」という蔑称をスローガン的に使っていることの意味がここにある。無視され不可視状態に置かれてきた性的マイノリティを顕在化してきたのはホモフォビアであった。ホモフォビアなくしてクィアはなかった。敵こそが味方だったのである。

だからこそ「クィア」の名称を使うことには意味がある。蔑称こそがアイデンティティを支えてきたという痛切なアイロニーは、差別の被害者であれば誰しも実感するところである。このダイナミズムを維持するか、それとは決別するか（もちろん蔑称はなくすべきものである）の姿勢によって、とるべき態度も異なることになろう。

では、LGBTとの差異を主張するにせよ、LGBTの一部であったり、LGBTと横断的な関係をもったりするクィア性について、その内実は、つまりどのように弁別的特徴があるかという問題については、もちろん、本書において、個々の作品を通して検証する——この言葉が堅苦しいなら――味読する、のが一番なのだが、同時に、そのあらましとなると、それは本書に先立つ『ゲイ短編小説集』に書かれていた。

『クィア短編小説集』は、すでに述べたように最初『ゲイ短編小説集』の続編として意図された。それは本書に収録されている作品が、すべて「男性」を主人公としていることからもわかる。ひるがえって『ゲイ短編小説集』も現時点から振り返ると、明らかに『クィア短編小説集』としても意図されていた。その解説では、レズビアン・ゲイとクィアとを対比して、それぞれの特徴と問題点を指摘している（当時はLGBTという語は、なかったか一般的ではなかったので「レズビアン・ゲイ」が「クィア」と対比された）。また実際『ゲイ短編小説集』に収録されている作品は、男性同性愛物語でも奇妙な味わいの作品群であって、それをもってして「クィア」と称してもよかった。『ゲイ短編小説集』と銘打っていても、そこではゲイの暗示性に力点が置かれる一方で、エクスプリシットなゲイ作品は少なかった。そもそもエクスプリシットな点では本書『クィア短編小説集』のほうが過激かもしれないくらいだ。ただ、いずれにせよ、本書は、前作『ゲイ短編小説集』のクィア性を継承し拡大した作品集であることはまちがいない。

この解説では、読者に特定の読み方を押し付けるものではない。むしろ自由に各作品を楽しまれることを望んでいるのだが、いくら絶えず逃げ去れるものとはいえ、クィア性について気になり、一定の理解を得たい読者のために、その一助となるかもしれないものとして、なぜ各作品が選ばれ、ここに収録されたのかを簡略に述べておきたい。

＊

「わしとわが煙突」（一八五六）

ハーマン・メルヴィル Herman Melville（一八一九—九一）

作者ハーマン・メルヴィルは十九世紀アメリカの小説家としてもっとも有名で、またもっとも評価の高い作家のひとりであって、多言は無用であろう。メルヴィルはファリック・シンボルが好きである（もし彼がフロイト以後の時代に生きていて、「ファリック・シンボル」という言葉を知っていたなら、さすがに恥ずかしくてここまで堂々とした使用を控えていたかもしれない）。彼の代表作のひとつ「独身男たちの楽園と乙女たちの地獄」（一八五五）において、独身男の楽園でもあったロンドンのテンプル法学院、そこでの晩餐の最後に登場する「巨大な渦巻き状の角笛」という、これ見よがしのファリック・シンボルを思い出してもいい。屹立するものは、この作家の偏愛するシンボルである。そして「わしとわが煙突」は、作家の臆面もないファリック・シンボル好きが前面に出ている作品なのである。

結婚して、娘が二人いながらも、およそ家庭的とはいえない、まさに独身男のような主人公と、この煙突の長きにわたる親交とでもいうべき奇妙な関係、その独特のこだわり、名状しがたい欲望は、主人公が屹立するものにこだわりをみせる、いまひとつの代表作『白鯨』を彷彿とさせる。「わしとわが煙突」は、『白鯨』のパロディなのか。海洋冒険——衒学的形而上的——物語たる『白鯨』と比べると、その卑小なまでの日常性で際立つ本作も、対象を破壊するか守ろうとするかの違いはあれ、対象に取りつかれている偏執狂的主人公のふるまいが前景化されているという点で共通性がみえかくれする。また、地球の大洋だけでなく、知の大洋へも乗り出した『白鯨』に負けじとばかりに本作の主人公の私的・ローカルな語りにちりばめられるペダントリー。パロディではない。たとえていえば『白鯨』がオーケストラ曲ならば、本作は、同じメロディを、ピアノで、いや、もっと素朴なギターあるいはハーモニカ、いや、口笛で、かなでているようなものではないか。そしてこのなかで浮かび上がる、当事者に説明がつかないファリック・シンボルへの偏愛は、『白鯨』のクィア性をあらためて照射することになろう――たとえ男しか乗らない捕鯨船が、作品以前に、同性愛的シンボリズムに組み込まれているとしても。そしてこんなふうにみるのなら、この作品における巨大な煙突が、メルヴィルの住居やその近隣にあったこと、あるいは主人公の名づけえぬ欲望が作者の深刻な精神的危機に起因するのではという伝記的情報は、この作品の読みには関与しないことがわかる（伝記的情報が無意味ということでは決してないが）。

「モッキングバード」（一八九一）

アンブローズ・ビアス Ambrose Bierce（一八四二―一九一四？）

この作品は、ビアスの小品だが、ビアスについても多言を要しまい。『悪魔の辞典』の痛烈な風刺で知られ、また短編小説の名手として評価が高く、晩年はメキシコで謎の失踪をとげた。カルロス・フエンテス『老いぼれグリンゴ』（一九八五）はメキシコ時代のビアスを扱った小説で、これはのちに映画化された（ルイス・プエンソ監督『私の愛したグリンゴ』一九八九）。映画化といえば、有名なのがロベール・アンリコ監督の短編映画『ふくろうの河 *La Rivière du hibou*』（一九六二）で、これは一九二六年のモノクロ映画に音をつけたものだが、原作は、ビアスの南北戦争物でも、また全作品のなかでももっとも名高い「アウル・クリーク橋の一事件」である。ちなみにロベール・アンリコ監督はビアス原作の短編映画をあと二作品制作していて、それは南北戦争三部作『生のさなかにも *Au cœur de la vie*』（ビアスの短編集のタイトルを映画のタイトルとして使った）としてまとめられ一九六三年に公開された。ちなみに他の二作品は、「チカモーガ」と、この「モッキングバード」。後者は *L'oiseau moqueur*（一九六二）として独立して制作・公開されていた。「モッキングバード」は日本ではビアスの選集に収録されることは稀だが、全世界的に知名度は高い。実際この悲痛な物語は一度読めば忘れることはない。

双子の兄弟が殺しあうことになる南北戦争の（ひいては戦争そのものの）悲惨なエピソードとして読んでよいこの作品だが、前夜に殺した敵兵の死体がすぐに見つからないなど曖昧な部分が多い。そもそも双子の兄弟というのは、ほんとうにいたのか。暗闇での方向感覚の喪失。戦闘は生起したのか、幻ではなかったのか。殺した半身は、自分のなかにいたのではないか。あるいは殺した相手は、自分の分身ではなかったのか。そもそも殺害は昨夜起こったのか。すでにずっと以前に起こっていたのではないか。ならば何が誰が殺されたのか。

ビアスの南北戦争物は、知人、友人、親族が殺しあう状況を繰り返し描いているが、それは現実の南北戦争以外のもうひとつの悲惨な戦争のアレゴリーではないだろうか。何かが永遠に失われる。あるいは失わざるをえなかった。二度と取り戻せない何か。失われた、あるいは抑圧せねばならなかった欲望。そして忘却された欲望への（名づけえぬ）欲望。メジャーとマイノリティの戦争。この別の戦争においても悲惨さと悲哀、喪失の哀しみと苦しみは変わらないのである。

「赤毛連盟」（一八九二）／「三人のガリデブの冒険」（一九二四）
アーサー・コナン・ドイル Arthur Conan Doyle（一八五九—一九三〇）

シャーロック・ホームズ物から二編を選んだ。「赤毛連盟」——『シャーロック・ホームズの冒険』（一八九二）所収——は、代表作のひとつだが、「三人のガリデブの冒険」——『シャーロック・ホームズの事件簿』（一九二七）所収——のほうは、知名度の点ではやや劣る。ただ、ここで推理小説の古典で息抜きをということでは全くない。選んだ二編は、同じトリックを使っている。どちらか一方を読めば、もう一方の作品のトリックはすぐに見破れる。つまりこの二編は、推理小説としてではなく、ゲイ的要素を横溢させながらも、ゲイ性は含意にとどめているクィア作品として読まれることを意図して選択された。

男性犯罪者を悪魔化するとき、同性愛者という仮面をまとわせることがある。それは時に女性的、時に中性的な人物というジェンダーの境界を横断あるいは侵犯するような不気味さをたたえる分類不可能な人物——クィアな人物——となって立ちはだかる。「赤毛連盟」では、犯人像からゲイ的要素が発散している。「三人のガリデブの冒険」では、ゲイ的要素が犯人側だけでなく、犯罪を防ぎ犯人を追い詰める探偵側にも見出せる。ホームズが冷静さを失い、ホームズの動転ぶりに熱い愛情を見出して心震わせるワトソン――この場面を出現させる本作品は、ある意味、稀有な作品かもしれない。そこには犯罪捜査という危険な冒険を通して培われる情動的絆が垣間見えるからだ。ここにはゲイ的感情がある。ただこの二人は自覚的なゲイではないが、しかし、それを彷彿とさせる複雑な情動関係のなかにある。まさにクィア的なのだ。

とはいえクィア・ホームズは映像の世界では今や常套化している。BBCのテレビドラマシリーズ『Sherlock（シャーロック）』（二〇一〇―　。ホームズ役はベネディクト・カンバーバッチ、ワトソン役はマーティン・フリーマン）における情動的ホームズ。ガイ・リッチー監督の『シャーロック・ホームズ』（二〇〇九）、『シャーロックホームズ――シャドウゲーム』（二〇一一）でも、ワトソンの結婚を妨害するホームズ。現代アメリカに舞台を置き換えた『エレメンタリー――ホームズ&ワトソン in NY』（二〇一二―　）でワトソン役は女性（ルーシー・リュー演ずるところの）となる。さらにコナン・ドイル原作ではなくミッチ・カリン原作の映画『Mr. ホームズ――名探偵最後の事件』（二〇一五、ビル・コンドン監督、イアン・マッケラン主演）のホームズはゲイの老人であることが含意されている。そしてホームズ物のクィア化は映画以外の分野にも浸透中である。

もちろん原作のホームズ物がゲイ的要素にフレンドリーかどうかは確定できないのだが、規模を問わず百科全書的犯罪パノラマを展開する作品群は、明示的あるいは暗示的ホモフォビアを通してクィア性の記号を豊富に示している。たとえば「ガリデブ」では、人物のひとりは、博物学マニア（いかにもヴィクトリア朝的な設定）で独身者にして蒐集家であり、まぎれもなくクィア的である。もちろん犯罪者の側もクィア的である。「赤毛」「ガリデブ」両作品において、犯罪者は、ともに策略を思いつきみずから実践してみせる演技者たちでもある。「赤毛」においては、犯人はクィアなダンディとなった。そして「ガリデブ」では贋金製造というクィア性を帯びた犯罪が出現した——アンドレ・ジッドの『贋金つくり』をはじめとして、贋金製造と同性愛イメージとの結びつきはもっと考慮されていい。もちろん「ガリデブ」という珍妙な名前が、そもそもクィア的であることはいうまでもない。繰り返すと、今回の両作品には、とにかくクィア性が顕著なのだ。そしてこのことは探偵ホームズ物にかぎらず、ジャンル全体に言えることなのかもしれない。

現実の犯罪者がクィアだということではなく、推理小説ジャンルが、犯罪者を悪魔化し、犯罪者のうごめく闇の世界を魔界化するときに、伝統的にクィアなイメージを活用したことの意味は大きいということなのだ。それは一方で、クィア的なものを恐怖と嫌悪の対象とするホモフォビアに、ジャンル全体を汚染することを許してしまったのだが、いま一方で、悪魔化の試みは、奇しくも、ジャンルの空間を、クィアな人物たちが集い、クィア性を横溢させる、いまひとつの現実へと変容させたのだ。犯罪者がうごめく闇が、クィアな輝きを帯びることになった。それはまた推理小説という名の、クィアな楽園の出現でもあった。

伝オスカー・ワイルド Oscar Wilde（一八五四―一九〇〇）

「ティルニー」（一八九三）

こちらは抜粋でもあるので、簡単に紹介だけをしておきたい。この作者不詳の作品は、男性同性愛を扱った初期の官能小説であり、オスカー・ワイルド作あるいはワイルドの筆が加わっていると伝えられてきた。出版側としてもワイルドの名前は宣伝効果があったにちがいない。またワイルドが一部を執筆していたという可能性も捨てきれないとしても、おそらく作者は、ワイルドではない――人数もひとりもしくは複数で、名前はいまも知られていない。

長編からの抜粋だが、これは誰が選んでも、ここしか選ばないと思う。全体の梗概は抜粋の前後に簡略に示したが、訳出した場面は、語り手とティルニーが、紆余曲折のあと、ようやく親密な仲になるところである。オスカー・ワイルド的とみえるのは（たとえそれがワイルド的と形容される要素のすべてではないとしても）、全体の人物のふるまいの、不自然ではないが、ある種の定型化されたダンディズム、真摯だが同時に演技的な反応、人物をとりまく環境や空間の華麗だが芝居の書き割り的な表層性であろう。まさに舞台装置のなかの世界。そういえば語り手のティルニーとの出会いはピアノ・コンサートという劇場空間だった。つまり、まぎれもなくエクスプリシットなゲイ官能小説でありながら（抜粋だけでは予想もつかないかもしれないが）、同性愛小説に特有のメランコリックな死の影もつねにみえかくれしている）、同時に、実在性と真実性から浮揚し離脱する反リアル的な要素が横溢しているのだ。漫画やアニメの二次元的平面性の美学から構成される立体的三次元世界とでもいえようか。それはまた真率《しんそつ》なゲイ小説に付随あるいは浸潤するクィア的表層性といってもいいかもしれない。

事実、この抜粋だけについて考えても、これは確かに二十世紀のモダニズム小説を準備こそしないが、私たちの文脈ですれば、少女漫画的な、さらにはヤオイ的な世界、あるいはBL的世界を確実に予見し、そこに連なることはまちがいない。

抜粋における描写は作品中では人物の妄想ではない。しかし小説は最初から性的妄想を全開させる。妄想か妄想ではない現実かは作中で読者は迷うことはないが、しかし描写の質は、妄想というタグが付けられているかどうかの違いだけで、内実は変わらない。と同時に抜粋の部分も、妄想のつづきかもしれないと、読めないこともない。性的妄想と現実的性行為とは文章では同レヴェルに置かれているのだが、これはまた現実における性行動の性的ファンタジー的性格――性的妄想のリアル感、性行動や欲望の幻想的基盤――を露呈させる仕掛けかもしれない。そして、こんなふうに感じることができるのなら、このときあなたはすでにクィア・ゾーンに入っているのである。

「ポールの場合――気質の研究」（一九〇五）／「彫刻家の葬式」（一九〇五）

ウィラ・キャザー Willa Cather（一八七三―一九四七）

作者のキャザーは、二十世紀前半のアメリカを代表する女性作家のひとりである。一八九〇年ネブラスカ大学入学、在学中から劇評などを執筆、卒業後、ピッツバーグで雑誌編集者や高等学校の教師などをしたあと、ニューヨークに引っ越し、そこを活動拠点として、プロの作家をめざす。一九二三年『我らの仲間 *One of Ours*』（一九二二）でピュリッツァー賞受賞。代表作に『マイ・アントニーア *My Ántonia*』（一九一八）など。

「ポールの場合」はキャザーの代表的短編のひとつで、同性愛文学、あるいはクィア文学の選集やアンソロジーの常連である。現実の社会に適応できず、現実と夢との乖離のなかで現実を捨てて夢に殉ずるしかなかった思春期の若者の悲劇はまた、現実社会に受け入れられない呪われた芸術家の運命のアレゴリーとも読める。だが、その夢は、高貴でも高尚でも深くもなく、皮相的で俗悪な華麗さと未熟さを露呈し、ただの利己的な虚栄心の発露でしかない。ただ、皮肉なことに、薄っぺらでフラットであればあるほど、負のリアルさが増し、虚飾であることの輝きのようなものが生まれるように思える。それは現実のリアルな栄光ではなく、キャザーが学生時代から書きつづけたのが劇評であったことからもうかがいしれるのだが、演劇的光輝、よくいえば夢見ることの輝き、悪くいえば、贋作的・人為的な輝きである——詐欺的で贋物っぽく、底が浅く、ひたすら外面的なだけの、だが、まさにそれが限りなく魅力的な……。この夢に、この利己的な人為的幻想に殉ずること。それがまさに、キャザーのこの作品を、同性愛文学には分類できないような、名づけえぬ欲望のクィア文学たらしめている。

ちなみに、この「ポールの場合」と「彫刻家の葬式」の二作品は、平凡社ライブラリーの『古典BL小説集』（二〇一五）の候補作品にあがっていたとのこと。こちらのほうが先に企画を出していたので訳出・収録できたのだが、この作品は『古典BL小説集』に収録されてもおかしくない特質を主張している。キャザーの二作品は、『古典BL小説集』と『クィア短編小説集』をまさに横断し両方に属しているとみるべきものだろう。いやそもそも『古典BL小説集』の作品群は、『クィア短編小説集』に全編収録されてもおかしくない作品ばかりであり、本書『クィア短編小説集』の収録作は定義上BLといえないものが多いものの、雰囲気的にBL作品といえるものばかりであろう。願わくば、両作品集の共鳴と交響があらんことを。

「ポールの場合」と同時期に書かれた「彫刻家の葬式」は、たとえポールが芸術家として成功したとしても、故郷では、結局、受け入れられることはなかったということがわかるような作品である。芸術家としての成功は、アメリカの地方都市での凡庸な日常からの脱却なくしてありえなかった。そして芸術家を囲繞する厳しい状況が、その淡々とした筆致の描写のなかにリアルな手ごたえとなって伝えられる。だが、最後になって、これが暗号化された同性愛物語であることがわかる。しかも、それは女性作家による暗号化された女性の同性愛物語ともみなしうる。地元出身の芸術家の死が、友情の帰結として嘆かれているのか。あるいはもっと別の感情とともに嘆かれているのか。死別と喪失の悲痛な哀しみは、先のビアスの「モッキングバード」と本書のなかでは双璧をなす。

「アルバート・ノッブスの人生」（一九一八）

ジョージ・ムア George Moore（一八五二―一九三三）

ロドリゴ・ガルシア監督の映画『アルバート氏の人生』（二〇一一、日本公開二〇一三）を観たとき、この作品の原作に日本語訳が存在するのか気になった。どうやら調べた限りでは日本語訳はない。『ゲイ短編小説集』の続編を依頼されていたこともあり、この作品を収録し、『クィア短編小説集』へと発展させられないかと考えた。とはいえアイルランド文学や文化の専門家ではない私には、翻訳は荷が重すぎることもあり躊躇していたが、アイルランド文学の専門家の磯部哲也・山田久美子両氏に翻訳をお願いできたことは、なにより幸いであった。

今回は、ジョージ・ムアの「原作」からの翻訳である。原作は、戯曲へ、そしてさらには映画台本へと展開してゆくが、ここでは、語りの特異性によっても際立っている原作の翻訳となる。また最初に触れたように、この作品はLGBTのどれにも部分的にしか所属せず、またそのどれでもないような不思議な性格の作品であって、まさにクィアの形容にふさわしい作品の典型となっている。LGBTの、またそれに付随する現象なり領域のすべての境界線上にある稀有な作品かもしれない。

アルバート・ノッブスのように性別を偽って行動する者は、発覚した場合、秩序攪乱者として、かつては処刑すらされたのだが、この作品にも、その暗黒の歴史が影を落としているともいえる。また異性装者かもしれないが倒錯的欲望とは無縁の人物について、アイルランド文化とのかかわりで何かいえそうな気もする。

その前に、私たちもまた、主人公と同じく、状況によって、今の性役割とジェンダーを選択せざるをえなかったと考えることはできないか。生まれてからジェンダーを変更したことがなくても、自分もアルバートと同じなのだと考えることは不可能ではない。あるいは私たちは、忘却にのみこまれて、自分がそうだとは全く思っていない無自覚の異性装者であるが、ただ、主人公と同じく、今ある性役割に慣習的に付随する言動を学び実践しているだけだと考えることもできる。私たち全員がアルバートと同じくクィアな存在である可能性は高い。

また主人公は女性とのつきあいにおいて気恥ずかしいまでの純情ぶりを発揮し、それが弱点にもなるのだが、そこに真率な行動と演技性とが分離不可能なかたちでからまっている。この二重性あるいはハイブリッド性（これも元来、悪い言葉だが、記述用語として定着した）は、植民地文化に固有の現象かもしれない。異性装の人物、端的にいって状況によってやむを得ず男装する女性の行動は、男性中心社会における女性の苦悩と冒険と等価であろう。植民地における現地人の苦悩と冒険は、アルバート・ノッブスの特異な人生と重なり合う。そう、この作品は、植民地人が置かれた状況のアレゴリーかもしれないのだ。やや図式的な発想ではあるが（なおアルバートは名前にも姓にも使えるのだが「アルバート・アインシュタイン」のことを「アルバート氏」とは言わないように、名前に氏はつけない。そのため作品名を「アルバート・ノッブスの人生」とした）。

磯部哲也・山田久美子両氏には、翻訳だけでなく解説もお願いした。以下は、両氏による解説である――。

ジョージ・オーガスタス・ムア（一八五二―一九三三）ほど、作品を何度も改訂・改作する作家はいない。「アルバート・ノッブスの人生 *Albert Nobbs*」は、ムアの短編小説集『独身生活 *Celibate Lives*』（一九二七）に収録されているが、『独身生活』が出版されるまでに、

『独身者たち *Celibates*』（一八九五）、『独身生活を厳しく守りながら *In Single Strictness*』（一九二二）と、短編小説集の題名を変更すると同時に、収録されている作品の題名を変更したり、作品を入れ替えたりしてきた。その結果、『独身生活』に「アルバート・ノッブスの人生」が収録されることになった。『独身生活』には、異性愛や結婚が当然という社会に対して不適合な人の奇妙な運命などをテーマとするムア独特の作品が含まれている。

映画『アルバート氏の人生』は、原作はジョージ・ムアだが、脚本は主演のグレン・クローズ、ガブリエラ・プレコップとアイルランドの作家ジョン・バンヴィルの共同で書かれた。また「アルバート・ノッブスの人生」の舞台版は、フランス語で書かれたシモーヌ・バンミュッサによる『アルバート・ノッブスの奇妙な人生 *La Vie Singulière d'Albert Nobbs*』で、一九七七年にパリで初演、後に英語に翻訳され、一九七八年にロンドンで上演された。一九八二年にオフ・ブロードウェイで上演された際にグレン・クローズが主演し、これがきっかけとなり、彼女が映画化へと働きかけた。

映画公開直後のペンギン・ブックス版『アルバート・ノッブスの人生 *Albert Nobbs*』（二〇一二）は、『独身生活』に基づいている。

もともと「アルバート・ノッブスの人生」は、ひとつの独立した作品ではなかった。アルバート・ノッブスについては、ムアの『物語作家の休日 *A Story-Teller's Holiday*』（一九一八）第四十五章から第五十三章までで語られる物語で、それを短編小説のひとつの作品とした。短編小説「アルバート・ノッブスの人生」は、『物語作家の休日』で語られる物語と内容の変化はないものの、先に述べたように、ほとんどの作品を修正しているムアのことなので、段落の変更、単語一語や文が加筆・削除されている箇所がいくつかある。だが、作者の修正目的が明確に理解できる箇所は少なく、「アルバート・ノッブスの人生」は、語り手の「私」やアレックが誰なのか明確にならないまま作品が終わる。今回の収録にあたっては、語りの構造が理解できるように、『物語作家の休日』のアルバート・ノッブスの物語の前章である第四十四章を含めて、第五十三章までを底本とし、翻訳した。

『物語作家の休日』は、アイルランドの伝説や現代的な話が交錯する作品だが、「アルバート・ノッブスの人生」の話は、登場人物のジョージ・ムア自身が、語り部（シャナヒー）のアレック・トラッセルビィにアイルランドの話として語る。口承文化の伝統をもつアイルランドでは、物語や伝説を語る語り部が存在した。アレックやアルバート・ノッブスは架空の人物だが、ムアが育ったムア・ホールのことなど、『物語作家の休日』は自伝的要素を含んでいる。

ムアは、一八五二年にアイルランドのメイヨー州にあるムア・ホールで生まれた。当時のアイルランドは、一八四五年から四年間、ジャガイモの大凶作による飢饉、大移住の直後で、一層の植民地化、貧困化が進んだ時期である。グレートブリテン及び北アイルランド連合王国の国会議員である父親は、ムア・ホールの第三代当主で、ムアの家系はメイヨー州南部の大地主であった。ダブリンに住んでいたオスカー・ワイルドの家族とは親しく、ワイルド一家がムア・ホールを訪れたこともあった。父親は、一時は国会議員を退いていたが、一八六八年、再度国会議員となり、家族そろってロンドンへ移住する。父親が亡くなった後、ムアは遺産を受け継ぐが、ムア・ホールには住むことなく、絵画を学ぶためにパリへ行く。しかし、自分の才能は、絵画ではなく文学にあることを自覚し、一八八〇年にアイルランドに戻り、それ以後、アイルランドのメイヨー州やダブリンに住み、その後再びロンドンに住む。『物語作家の休日』で回顧されたムア・ホールは、一九二三年に焼失する。

ムアの芸術観は、エミール・ゾラの自然主義から、内的独白や意識の流れを取り入れた心理主義へと変化していく。また、ワーグナーの楽劇の「無限旋律体」に関心を持ち、ムア自身が「旋律体 melodic line」と述べているように、小説においても、文が続いていく文体を考え、会話や登場人物の意識の区別なく文章が続く文体の作品を書くようになる。ムアが生まれ育ったムア・ホールを回顧しながら語られる『物語作家の休日』も、引用符を用いず文が続いていくので、「旋律体」で書かれているといえる。「語り」を意識した作品には効果的ではある。

「アルバート・ノッブスの人生」では、アルバートは仕事を得るために男装をすることになり、女性でいることもできず、男性になることもできないでいた。同様に、男装して仕事をしてきた女性の実話がある。

アイルランド出身の軍医、ジェームス・ミランダ・バリー（一七九五?—一八六五）は、男性として仕事をしてきたが、死後、女性であったことがわかった。アイルランドでは、女性が医者になることはできず、名前を変え男装してエジンバラの医大に入学し、イギリス軍に入隊、従軍医師として働いてきた。この話は、『ジェームス・ミランダ・バリー』（二〇〇五）という映画になった。また、アイルランドの作家セバスチャン・バリーは、ジェームス・ミランダ・バリーとナイチンゲールを登場させた『口笛を吹くプシュケ *Whistling Psyche*』（二〇〇四）という劇を書いている。

ちなみに、日本においても、男装していた主人公が火事で死ぬときに、女性であることが判明するという芥川龍之介の作品『奉教人の死』（一九一八）がある。

*

今回、カバー図版として、カイユボットの代表作『床の鉋《かんな》かけ』（一八七五）を選んだ。ギュスターヴ・カイユボット Gustave Caillebotte（一八四八―九四）はフランスの画家で、風景画、人物画、静物画など多くの作品を残したが、とりわけ都会の情景を描く写実的な作品で名高く、都会の印象派とも言われた。資産家であり、同時代・同世代の他の印象派の画家たちを、作品の購入や収集を通して経済的に支援したことでも知られる。彼の人物画における題材や主題の選択、その独特の雰囲気のなかに、クィア性を認める評者は多く、「床の鉋かけ」は、海外のクィア関連の書籍の表紙やカバーなどでも使われることの多い、まさにクィア絵画の古典である。

翻訳の分担は各作品の扉に明記されているが、あらためてここで感謝したい――メルヴィル、ビアス、キャザーの作品の翻訳に関し、アメリカ文学研究者で、『レズビアン短編小説集』の編者で翻訳者でもある利根川真紀氏に。また「アルバート・ノッブスの人生」の翻訳ならびに解説に関し、磯部哲也・山田久美子両氏に。そして平凡社の竹内涼子氏には、『レズビアン短編小説集』『古典BL小説集』などを編集された経験を活かした貴重な助言を、たくさんいただいたことに対して。

古い映画のタイトルに『天国は待ってくれる』というのがあるが（たとえばエルンスト・ルビッチの映画）、待たせる側とはちがって、待つ身にとって待ちの時間は地獄であることを承知したうえで、原稿の遅れについてお詫びを――竹内涼子氏と共訳者の利根川真紀氏と磯部哲也・山田久美子両氏に。

最後に、決して軽んじてはいけないこととして、本書は粗雑さとはどこまでも無縁の精妙かつ繊細きわまりない作品群を収録していることを明記しておきたい。もちろん同じことは前作『ゲイ短編小説集』についてもいえる。LGBTそして／あるいはクィアをめぐる現在の状況は、偏見から遠ざかり理解と差別撤廃の方向性をみせながらも、繊細さとは無縁の粗雑な断定と差別的蔑視の悪化にも向かっている。事態は緊迫化している。本書は、粗雑さの対極に位置し続けようとする試みである。

二〇一六年七月

出典一覧

「わしとわが煙突」

Melville, Herman. "I and My Chimney." *Putnam's Monthly Magazine.* March, 1856.

参照：Melville, Herman. "I and My Chimney." *The Piazza Tales and Other Prose Pieces 1839-1860*. Evanston: Northwestern University Press and The Newberry Library, 1987. pp. 352-377.

「モッキングバード」

Bierce, Ambrose. "The Mocking-Bird." *San Francisco Examiner.* May 31, 1891.

参照：Bierce, Ambrose. "The Mocking-Bird." *Ambrose Bierce: The Devil's Dictionary, Tale, & Memoirs.* New York: The Library of America, 2011. pp. 112-117.

「赤毛連盟」

Doyle, Arthur Conan. "The Red-Headed League." *The Strand Magazine*. August, 1891.

参照：Doyle, Arthur Conan. "The Red-Headed League." *The Adventures of Sherlock Holmes,* Oxford Sherlock Holmes. Oxford: Oxford University Press, 1993.

「三人のガリデブの冒険」

Doyle, Arthur Conan. "The Adventure of the Three Garridebs." *The Starand Magazine*. January, 1925.

参照：Doyle, Arthur Conan. "The Adventure of the Three Garridebs." *The Case-Book of Sherlock Holmes,* The Oxford Sherlock Holmes. Oxford: Oxford University Press, 1993.

「ティルニー」

Teleny, or, The Reverse of the Medal. London: Leonard Smithers, 1893.

参照：Amanda Caleb ed. *Teleny.* Kansas City, Missouri: Valancourt Books, 2010.

「ポールの場合——気質の研究」

Cather, Willa. "Paul's Case: A Study in Temperament." *McClure's Magazine*. May, 1905.

参照：Cather, Willa. "Paul's Case: A Study in Temperament." *Willa Cather: Early Novels and Stories*. New York: The Library of America, 1987. pp. 111-131.

「彫刻家の葬式」

Cather, Willa. "The Sculptor's Funeral." *McClure's Magazine*. January, 1905.

参照：Cather, Willa. "The Sculptor's Funeral." *Willa Cather: Early Novels and Stories*. New York: The Library of America, 1987. pp. 34-48.

「アルバート・ノッブスの人生」

Moore, George. *A Story-Teller's Holiday*. 1918. New York: Boni and Liveright, 1923. pp. 260-320.

参照：Moore, George. "Albert Nobbs", *Celibate Lives*. 1927. London: Chatto & Windus, 1968. pp. 44-96.

平凡社ライブラリー　844

クィア短編小説集《たんぺんしょうせつしゅう》

名づけえぬ欲望の物語

発行日…………2016年8月10日　初版第1刷

著者……………A. C. ドイル、H. メルヴィルほか
監訳者…………大橋洋一
訳者……………利根川真紀・磯部哲也・山田久美子
発行者…………西田裕一
発行所…………株式会社平凡社
〒101-0051　東京都千代田区神田神保町3-29
電話　東京(03)3230-6579[編集]
東京(03)3230-6573[営業]
振替　00180-0-29639

印刷・製本　……中央精版印刷株式会社
DTP…………平凡社制作
装幀……………中垣信夫

ISBN978-4-582-76844-2
NDC分類番号938
B6変型判（16.0cm）　総ページ336

平凡社ホームページ　http://www.heibonsha.co.jp/
落丁・乱丁本のお取り替えは小社読者サービス係まで
直接お送りください（送料、小社負担）。